## 新十四卷

（总第三十一卷）

《诗国》编辑组 编

#### 图书在版编目（CIP）数据

诗国：新十四卷 /《诗国》编辑组编. — 北京：中国书籍出版社，2016.12

ISBN 978-7-5068-5982-0

Ⅰ.①诗… Ⅱ.①诗… Ⅲ.①诗集—中国—当代
Ⅳ.①I227

中国版本图书馆CIP数据核字（2016）第294601号

**诗国：新十四卷**
《诗国》编辑组　编

| 责任编辑 | 吴化强 |
|---|---|
| 责任印制 | 孙马飞　马　芝 |
| 封面设计 | 东方美迪 |
| 出版发行 | 中国书籍出版社 |
| 地　　址 | 北京市丰台区三路居路97号（邮编：100073） |
| 电　　话 | （010）52257143（总编室）　（010）52257140（发行部） |
| 电子邮箱 | eo@chinabp.com.cn |
| 经　　销 | 全国新华书店 |
| 印　　刷 | 三河市顺兴印务有限公司 |
| 开　　本 | 787毫米×1092毫米　1/16 |
| 印　　张 | 19.75 |
| 字　　数 | 310千字 |
| 版　　次 | 2016年12月第1版　2016年12月第1次印刷 |
| 书　　号 | ISBN 978-7-5068-5982-0 |
| 定　　价 | 55.00元 |

版权所有　翻印必究

# 《诗国》编委会

**顾　　　问**（以姓氏笔画为序）：

　　　　　刘　征　杨金亭　沈　鹏　陈飞龙

　　　　　郑伯农　贺敬之　顾　浩

**编委会主任**：旭　宇　樊希安

**副 主 任**：王　平　刘向鸿　赵安民　郑伟达　张维青

**编　　　委**（以姓氏笔画为序）：

　　　　　丁国成　于　平　王　平　王同书　王绶青　刘　章　刘向鸿

　　　　　刘海起　旭　宇　朱　宏　朱先树　曲汗青　李元洛　李文朝

　　　　　李发模　吴开晋　吴化强　陈秀新　张维青　余减租　易　行

　　　　　郑伟达　赵京战　赵安民　高　昌　雪　野　蒋登科　褚水敖

　　　　　樊希安

**主　　　编**：丁国成　朱先树

**副 主 编**：赵安民　王同书　李清泉　于　平

# 卷首诗文

借鉴岭南派,淑世热衷肠。
激情注笔端,落纸腾精光。
与时同步履,诗国拓新疆。
绍唐复迈宋,前途未可量。

——霍松林:《霍松林诗词集》

中国是一个诗国,有那么多的群众对文艺、对诗歌都有自己的看法,我就常听到有人对我们的诗歌刊物有不少意见和要求。

——贺敬之:《谈诗》

旧体诗歌历史悠久。两千多年来,名家辈出,佳作如林,曾为我们的祖国赢得了"诗国"的荣誉。

——杨金亭:《虎坊居诗说·旧体诗创作漫议》

# 目录 Contents

## ·诗国开卷·

| | | |
|---|---|---|
| 刘庆霖作品选 | 刘庆霖 | 1 |
| 中华诗词就该这样写 | 刘 章 | 3 |
| 穿越鸟啼声做的时空隧道——读《刘庆霖作品选》有感 | 丛 林 | 6 |
| 一三居存稿 | 林 峰 | 13 |
| 此情只合作诗人——林峰《花日松风》读后 | 杨金亭 | 16 |

## ·格律诗词卷·

### ·星光灿烂·

刘 征 / 欧阳鹤 / 郑欣淼 / 钟家佐 / 刘麒子 / 寓 真 / 岳如萱 / 郑邦利 / 高 昌 / 王改正 / 邹积慧 / 李一信 / 范诗银 / 李增山 / 令狐安

21–37

### ·百家风雅·

李清泉 / 郑伟达 / 赵安民 / 伍权支 / 吴世炎 / 项目清 / 许泽民 / 王秀娟 / 张脉峰 / 毕太勋 / 姜 彬 / 何 鹤 / 郑玉伟 / 周崎峰 / 卢友中 / 陈秀浩 / 徐素梅 / 王智钧 / 何怀玉 / 宋彩霞 / 潘友辉 / 符呈荣 / 李建勋 / 马浡善 / 迟兰馨 / 吴华山 / 曹 辉 / 钱国桢 / 朱森林 / 王 骏 / 邓正明 / 梁英陆 / 杨微微 / 毕振东 / 刘南陔 / 施 安 / 张四喜 / 陈秀新 / 王子江 / 张 岳 / 唐传义 / 林俊明 / 杨月春 / 周拥军 / 陈芝宗

戴世法 / 周洪伟 / 叶爱莲 / 白云瑞 / 隋红宇 / 黄心钦 / 乐本金 / 胡盛海 / 徐新霞 /
徐中美 / 张明生 / 马一骏 / 于淑华 / 蔡显江 / 溪　翁 / 袁修钧 / 罗洪深 / 赵文华 /
张效忠 / 马仲喜 / 刘金霞 / 赖登维 / 戴爱琴 / 许来寅 / 宋卫国 / 吴经国 / 程宪政 /
凌华光 / 吕金超 / 潘　培 / 刑中平 / 林伯松 / 王启赋 / 檀　钟 / 隋鉴武 / 黄云海 /
张连才 / 高友群 / 郑少辉 / 万全琳 / 贺永粹 / 高财庭 / 赵国明 / 刘万城 / 汤林尧 /
文士灿 / 宋秀兰 / 陈　麟 / 刘树靖 / 程启瑞 / 刘明哲 / 罗子华 / 姜照明 / 周达斌 /
胡明合 / 楚家冲 / 听雨轩主 / 南广勋 / 抱朴堂主 / 周晓陆 / 吴化强
......................................................................... 38-74

## ·新古体诗卷·

顾　浩 / 陈福今 / 樊希安 / 王同书 / 郭立河 / 陈景河 / 张维青 / 刘国震 / 杨旭辰 /
毛　锜 / 李　增 / 李　涛 / 于海洲 / 袁本良 / 邱正印 / 金更臣 / 李　红 / 王睦武 /
徐志苗 / 李四平 / 孟庆阁 / 郭庭秀 / 张才良 / 颜明绪 / 范峻海 / 李葆国 / 王睦武 /
陈延佑 / 夏除南 / 许连进
......................................................................... 75-95

## ·新体诗卷·

李发模 / 洪三泰 / 彭浩荡 / 陈有才 / 李苏卿 / 牛庆国 / 颜　石 / 安娟英 / 刘月映 /
周秀云 / 黄　淮 / 王铁刚 / 王立世 / 王忠范 / 刘国震 / 牟春江 / 江长胜 / 臧利敏 /
赵　青 / 钟春林 / 张梦辉 / 杨春芳 / 荆　雷 / 庆凤先 / 向华权 / 徐长峰 / 海　湛 /
黄荣东 / 杨　梅 / 墨心人 / 邓亚明 / 符骐骅 / 梁永利 / 陈宝梁 / 洪　江 / 洪三川 /
黄育斌 / 戚伟明 / 吴洪伟 / 袁志军 / 安　康 / 黄　强 / 王学忠 / 黄启中 / 潘宏仁 /
刘恩桂 / 刘占龙 / 王永华 / 王苏华 / 陈钦华 / 雨　桐 / 陶　钦 / 吴乐森 / 马守玉 /
朱伟民 / 华文峰 / 王一桃 / 张贵亭
......................................................................... 96-157

## ·诗坛探索·

| | | |
|---|---|---|
| 白帆诗选 | 白 帆 | 159 |
| 探索不止,又上层楼——白帆诗集《一船星辉》序 | 吴开晋 | 163 |

## ·两栖诗人·

闻 山 / 熊 炬 / 叶晓山 / 颜廷奎 / 尹 贤 / 张继鹏 / 朱贤成 / 潇 虹 / 杨子忱 / 曲汗青 / 苏电西 / 强 国 / 于浚赋 / 刘松林 / 林星煌 / 侍述清 / 陈宗辉 / 伍锡学 / 毕彩云 / 江 山 / 李同振

......167–187

## ·民歌谣曲·

| | | |
|---|---|---|
| 甘肃会宁民歌 | 马克选 雷永珍 | 188 |
| 巴山情歌 | 谢克强 | 190 |

## ·诗论卷·

## ·诗国论坛·

| | | |
|---|---|---|
| 也谈"虚"与"实" | 袁忠岳 | 194 |
| 民歌妙用 | 王同书 | 196 |
| 旁门词话 | 薛赐夫 | 200 |
| 古今遐迩贯珍书——李元洛增订新版《诗学说》序 | 黄维樑 | 204 |

## ·诗体探讨·

| | | |
|---|---|---|
| 诗词创新刍议——浅谈新古体诗的现实意义 | 赵安民 | 215 |

新古体诗学写心得……胡佐文 221
《中国新古体诗选》的编选缘由……丁国成 226
我的新古体诗观及其它……石 英 228
"有格少律"谓之新古体诗……岳宣义 230
关于中国新古体诗的确立与发展……朱先树 232
中国新古体诗有光明前途……成志伟 234

**贺诗：**

刘 征 / 欧阳鹤 / 沈 鹏 / 高洪波 / 雷海基 / 张脉峰
……235-237

**诗讯：**

出新不眩奇，尊制不泥古……史 讯 238

## ·诗作解读·

"百折再看高潮来"——读《贺敬之新古体诗选释》……唐德亮 240
《柯岩传》节选……丁七玲 242
《诗说台湾》……郑伯农 247
从"蔡词"到"蔡联"——《南国楹联》序……李元洛 250
白水诗人梁上泉——序《梁上泉文集·抒情诗卷》……吕 进 254
难得清高境，梦边生白云——《牧云斋吟草》序……刘 章 260
新词叠作慕英才——赏刘麟子"清丽双臻"二大作……许连进（香港） 263

## ·针砭诗弊·

重庆热议"了体诗"……成 平 265
也论今诗之失（外一则）……潘颂德 267

## ·新诗话·

| 诗的"本"与"源" | 易　行 | 270 |
| 数词入诗 | 张其俊 | 271 |
| 古人自我安慰的名句 | 项目清 | 273 |
| 意在言外，以有显无 | 宁源声 | 274 |
| 楼的山岭 | 于丛杨 | 276 |
| 公木的风骨 | 刘中本 | 278 |

## ·毕业季·诗歌季·

"毕业季·诗歌季"文化活动征选作品辑录 ……… 278

## ·中国书籍出版社三十华诞志庆·

| 庆贺诗词作品 | 295 |
| 中华诗词研究院贺信 | 300 |
| 中华诗词学会贺信 | 301 |

## ·附　录·

| 中国书籍出版社精品诗词图书 | 302 |
| 《诗国》敬告读者 | 304 |

## 诗国开卷

刘庆霖

## 刘庆霖作品选

### 正午农家

果压棠枝偏井台，农人歇响院门开。
树荫筛下金千点，八九鸡雏啄去来。

### 陕北农家

秋日阳光篱上爬，一庭果树雀喳喳。
两童疯耍满身土，歪嘴石榴笑露牙。

### 农民直述

牛马相随知位卑，脸朝黄土报酬微。
回思一事堪骄傲，麦穗生光在国徽。

### 月　嫂

奉水端汤移步轻，洗完尿布哄娇婴。
床前厨下不停歇，收拾哭声陪笑声。

### 有感徐才厚、郭伯雄等巨贪

又闻硕鼠盗官仓，墙角挖空攀栋梁。
撸取国徽上麦粒，私囊中饱尚疯狂。

### 无　题

腐败风行众口传，侵吞百万不新鲜。
江山总有贪官出，各刮生民八九年。

### 回乡偶书

村口慈翁笑满腮，嘘寒握手不松开。
卅年在外音容改，仍被家乡认出来。

### 观妻缝衣有感

窗前缝缀用情真，脱手方知针脚匀。
彩布中间加片梦，衣衫穿旧梦还新。

### 琴台听琴

流水高山何处寻，台阶斑驳草深深。
吾歌吾哭吾还笑，每寸琴音贴在心。

### 弹壳口哨

钢枪虽不在双肩，退役男儿志未删。
弹壳一枚当口哨，常教心底警烽烟。

## 卢沟枪声

七十年前事岂埋，不须剥掉弹痕苔。
枪声衔在石狮口，每向行人吐出来。

## 过卢沟桥

正义人间不可欺，改书篡史罪难移。
男儿要在狮桥上，审判当年膏药旗！

## 赏西府海棠

小河东岸步春阶，手指芳香浓处歇。
风过飞花见三瓣，细观两瓣是蝴蝶。

## 海界·为三沙市成立而作

粼波细碎泛幽蓝，界在鸥声鲸影间。
水面版图常不见，无江山处是江山。

## 读　史

翻书掌上捡乾坤，史晕春秋史外尘。
莫问后人咋看你，正如你咋看前人。

## 故乡冬忆

### 一

梨花一夜没腰脐，万物皆迷人亦迷。
冰盖镩开搅蛙梦，竹笼挂起滚莺啼。
雪原持棒追狍子，草垛抱柴惊野鸡。
驮满童年冬记忆，柳条筐绑狗爬犁。

### 二

长河冰冻雪迷离，大野荒疏百兽饥。
村口时闻狼咬狗，屯中每报鼬偷鸡。
狐狸觅鼠印踪乱，獐鹿避人留迹稀。
最数黑熊多算计，休眠树洞舔肥蹄。

### 三

连同风旗响若礜，冻云流淌碎成齑。
芦花十里獐狍窜，秕谷半筐麻雀迷。
木栅门前挖雪洞，茅檐顶上跑爬犁。
母亲傍晚悄声语，苞米楼边野兔栖。

### 四

雪野空茫蒿草芰，埂渠阡陌网多潜。
大烟泡起风毛白，黑背河封水骨蓝。
靰鞡霜侵脚趾冻，铁环冰透手皮粘。
却欣素雅窗花俏，每自晨来带日看。

注：我的故乡在黑龙江密山市的完达山脚下，冬天雪很大。记得有一年大雪，我与小伙伴们在门前挖雪洞，直腰在洞里行走，头上还不露天，要在雪洞顶上开几个"天窗"才能看到光亮。每年到了大雪的时候，山上的獐狍就往山下跑，草野里的野鸡就往屯子里跑。有的人空手就能捉住它们。可惜，这样情景都跑到童话世界去了。

## 放学路上

游逛田间闲猎奇，小河水浅跳鱼低。
绣墩草扯蜻蜓脚，豌豆花穿蝴蝶衣。
歌手百灵云下唱，琴师蟋蟀垄头嬉。
刀螂偷了青蛙绿，躲在包心菜叶栖。

## 摊破浣溪沙·核潜艇

宛似长鲸星际来，大洋深处锁形骸。屏息浮沉唯偶现，任徘徊。
鸽子若持核按钮，久潜哪怕梦生腮。腹储光明何惧暗，待神差。

## 临江仙·江南春暮

千亩菜花黄透骨，炊烟四散乡间。黄昏迟到乐农闲。稻田窗格绿，蛙语一时欢。　　水畔人间温酒早，浑然忘却流年。晚霞烧了半边天。笑他西下日，纵火后旁观。

## 居香山歌

前年香山不识我，去年我不识香山。
今年人山两相识，尤幸身能居此间。
坐在山中看花笑，卧在山中听心跳。
行在山中山亦行，饮在山中山醉倒。
有话人可对山说，山语人能听心悦。
城中有楼不能迁，欲迁难与香山别。
料得明年山更亲，料得后年山似人，
直到他年山人合，难辨是山还是身。

# 中华诗词就该这样写

## 刘　章

庆霖诗友：

你好！8月23日，我观天池后兴奋地看白山瀑布，准备登车时，你匆匆忙忙地赠我《刘庆霖诗词》，我请你签了名。东北归来在火车上一翻，像当年读刘征的《霁月集》一样，沉浸在酒一样的诗情里。我因病，近总声称一般不再为人写序写评，但决心要写读你诗词的印象，于是写信，为诗词的事业。我9月去珠海，10月还乡行，对一个病人来说，自是很累，近两天才将杂事理完，沏一杯茶，细品你的诗。读完之后，一个整体印象：你悟到了诗的真谛，写出了当代真诗。北望云天，一颗明亮的诗星在东北天空升起。你的诗血气方刚，有国魂、军魂、民魂、诗魂！文坛有一种现象，不敢承认同行所达到的高度，若说你刘庆霖杰出，我刘章岂不是一般了。我不那样想，高就是高，敢于承认一个人的高度，有益于更多人的奋斗目标。我敢说："刘庆霖是杰出的诗词家！"也许有人说："别这样说，他还年轻。"刘庆霖都44岁了，还小么？李贺只有26岁，王勃也只有27岁呀。我不是胡吹乱捧，我连你一支烟都没吸过，无求亦无图于你，我怎样想，就怎样说。

我以为，你首先悟到了诗的真谛，写生活，写独到感悟，是故写出了真诗。你的起点很高。你是个军人，是个"磨快宝刀悬北斗，男儿为国枕安危"的军人。你时时不忘军人的使命，看一湖碧水，也要"裁得湖光作锦衣"。我仿佛看见你北疆秋巡："秋山才褪军衣色，白雪先沾战士眉。"看见你在夜巡时："不畏眼前歧路暗，万家灯火亮心扉。"新诗现代派不是强调"自我表现"么，就要这样"自我表现"，写崇高，写英雄主义，净化人心，鼓舞士气。你的《高原军人》四首，可谓字字珠玑，天然，天籁，表现了你的超人天赋。"夜里查房尤仔细，担心混入外星人"，妙！具有当代性。"一年三季雪封门，乱石嶙峋难觅春。风冻鸟声浑不啭，巡逻更上一层云。"环境是恶劣的、艰苦的，巡逻战士又是英勇的，"苍鹰作伴峰为邻"，而"白雪飞来花满身"又是那样美丽。那些"下半身写作"的淫诗人，写得出这样的诗句么？

作为一个军旅诗人，你全身心地拥抱祖国，拥抱人民。你用美丽的语言同情赞美放蜂人："千箱露冷风衣薄，甜在唇边是苦人。"你描绘巷里磨刀人："两块山根磨日月，一肩板凳在天涯。"庆霖，你让我好妒嫉，我每天对这些人投以温暖的目光，可是没写出一首诗。因你是"诗意般地生活"，因脱俗而超凡。你的诗意生活，自己得感冒，怕传染给花，得了肾结石，碎石说成激光开采……好个刘庆霖，成精了！连感冒都写成美诗，况春花秋月、细雨斜风？诗在何处，诗首先在心里，才在眼里。……你用爱心拥抱世界,赞美祖国名山大川,歌颂军民抗洪抢险。你也不能容忍战士前方守边、后方奢靡腐败,你批判"一筵笑语一头牛"的酒筵,和"走罢杭州走广州"的公费旅游。这方面笔墨你再多点,你是个有责任感的诗人。

我在想,为什么一读你的诗,我便自愧弗如,为你征服,成为你感情的俘虏?是因为你握住了诗的本质、诗的精神、诗的神韵,少用典,用当代人语言,表现当代人的感情。这样的诗句在你的诗里如繁星满天,如把织毛衣说成"山光打进毛衣里",抗洪时嫦娥"捐出心中一缕光",鄱阳湖里雁"自费"北方游。写到此,我才明白,为什么我的"独行无向导,一路问黄花",得到太多的错爱了,"向导"不就是当代口语么?旧体诗词有旧体诗词的语言个性和传承性,要完全割断,另起炉灶,绝不可能;而它又要与时俱进,不断吸收新的营养,补充新的鲜活血脉。所以,诗词重兴以来,写得合律、也是好诗的不少,让人耳目一新、过目不忘者尚少。欠新,过熟。依我看,你的诗词之路,就是当代诗词之路。

你的诗自然、清新、流畅、美丽,有意境,有韵味。你追求自然,韵味,口语入诗,水到渠成,如"五个男人五个省,一杯明月一杯秋","笑语寻常便是歌";你追求真切,如"炕上猫姿当画看";你的比喻新奇,如"嫦娥晚饭煮星星","炊烟袅袅如溪立";你想象奇特,如"星河水涨光犹湿,月桂花飘云也香","担心混入外星人";你机巧,如"谁解秋心是个愁","捎来俩月绝霜期"——"捎来"二字,若是我,也许写成"只有",诗味没了;你追求纤秾,婉约,也追求气势,如"如今我是石天子,统御湘中百万峰"……你的"我自赏花花赏我,谁来陪月月陪谁?"让我读到张若虚的《春江花月夜》的新版;"误入花间摇不出,诗思缠绕藕丝中",又让我想到李清照。

你的诗,但见才气,不见匠气,鲜活,味浓。诗有别才,非关学也。你潜心致志,心织笔耕,抱静守虚,像个大蚌,"含将石子终年孕,不信明珠生不成",终于孕育出明珠闪闪,经过"十年润笔不争鸣",小溪入海,达到"东西南北任纵横"的境界。

你让我嫉妒吧!你让我羡慕吧!因为我非诗评家,诗友间谈诗,写信更自由、随便。我写信的目的,是说:中华诗词就该这样写。我希望读到人间更多好诗，也相信会读到更多好诗。中华诗词刚刚重兴，需要鼓励，不要泼冷水。

此颂
冬安！

刘　章
2003年12月5日于石家庄

## 穿越鸟啼声做的时空隧道
——读《刘庆霖作品选》有感

### 丛　林

庆霖兄夜梦自己"穿越鸟啼声做的时空隧道"。读其近作《刘庆霖作品选》诗词卷，我也如同穿越了鸟啼声做的时空隧道。

### 被诗选中的人

有的人选中了诗，有的人被诗选中。1989年，一个叫李广源的人连续给他写了十几封信，劝他催他写诗。由此他还曾自嘲道："捉笔操刀费剪裁，我原不是缪斯胎。诗魔找到我头上，逼我帮它写出来。"（《杂感》之六）然而，他一入此门，便如鱼得水、如鹰在天，显示出非凡的才能。后来，他借"鱼"之口说出了这样的感受："家在寒塘远洞庭，芦花影里听蛙声。误食月钩光满腹，偶眠莲帐梦多清。"（《野塘鱼》）一句"光满腹"，知他已认可了被"诗魔"选中。其实，庆霖兄在诗词上的卓越表现缘于他不断进步的诗性思维。

他的诗性思维几乎是天然的。他曾告诉我，诗集中最早的一首作品是1990年8月写的《别三角龙湾》："塞外山奇水亦奇，龙湾相对两依依。诗刀且共军刀快，裁得湖光作锦衣。"整首诗由实入虚，充满了想象力的灵光。尾句"裁得湖光作锦衣"堪称神来之笔。要知道，这首诗创作于他写诗不到一年的时候。这种诗性思维在他后来的诗词创作中则更加出神入化了。我从他诗中挑选了有关"手"的诗句，可以证明这一点。"踏露身将湿，扶枫手欲燃。"（《入山行》之一）"江山一握手，天地两知音。"（《入山行》之二）"烟雨胸中气，江河掌上纹。"（《入山行》之三）"手握星辰偏不摘，留将指印鉴重来。"（《夜宿长白山顶》）"昼读翻残山石页，夜行挑瘦月灯笼。"(《秋日登大顶山》)"分别望残心里月,相逢握痛指间风。"(《送于德水之日本》)"能使心空荡乌雀,朝天十指亦森林。"(《江边观老者放飞笼中鸟》)"红叶相思山亦瘦,那天握了深秋手。"(《秋行香山曹雪芹小道》)在这些诗中,手可以燃烧,可以握江山,可以成为山水的一部分,可以将指印留在星辰上,可以翻山之书、挑月之灯,可以握痛风,可以成为森林,可以与秋相携。这样的诗性思维像潺潺流淌的溪流、随风浮动的草木、逢春而发的花朵一样自然;同时又是那样奇丽诡谲,出人意料。如果不是诗性思维,那就无法解释了。正像李同振说的,他是个"外星人":"掌上春光温四季,诗坛来个外星人。"(《庆霖风格礼赞》)然而,据我了解,他不是"外星人",他的诗性思维是一步一步形成的。

"旧体新诗"的提出。虽然说庆霖兄的诗性思维几乎是天然的,但这种思维也有一个从不自觉到自觉的过程。他1989年开始写旧体诗,到了2003年还没有给自己的诗作一个总体定性。2004年初,吉林省"真社"的十个诗友要给他开个研讨会。他想了一个晚上,给自己的作品定性为"旧体新诗",即"用旧体诗的形式创作新诗,用新诗的理念经营旧体诗。"2004年6月,他在《浅谈我的"旧体新诗"》一文中,总结了自己的诗词是"思维方法新""表现手法新""语言新"。从此,他才开始自觉地追求"旧体新诗"的"三新"。后来,有人给"旧体新诗"找到了一个标志性的词——"五声",即五个押"声"字的诗句:"捆星背月归来晚,踩响荒村犬吠声。"(《冬日打背柴》)"提篮漫步林间觅,拾起蘑菇破土声。"(《夏日捡蘑菇》)"晨起匆匆揉睡眼,推窗抓把鸟鸣声。"(《松花江畔农家小住》)"喜观崖雪纷崩落,听得残冬倒塌声。"(《十二上龙潭山》之一)"枕过春山留梦迹,担回溪水有蛙声"(《春日述怀》)这"五声"确实能在一定程度上代表"旧体新诗"的特点。有人给他起一个雅号"刘五声",并说"古有'张三影',今有'刘五声'"。内蒙古通辽的杨青先生还专门为此写了一篇文章。

"生命思维"的归纳。"旧体新诗"的特色有了,但什么才是它的创作方法?或者说,什么是它的思维方式?据庆霖兄自己说,有一个老师在1990年就告诉他:"写诗要多关注诗词理论。"从那时起,他就开始注重诗词研究,并逐步把研究的重点确定在诗性思维上。所以，对自己的思维方式，他的思考不是一年两年了，终于在2011年，他写了一篇《如何把握"生命思维"》的文章，提出了"赋物以生命"、"物化自我"、"视无形为有形"三种思维方式，同时归纳为"生命思维"。"赋物以生命"就是视一切皆有生命，皆有思想情感。例如他的《摊破浣溪沙·核潜艇》："宛似长鲸星际来，大洋深处锁形骸。屏息浮沉唯偶现，任徘徊。鸽子若持核按钮，久潜哪怕梦生腮。腹储光明何惧暗，待神差。"核潜艇被赋矛了思想、情感、智慧，这不是拟人，是"生命思维"的一种方法。物化自我，就是把人作为大自然的一部分，物我同一。诗人可以把自身想象为一棵树、一座山、一滴露等等，以这种方式去体物。如《清晨过小昭寺》："煨桑烟雾绕经堂，大殿众僧超度忙。我是石狮门口坐，胸中有佛未开光。"诗人把自身想象为一座石狮，想到狮子也应该有心，然后想到"心即是佛"的佛教通语；人、石、佛在这里实现了高度统一。视无形为有形，亦即把无形的、无声的、无知感的事物视为有形、有声、有知感。如《白城包拉温都赏杏花》："广漠青黄识草芽，春风昨夜入农家。林间坐到夕阳晚，撩起黄昏看杏花。"黄昏本无形，岂能"撩起"？然而，这在作者"生命思维"的状态下，却变成了合理的想象。由于"生命思维"三种形式的归纳，"旧体新诗"有了可操作性，便于理解学习。

逆向思维使他的诗更加奇崛。逆向思维是诗性思维的一种特殊方式，也是诗词出新的有效手段，这种方式被庆霖兄采用，产生了许多绝妙的境界。例如："踏青逢雨半途回，傍晚山门始得开。大度不和春计较，小晴但向月徘徊。"（《访净月潭》）访净月潭不成就赏月，雨天阻了我的行程，我不在乎，不和春计较，这是咱的大度，真是令人难以置信的想法。再如："鲸吞六国鬼神惊，秦俑依然气势宏。若使我生千载上，定邀嬴政夜谈兵。"（《观兵马俑》）秦始皇用兵神奇，且高居帝座，要与其平起平坐，并邀他"夜谈兵"，又是一个大胆而逆向的想法。又如："玉皇顶上雾初开，大小峰峦膝下排。稳坐松前倚石案，招呼红日见吾来。"（《泰山观日出》）看日出变成了"招呼红日见吾来"，这种想法就让人吓一跳。有人说，诗性思维已经"长"到了刘庆霖的身体里；有人说，从身边路过的风中他都能抓出诗来。

我只能说，是诗选择了他，而他也"找到了诗词的法门"。诗与人完全融为一体，他成了一个诗人。

**视诗如生命**

单独看刘庆霖的思维，确乎有些神奇。但如果你知道他如何爱诗，就完全可以理解了。庆霖兄写诗的努力程度不逊于任何爱诗的人。在他身上，既能看到慧能的瞬间顿悟，也能看到达摩的十年面壁。

其一，视诗为生命的一部分。庆霖兄曾经说：自从他写诗开始，二十几年的业余时间只干了一件事，写诗与准备写诗。他常说，诗是生命的一部分，诗是焚烧思维留下的舍利。他告诉我，这个认识也不是开始就有的，而是通过四个阶段，逐步认识得到的，第一阶段，认为写诗只是一种爱好，兴趣来了便写，兴趣走了便不再想它，可有可无，纵有佳作，也属偶然；第二阶段，认为诗是生活的一部分，有了诗，黑白世界变成了五彩缤纷了，生活中不能少了诗；第三阶段，诗是生命的一部分，生命因为有了诗则更有意义，诗成了魂牵梦绕的东西，诗已融入了自己的血液里；第四阶段，认为诗是焚烧思想留下的舍利，它将永远留在人间，不因生命结束而消亡。随着这种认识的一步一步加深，他把可以利用的时间都用在了读书和写诗上。如果一段时间写不出诗来，他就烦躁不安，而一旦写出自己满意的好诗，哪怕是深更半夜，也要喝上一杯以示庆贺。他曾经写过一首《蚌》："海是家乡贝是朋，惯于水底枕涛声。含将石子终年孕，不信明珠生不成。"蚌含石子，不拒艰辛，持之以恒，以孕明珠。这也是庆霖兄的自我写照。

其二，认为诗路是条朝圣的路。刘庆霖2012年给老诗人丁芒写了一篇诗评，题目是《诗路是条朝圣的路》。其实他自己也在不断地朝圣。我只举一件事例，2003年初，他读了《聆听西域》散文集后，就一定要去西藏"朝圣"，不是去朝佛，而是去朝诗。在他看来，古代诗人几乎没有去过西藏。西藏当地人又几乎不写汉诗。清代官员写了一点西藏诗词，现代诗人走马观花也写了一些西藏的诗词；但谁也没有真正对西藏大地进行过诗的耕耘，加之西藏高原缺氧，去的人本来就少。所以，写西藏诗词是个难题，也是个好的选题。于是，他从2003年开始，用了十年时间写西藏诗词。先后三次去西藏体验生活，阅读了五十多本有关西藏的诗歌、散文、纪实等，写了一百多首诗词和感言。然而，三次去西藏，有两次严重的高原反应，其中艰苦，唯他自知。正如他写的《朝圣者》："一念生时杂念沉，低头磕向日黄昏。以身作尺量尘路，撞得心钟唯自闻。"功夫不负有心人，2014年《诗刊》增刊《子曰》第四期用11个页码发表他《天堂隔壁的诗》和自序文章，足见其影响之大。二十几年写诗，他以虔诚的心，读万卷书，行万里路，从容不迫地向诗路朝圣。世界是公平的，如果你努力了，而且方向是正确的，就会得到回报。驼鸟练腿，跑得就快；雄鹰练翅，飞得就高。

其三，以诗为乐。庆霖兄曾是解放军某部政委、上校军衔，2006年从部队退役，当时他47岁。他完全可以选择转业地方，再工作十几年，但他选择了自主择业。从此他把业余爱好当成了职业，并以此为乐。退役之后，他先是在吉林省长白山诗社编《长白山诗词》，后又受聘于中华诗词研究院，任《中国诗词年鉴》执行副主编，现在《中华诗词》任副主编。说句实话，单说在北京租房子居住，就是很艰苦的。他那首《临江仙·写给一位北漂》难说没有自己的影子：

"醉在京城出租屋，喝干半碗乡愁。月光覆盖鬓边秋。老家来电话，只说是丰收。把萨克斯吹哭了，黄昏温婉清幽。明天依旧挤车流。看花人笑语，等我路回头。"可是，他是乐观的，因为他以诗为乐。到京城的第三年，他租了第三个房子，地点在香山娘娘府，夜里做梦，梦见自己穿越鸟啼声做的时空隧道，连夜写下："京城一住不思还，家向娘娘府院迁。赁得空间存梦想，分来雨露润心田。四时宾客日星月，两个邻居金玉山。莫问明年居哪里，时空隧道鸟啼间。"租了一个房子，每年房租要四五万元，还高兴地说"赁得空间存梦想"，"四时宾客日星月，两个邻居金玉山"，而且，不管明年搬到哪里，都在鸟啼声做的时空隧道里。

爱诗如此，诗便回馈了他。翻开他第一本诗集，有一首1992年写的《溪畔吟诗》："十年润笔不争鸣，诗句吟成寄水中。待到随流漂入海，东西南北任纵横。"由此可见，他原本就准备好了下苦功夫，耐住寂寞，做一番拼搏。

## 境界高于风格

有人说，刘庆霖的诗有个性，已经形成了自己的风格。但我认为，他的境界高于风格。一个诗人如果没有自己的风格，就没有真正地找到自己。可一个诗人只有风格没有境界，就没有真正找到诗的真谛。我们在刘庆霖的诗词中看到了这种境界。

一是书写普通人。在他的诗词中，写普通百姓生活的占了一定的比例。例如："口令传呼换哨回，虚惊寒鸟绕林飞。秋山才褪军衣色，白雪先沾战士眉。"（《北疆哨兵》之一）"四月南风吹梦华，残霞满地鹊喳喳。清晨抱帚林间扫，不管开花管落花。"（《公园清洁工》）"奉水端汤移步轻，洗完尿布哄娇婴。床前厨下不停歇，收拾哭声陪笑声。"（《月嫂》）"觅得芳菲作近邻，却依蜂意动迁频。千箱露冷风衣薄，甜在唇边是苦人。"（《路边放蜂人》）"不晓光明咋弄丢，春天到了眼成秋。同如雾影茫一片，天比屋檐高半楼。书里梯攀手指上，世间路在竹竿头。偶思扑蝶草丛坐，摸到枯花唯泪流。"（《代盲人作》）等等。当然，不是说写寻常百姓，诗人的境界就高了。关键看诗中对这些人物倾注了多少真情。庆霖兄在写这些人物时，多半都是真心地赞美或同情。只有作者的心与诗中人物紧紧地贴在一起，认真体会他们的生活感受，诗才能这样真切感人。诗人不能完全纠缠个人的情感，应该以更多的笔触去碰撞社会，替普通百姓写诗，甚至替山川草木写诗，这是一种高尚的情怀和境界。

二是书写军人情怀。军人的情怀多半是爱国奉献和思乡怀人，其格调多为高亢乐观。庆霖兄军旅生活近三十年，对军人生活和心境比较清楚。其军旅诗不仅表现个人的情怀，也在一定程度上代表了一代军人心路历程。例如："十年望月满还亏，看落梅花听子规。磨快宝刀悬北斗，男儿为国枕安危。"（《军营抒怀》）中国近三十年边境无战事，但和平不等于军人责任减轻了。不忘战并为战争做好准备，是军人的责任。而"磨快宝刀悬北斗，男儿为国枕安危"，就是当代军人的高尚情怀。再如："塞边飞将鬼神惊，策马黄沙万里行。名重难封又何憾，男儿光彩照长城。"（《汉将李广》）这是当代军人忘我的名誉观。只要男儿的光彩能够照耀"长城"、威慑敌人，个人名誉和官职又算得了什么！又如："从戎万日守边庭，解甲百天思故营。梦里集合惊坐起，一抓军帽泪忽倾。"（《退役杂感》）一个老兵对军营的眷恋总是真诚的。这种眷恋出于真正的爱，这种爱已经长在老兵的身上，不会因为退役而丢掉或减少。因此"梦里集合惊坐起,一抓军帽泪忽倾",也代表了多数老兵的军旅情结。当然,军人的思乡怀人之情,在他的笔下也表现得生动感人。例如《清平乐·忆探家》:"归心箭急,知是情难易。相拥老妈同笑泣,忽地摆成宴席。酒停俩弟仨兄,相围一盏昏灯。瓜籽嗑香秋夜,虫声喂饱乡情。"自古军人忠孝难以两全,战士在为国尽忠的同时也经常思念亲人,盼着与亲人相聚。战士探家,也是这种情感集中体现之时。这首词写得热烈感人,使人过目不忘。

　　三是书写正能量。正能量是社会中的正义力量。诗人要理直气壮地书写它弘扬它。它可能是一件普通事情的亲身体悟,如:"鸟啼零落不堪听,夜半伏边庭。凉风吹拂钢枪管,刺刀上、一点流萤。蛛网分沾草露,界碑爬上虫声。风流年少亦多情,手握大山青。以身焐热边关土,五更时、撤走如星。脚印微芜月色,眼窝深陷黎明。"(《风入松·边关潜伏》)边关潜伏是艰苦的,但也是幸福的,因为潜伏的人为国家安危尽了自己的心力。所以,当他完成任务时"脚印微芜月色,眼窝深陷黎明",愉快地返程了。书写正能量,也有可能是对一个大的历史事件的评价,如:"百万雄师连夜发,席天卷地风生。漫言数载苦经营。千舟江面压,一帜岸边倾。四面枪声同爆豆,奈何得我神兵?五更天幕薄如绫。星星弹孔里,流淌出黎明。"(《临江仙·渡江战役》)当年席天卷地的渡江战役,用一首小令表现和赞美,而且鲜活有味,实在难得。尾句虽然从北岛的"从星星的弹孔里,将流出血红的黎明"(《宣告》)中化出,但能赋予新意,并与整首词浑然一体,令人叹服。书写正能量,还有可能是对某一事物的赞美,如:"只为春风绽粉腮,女皇何必紧相催。枝虽入世横斜出,花未因人喜怒开。晓艳但分霞彩韵,晚芳犹慕麝兰才。洛阳一贬名千载,信是香从骨气来。"(《牡丹》)书写正能量,也有可能是对某一事物的认识或对某一类人的讽刺,如:"一线阳光绕指缠,世间物理不轻言。薄云似被遮深谷,小路如绳捆大山。"(《杂感》之二)"怀揣公款乐悠悠,走罢杭州走广州。堪笑鄱阳湖里雁,年年自费北方游。"(《有感》)"皇家权重自通灵,能贿神仙到九重。七十二场浇墓雨,一场不是济苍生。"(《闻清东陵地区每年下七十二场浇陵雨》)当然,无论是赞美还是讽刺,他都力求做到诗味浓厚,诗境优美,用诗的语言说话。庆霖兄较好地把握了这一点。

庆霖兄有一篇题为《努力做到见自己、见天地、见众生》的文章。他是想修炼诗人的大境界。李绅的《悯农》、杜甫的《茅屋为秋风所破歌》、白居易的《赋得古原草送别》、于谦的《咏石灰》、文天祥的《过零丁洋》都是大境界。这些诗，成为今天诗人前进的方向。很高兴地看到庆霖兄在营造个人风格之后，又抓住了诗词境界这个重要问题，并不断地提升自己的高度。

《刘庆霖作品选》诗词卷我有幸先睹为快，这里也只能道出冰山一角。它的艺术全貌只能由读者自己探寻。在此，祝愿庆霖兄像他《中秋赏月述怀》中写的那样一路前行："莫谓人间路万重，一壶浊酒笑临风。手提明月行天下，怀抱诗灯挂夜空。"

林　峰

# 一三居存稿

## 青岩菊林书院

旷古文光接斗牛，青岩如画菊林幽。
西来未觉秋容改，为有诗花在上头。

## 留别贵州诸友

迢递西南路，逶迤山几重。
盈眸云浪远，回首水烟空。
酒尽箫声外，歌飞柳影中。
纷纭离别意，一样与君同。

## 余姚梁弄诗社二十周年庆

白水长风起浙东，樱桃似火压枝红。
云端借得梨洲笔，天雨联珠落碧丛。

## 鹧鸪天·蕉园诗社五周年

快剪春风入玉弦，钱塘水碧拥婵娟。
笔花浓淡生香雾，墨树参差起瑞烟。
苏子侧，少陵边，蕉红竹绿鸟声妍。
且将月户溶溶意，谱作清歌字字圆。

## 楠溪江

绿暗沙平花满堤，瀑声如梦下楠溪。
知君到此思陶谢，曲水千年不肯西。

## 中秋寄台湾友人

玉管飞时丢翅舞，桂枝香处酒杯深。
半空月染乾坤白，一色秋涵两地心。

### 减字木兰花·寄远

苍茫云水，迢递青山千万里。芳草浓时，廿四桥头春未迟。烟笼三月，来看木兰花一叶。淡伫湖楼，人影婆娑柳影柔。

### 送 秋

黄叶飞时风有色，海棠开后月无声。不知今夜星霜里，秋在归途第几程。

### 鹧鸪天·"衢州烂柯杯"全国围棋冠军赛

霞满石桥花满城，秋涛千迭沸如蒸。思凝黑白谋生死，计出方圆斗纵横。仙磬遥，井纹明。樵声断续醉中听。莫辞今夜琉璃盏，远近山同竹叶青。

### 鹧鸪天·浙江科力印业公司

芳草幽园树影斜，流金霜露淡秋华。新池积翠窥鱼戏，灵雀婆娑印玉沙。杯在手，墨飞花。清歌邀月走龙蛇。连宵笔舞精光动，宝篆如丝吐彩霞。

### 鹧鸪天·巨化四小诗教观后

瀫水洲头绿满枝，三春最是赏花时。潇潇雨似书声脆，淡淡柳随新燕飞。秉玉尺，续高晖。与君同唱少年词。莫言楼外青桑古，叶上银蚕正吐丝。

### 菩萨蛮·龙游新农村

银灯熠熠村街直，笼阴柳泛娉婷色。蝴蝶作花飞，飘香帘欲垂。玉钩楼上挂，把盏樱桃下。醉眼入春心，田歌吹满襟。

### 思佳客·与长河先生益红兄婺州小聚

曲发长河体变新，惜无佳句续阳春。调谐金石千章合，思逐云霞五色分。词隽逸，酒天真。绿莺黄鸟也留人。君归不折亭前柳，惟赠溪头月一痕。

### 菩萨蛮·江心屿

水天澄澈斜阳烂，云浮孤屿中流半。帆落绿波平，棹移秋色清。西风消息好，碧螺红莲小。谁肯过江来，山中翡翠开。

## 西江月·初春

倚槛花开五福,登楼月送三多。空山雪化一声歌,枝上黄芽绽破。

回首杏林烟渺,徘徊竹影婆娑。毫端流彩作春波,要染心花千朵。

## 西江月·龙游大街

谷老烟轻岸翠,泉飞露白天秋,残阳如梦我如鸥,数点黄花如友。

欲向楼头待月,何妨仗剑寻幽。溪阴谁渡范蠡舟,来买青山三亩。

## 浣溪沙·西溪赏芦

岸曲西溪秋水深,露华红片对瑶岑。汀葭吹絮作云襟。　把酒最宜花尽白,抱琴须待月初阴。不同唯有看花心。

## 鹧鸪天·秋日怀远

醉里清风入酒卮,雁来正是菊黄时,谁人识得高秋美,斜倚天箫唱竹枝。

歌袅袅,月迟迟。事如春梦渺难知。不须愁怅江湖远,山外浮云有我思。

## 十万大山

雨滴明如风里色,风声消似雨前钟。大山十万谁能数,我在云边第几重。

## 壬辰恭王府海棠雅集

梦中瑶蕊倩谁寻,萃景楼头对酒吟。最爱朦胧春夜雨,轻轻滴入海棠心。

## 浣溪沙·海棠诗会

半入东风半入烟,红裳窈窕粉腮妍。醉扶娇影翠微边。　春色斑斓前后海,月痕浓淡晚来天。怜她花事一年年。

## 临江仙·老子山

山下洪波晴外涨,山中秋晚莎深。青牛西去恐难寻。红炉香未了,灵洞古灰沉。　过尽流云天一色,九皋凤落松阴。丹崖如梦菊如金。太霄闻玉笛,莫负老君心。

## 黄花冈

何故黄花不肯凋，珠江往事未曾遥。
亿年海国生豪气，万壑雷声下碧寥。
已许头颅酬社稷，早留志节薄云霄。
英雄血涌三千丈，遍染朝霞似火烧。

## 宝峰湖

宝峰涌翠入苍冥，如洗湖天分外青。
珠吐玉蟾开雾帐，翎分金雀上春屏。
扶疏花影指间绕，断续泉声石上听。
应是中霄神女在，瑶池洒落一坛星。

## 水调歌头·张家界

极目碧虚外，烟雨两溟濛。乱云飞起，武陵何处觅仙踪。崩岏幽崖百丈，刻削层峦千里，疑入九霄东。莫道青莎老，长卧洞庭风。　天门月，茅岩瀑，玉皇松。只今欲把、等闲心事付春鸿。许是名山有待，怜我诗心依旧，遥赠绿芙蓉。未有惊人句，不肯上巅峰。

# 此情只合作诗人
——林峰《花日松风》读后

## 杨金亭

林峰是世纪之交，崛起于诗坛的一批中青年诗人中的佼佼者。他的既能书写当下，又能衔接传统，诗风独到、出手不凡的诗词创作，早已引起了诗词界的广泛关注。《花日松风》是他的第二本自选诗词集。已故著名诗词家袁第锐先生在为本书作序时曾称其"君诗词晓畅明丽，蕴藉有致……时有警策，直逼古人"。又说"以风格论，诗风近晚唐，词近五代花间"。我以为这个评价是切中林峰诗词创作中所形成的个性特征的。最近我通读了这本集子。觉得，林峰的作品在表现艺术上确有对晚唐"小李杜"的意象美、以及五代花间语言美、秾艳美的吸收。从而使他的作品具有了"诗言志"且"缘情而绮靡""诗赋欲丽"的美文学特色。

读林峰的诗，给我的突出感受是，诗美享受中的"熟悉的陌生感"。所谓"熟悉的"就是集子中诸多精品佳作，读来都有一种阅读古典作品的美感享受。这来之于诗人平时的阅读、修养和创作上的精益求精，更来之于诗人对传统文本、文化风神、化古融今的自然和谐。所谓"陌生"，则是指作品在书写当下生活中，在思想感情、艺术表现上超越前人，也超越同代人，属于诗人独创的新意。这便是现代生活题材，现代人的思想感情和古典传统形成的统一，开拓出的既新且美，富于时代感的诗意境界。这就是在传统基础上的创新。无此创新，作者就永远进入不了诗人之林；无此创新，中华诗词事业就没有与时俱进的发展。

据我所知，林峰还是一位多产诗人。他在全国和地方文学刊物上刊出的作品很多。他的这个集子选得极严极精。入选的112首作品中除了几首长调外，几乎都是律绝和中小令词。这些作品都是经过千锤百炼的精品。从中我找不到一首了无诗味的平庸之作。

19世纪俄罗斯著名作家曾认为："在任何天才的身上，重要的东西却是自己想称为自己声音的东西。"（见《文艺美学辞典》12页）我不认为林峰是"天才"。但是，从他的作品中却可以看出，他的确具有严羽所谓"诗有别才"的诗人禀赋。这个别才所指，便是诗词创作所规定的也是作为性情中人所具有的"激情"和"妙悟"。难得的是林峰的创作，确已有了"用自己的声音，为人民歌唱"的自觉。看得出，他的作品早已从仿古语言和急功近利的公共语言中脱颖而出，做到了用富有个性的"自己的声音"的"诗家语"提炼意象、创造意境，进而形成了自己的抒情个性，有了自立于诗林的创作风格。他的诗阳光亮丽，刚柔并济，唱出了中华民族复兴时代的正声强音，其作品用以打动读者的主要诗美特征是：

## 一、作品的倾向性从不直接说出

和历代具有忧患意识和悲悯情怀的有作为的进步诗人一样，林峰是一位具有先进文化倾向的诗人。他爱祖国、爱家乡、爱人民。爱祖国的山川、风物以及有着悠久历史的民族文化。但是这一切在他的诗中，从不直接说出，而是通过充满诗情的意象、意境暗示给读者的。试读《鹧鸪天·迎春曲》："万树梅花乱碧空，三衢城阙管弦中。柯山雪舞晴光动，瀫水云回紫气浓。烟穗烂，绮灯红。楼台把酒坐春风。东君已报丰年信，两岸铺开锦绣丛。"

词作以诗人故乡衢州某地一场元

宵灯会为题材。通过"楼台把酒坐春风"的现实感受，抒发了诗人热爱春天的浪漫情怀。词的上阕纯以白描意象，深情并茂地烘托出诗人家乡红梅蔽天，雪花飞舞，春光骀荡，紫气回旋的一幅生机盎然、热烈火爆的早春画卷。下阕以"东君已报丰年信，两岸铺开锦绣丛"作结，令人遐想。四时原自然，冬去春自来。春到江南的诗情画意已呈现在读者面前。至于作为诗人的浪漫情怀和理想愿景中所预示的那个春天更深一层的诗意境界，即作品的主题是什么？诗人没有直接说出，而是留给读者沿着"丰收信"和"锦绣丛"两个意象的提示，自己去解读了。所谓："言不尽之意，见于言外，令人思而得之。"（宋·梅圣俞）正是这个意思。林峰的诸多作品是做到了思想倾向从诗的意境中自然溢出，从而受到读者赞赏的。

## 二、化美为媚，活色生香

林峰的诗词创作，很大一部分是山水诗。其中很多佳作也多是从大自然中，关于山水景观以及风花雪月的深情吟唱。在诗的艺术表现上，颇有创意的是，诗人善于捕捉富于动态美的意象，赋于山水景物以活脱脱的生命，给人以活色生香的审美感受。这个作为我国诗歌中常用的艺术手法恰与西方的美学理论暗合。例如18世纪德国美学家莱辛，在他的美学名著《拉奥孔》第21章《诗人就美的效果写美》中，就提出过一个"化美为媚"的美学观点。他解释说："媚就是在动态中的美。因此，媚由诗人去写要比画家去写更适宜。"他还认为"媚比起美来，所产生的效益更强烈"（朱光潜译）。我国另一位美学大师宗白华则译为"美在流动之中"。可是这个由"动态"或"流动"美意象出之的"化美为媚"，在诗歌创作中，是一个具有普遍意义的美学法则。统观林峰的诗词创作，看得出，诗人确有通过"动态美"意象的运用，使之具有"化美为媚"进而产生魅惑力效果的自觉。试读《木兰花·龙游国际龙舟赛》："灵江十月欢歌涨，箫鼓声中人尽望。秋阳千丈弄涛旗，一碧长波雄气象。中流飞舸排银浪，夺锦豪情和酒漾。试看谁敢立潮头，姑蔑龙腾天下壮。"这首只有八个句子的小令词，已把"动态美"的意象运用到了美的极致。这里有十月欢歌的潮涌，有箫鼓喧阗的和鸣，有百舸争流的竞技。更有夺锦豪情的高涨和千丈秋阳抚弄猎猎涛旗的夸张意象。所有这一切，构成了赛场上一曲色彩斑斓，格调昂扬，天人合一的生命律动的雄歌豪唱。词的上下阕的结句"一碧长波雄气象"和"姑蔑龙腾天下壮"。是"立片言而居要"的点题之作。前一句是指这场龙舟赛的诗意美所表现出来的改革开放后共和国的盛世气象；后一句中，"姑蔑"是指诗人家乡浙江龙游县。龙游春秋时期是越国附属国姑蔑的首都。在这里作为典故，与"龙腾"（即龙游）并列，成为古今意象重构。意在表现龙游人成功举办龙舟赛的豪迈气概和龙游经济社会蓬勃发展走向世界的美好前景。当代著名诗人教授袁行霈先生论诗，首倡气象。他认为"诗之有气象，如山峦之有云烟，江海之有波涛，夺魂摄魄或在于此"。并主张"气象以雄浑飘逸为上"。林峰包括这首诗在内的不少佳篇，也多是通过雄浑飘逸的诗中艺术气象，折射出昂扬奋发，高歌猛进的时代气象的。

## 三、用事如同己出

构成林峰诗词美的另一艺术特点，便是与传统对接中的善于用典。用典也叫做用事。即于诗的语言中，根据立意、抒情的需要借来或化用相关历史或传说中的故事，以及前人富于文化内涵的词句等，以增强诗歌意象、意境的艺术张力。林峰用典不多，但做到了"用事如同己出"的恰到好处。比如《卜算子·江滨公园》："花影半江红，风里芳枝举。浅浅芦丛袅袅烟，香湿丝丝雨。水上往来舟。舟上罗敷女。千倾芙蓉带晚霞，作我沧波侣。"上半阕是一幅色彩鲜明，柔美婉约的风景画。下半阕借景抒情，画面中出现了抒情主人公所期望的"作我沧波侣"的那个"舟上罗敷女"的艺术形象。"罗敷"是汉乐府经典《陌上桑》中塑造的一个聪慧、正直、勤劳、勇敢且美貌绝伦的采桑女。在林峰笔下出现的罗敷，应是当下劳动美女的象征。诗中情节，想来非是诗人的游园惊艳。读这首诗，会引起读过《陌上桑》人们的共鸣。进而和作者一起进入"游园惊艳"或"惊梦"的"诗意栖居"之中。这就是古今意象重构产生的艺术张力。看得出，集子中凡有妙用典故的诗句，还能为作品平添上几分淡雅的书香气息。

## 四、贴近社会，关注时代

这本《花日松风》收录的是林峰

2006年之前创作的诗词作品。近几年来，让我欣喜的是，他的创作方向和创作风格都有了很大的变化。可以这样说，他正逐渐由"小我"走向"大我"。他的早期作品是以婉约抒情为主的，而近些年来却时有豪放之作，融入了清俊硬朗的色彩。创作内容也由山水抒情向注重现实方向发展。出现了大量的贴近社会，讴歌时代的好作品。如他写的歌颂党的十八大的作品《鹧鸪天·喜贺十八大》："紫禁城开浩荡秋，燕山如玉翠如流。且将五彩清和景，来绘千年壮丽州。星斗转，露华浮。团栾佳气动双眸。长歌声里潜龙起，十月雷奔天尽头。"这类作品最不易写，弄不好就写成"格律溜"或"老干体"。但林峰却写得诗意盎然，激情饱满。既有对国家和民族的歌颂，也有对未来美好生活的渴望和憧憬。难能可贵的是整首词看不到一句陈词滥调和公式化语言。再看他的《水调歌头·钓鱼岛之思》："浩瀚水天阔，海国湛然秋。蓬瀛何处，清螺几点漾中流。云涌洪波千叠，风卷潮声万里，苍屿小银瓯。旭日掌中出，白鹭指间浮。尧舜域，永乐土，好神州。年来频见，重洋瘴雨锁归舟。冷看扶桑未死，谋我东南玉璧，堪笑一蜉蝣。天半龙骧怒，誓把版图收。"当下写钓鱼岛的作品很多，但林峰这首却是我迄今为止看到的同类题材当中最好的一首。这种极为沉重的话题在林峰笔下却表现得潇洒自如，给人以举重若轻的感觉。他在词中把政治原素和钓鱼岛的自然风光以及人文历史结合得天衣无缝，并把自己捍卫国家主权、保卫国家领土完整的决心，展现得淋漓尽致。寄情于景，托物言志，这是诗人的高明之处，也是诗人追求的理想境界。同时这也是他几十年来浸淫于传统文化的结果。由此我们可以看到，林峰的文艺创作是做到了切入生活，兼收并蓄的，他的诗词作品既具有江南水乡的地方特色，又具有浓郁的改革开放的时代气息。从而形成了"豪放清雄美"兼而有之的个性风格。

此外，林峰在创作中，还很善于运用色彩意象来烘托诗中意境，有画的逼真感。这里就不再一一解读了。拉杂说来，言犹未尽，漫赋小诗二首作结：

越吟吴调几消魂，柳岸河塘月近人。
妙采花间秾艳句，变奏和谐盛世音。

山程水驿绿缤纷，烟雨廊桥系梦魂。
花日松风催雅兴，痴情只合作诗人。

# 格律诗词卷

○ 星光灿烂
○ 百家风雅

## ·星光灿烂·

刘　征

### 水调歌头·九十自寿

落日原非落，逝水逝何曾。时清许我狂放，有味是无能。深深浅浅脚印，仄仄平平诗韵，何物寿先生：一碗炸酱面，卤煮也还行。　　唯一事，心血沸，肺肝铭，百年沧海亲历，家国最关情。愤则咚咚鸣鼓，喜则泠泠鼓瑟，寤寐感阴晴。自笑等尘芥，蒲藿向阳倾。

### 水调歌头·端午漫想

当日汨罗事，雷电激心潮。横飞白发千丈，如火指天烧。已恨蛾眉遭妒，忍见群芳委谢，身赴浪滔滔。高唱震千古，热血铸离骚。　　今之世，超神禹，迈唐尧。云车风马来下，魂返不须招。踏遍苍茫大地，到处滋兰斩棘，无土不妖娆。待写大同颂，豪唱入云霄。

### 题书舍壁

一

书巢差可比，斗室小乾坤。
夜饮杯中月，窗含天下春。
沧桑一支笔，忧乐百年心。
错杂罗书史，长歌阅古今。

二

落寞诗人宅，寻常百姓家。
图书纸笔砚，酱醋米盐茶。
卷饼尝新酒，开门纳落花。
梦中鞭老骥，犹自逐无涯。

### 蝶恋花·蝴蝶兰

多谢春魂不负约，天上飞来便向枝头歇。蝴蝶变花花变蝶，是花是蝶难分别。　　借问庄生作何解，梦到而今百唤浑不觉。影翩翩兮情切切，何真何幻何生灭。

### 临江仙

电视讯息，一头走进人居住地的狮子扑咬一个婴儿，在万分危急之时，母亲徒手勇斗狮子，居然救出婴儿，母子虽受伤，无大碍。伟哉母爱。

婴儿竟脱狻猊口,爪牙母爱孰强?至柔如水母心肠。救儿当火急,化百炼精钢。　人心万水同流向,缘何猬集刀枪。大寰生气厌冰霜。和平萌万绿,败叶扫强梁。

## 金缕曲

<small>欣森同志以诗四首见赠,情真笔老,感人至深。谨制《金缕曲》奉答。</small>

一介寒儒耳。走匆匆,白头乱发,百年余几?凡百无成不自弃,性僻偏耽诗笔。却苦乏凌云才力,虎跃龙腾千万态,只一鳞半爪存而已。向沧海,添一滴。　新蝉抱树槐花坠。味公诗,薰风拂面,铿锵焦尾。洒遍长天翻墨海,难尽九州佳气。向诗苑滋兰树蕙。文运方随国运盛,看弦歌户户新潮起。公与我,为诗醉。

欧阳鹤

## 忆与亡友钱明锵同游江心屿

孤屿嘤鸣慷慨同,浩然楼上忆音容。文公谢客心齐仰,正气诗情曲未穷。叱咤骚坛君誉侠,吟哦阆苑我甘虫。夕阳又照瓯江水,不是霞红是泪红。

## 水调歌头·飞讯致嫦娥

君本尧疆女,吞药赴遥天。蟾宫空守,清寒孤独更谁怜。天上白云苍狗,人世桑田沧海,寂寂几千年。畴昔人何在?今日梦难圆。　乘长风、游广宇、有飞船。秒行百里,家乡重返又何难。莫若轻装简束,且趁神舟便旅,瞬息把家还。华夏龙腾日,胜景展眸看。

## 忆江南·中秋三唱月

中秋月,朗朗照无疆。玉露弥天天不夜,银辉撒地地生光。处处溢清芳。

中秋月,光照古今通。尧舜开疆天下定,汉唐拓土宇中雄。异代接长龙。

中秋月,普照九州同。民并城乡齐奔富,人兼南北共吟风。其乐也融融。

## 临江仙·奥村中秋夜抒怀

又是玉轮圆此夕,长亭坐到三更。微风淡柳杂蝉鸣。入眸双月朗,照水一泓清。　　夜静凭栏深自省，髦龄底事功成？惟将心血献中兴。但求生不愧，何计死无名。

## 何宝珍烈士110周年冥诞

群狼争馔祸频临，巾帼扬眉挽陆沉。海埠潜身掏敌脏，煤城播火振民心。雨花石染英雄血，南岳山归烈士魂。伉俪情深同报国，神龙崛起奠斯人。

注：何宝珍乃刘少奇夫人，湖南衡阳人，早期参加学生运动，1923年加入中国共产党，曾在长沙、安源、上海、天津、东北等地从事革命活动，1933年在上海被捕，1934年就义于南京雨花台。

## 临江仙·髦叟情思

阆苑当年初约会，春风杨柳依依。凭栏戏水两情怡。我歌龙起舞，君唱凤来仪。　　漂泊一生甘苦共，相偎总是夫妻。晚霞如锦更痴迷。梁园春未老，犹见燕双栖。

## 菩萨蛮·陕西阜平县妇幼医院骗卖婴儿案

白衣大褂佯装善，心如蛇蝎包天胆。谎说幼儿残，鬻婴钱万千。　　频年经济热，道德今何缺。执政应深思，纠风当此时。

## 虞美人·最高法院四位高级法官玩色情场所

人间邪欲何时了？莫道如今少。秦楼楚馆四时春，法院高官到此也销魂。　　世风奢腐官风败，覆辙前车在。中枢奋起挽沉沦，只盼官清民正焕然新。

## 嫁入豪门

嫁入豪门不认娘，贫家有女枉成凰。可怜茹苦含辛母，冻饿难堪一命亡。

## 壶口瀑布

万马奔腾战阵开，千军排挞破关来。休言水性惟柔弱，一发雷霆震九垓。

郑欣淼

## 赠刘征先生（四首选二）

### 其一

吾敬刘夫子，情怀总是真。
抡才射雕手，秉德苦吟身。
朝霭蓟门树，斜阳燕达春。
九旬人笔健，杖履染诗尘。

### 其二

滴涓添碧海，发愿一何深。
吟咏斯文脉，诗骚故国琛。
寒儒饶暖意，白首见丹心。
为有百年计，相期雏凤音①。

注：①先生向《中华诗词》杂志社资助二十万元用于青年诗词创作活动。先生自称一介寒儒，又言：以百年计，当出现中华诗词黄金时代。

## 贺蔡丽双博士主办的草原诗情赛活动圆满结束

港九明霞塞漠烟，清吟合在碧云天。
今朝骚客竞才调，到处诗情敕勒川。

钟家佐

## 水调歌头·三访长白天池

### 一

长白远召唤，万里驾云来。天池果是吾友，胸袒向阳开。吞吐风云气概，磅礴豪情关外，纯净绝纤埃。寰宇一杯酒，四海俱欢怀。　　山之巅，海之角，见蓬莱。一方瑰宝，千秋身隐大荒垓。溢出飞流激浪，一泻三江浩荡，桑海几兴衰。河岳为俦侣，日月共徘徊。

### 二

三度访长白，不惜古来稀。天池风月如昨，白玉嵌琉璃。转眼十年人老，白发萧疏秋草，何故更情痴？大地当书卷，山水是吾师。　　登山顶，攀危石，上高陂。崖前飞瀑，终年宣泄任奔驰。却见湖波常满，何处源长水远，冰雪化泉溪。涓滴入江海，天地最无私。

## 偕妻登华山，时年七十有六

攀越苍龙气自华，横空绝壁倚云霞。
雄居五岳一条路，险夺三巴万丈崖。
试我羸躯欣尚健，管他世事乱如麻。
相携扶石登巅顶，更探西峰落日斜。

## 过仙凡界

　　武夷山有仙凡界，过此登巅作天游。

武夷山里觅仙踪，蓦见仙凡界可通。
直上云梯收宿雨，登临阆苑播清风。
恍疑化蝶飘尘外，犹悸游园惊梦中。
天设景观人设险，无端猿鹤变沙虫。

## 八十初度

儿时幻梦忆犹新，倏忽衰龄步八旬。
对镜萧疏关塞远，开怀坦荡友情亲。
且斟杯酒酬风雨，自许平生鄙鬼神。
品茗笑谈桑海事，放歌高唱九州春。

## 加勒比海豪华游轮所见

万国衣冠聚一堂，无须楚楚作轩昂。
袒胸露体非为异，绘脸文身不是狂。
亲见人间多格调，休拴门槛自彷徨。
老来始觉海天阔，太息深山出夜郎。

## 比萨斜塔

　　塔高54米，1174年建，1350年建成，塔顶偏离中心2.2米，现偏4.6米。伽利略在此塔上同时下坠大小两铁球，同时着地，推翻亚里士多德关于"物体落下的速度和重量成正比例"的学说，建立了"落体定律"。

一

楼台廊柱玉雕成，崇塔巍峨却自倾。
不是豪华迷海客，铁球坠地始蜚声。

二

漫游不觉到天涯，斜塔名传四海夸。
却听时人讽世语："看来身正不如斜"。

## 罗托鲁阿间歇喷泉

崖前滚滚冒浓烟，积怨盈腔火欲燃。
似有沉冤关不住，勃然喷发怒冲天。

冲腾呼啸夹轰鸣，古老山灵诉不平。
寄语人间来往客，可知地下有雷声。

## 游悉尼海湾

轻舟驶过海门桥，剧院扬帆趁早潮。

我似浮萍无足迹，霎时留影水中飘。

注：悉尼歌剧院为当代著名建筑。

## 沁园春·大峡谷

平野高原，忽见奇观，大地裂张。正崩崖千仞，鸿沟巨堑；嵯峨百态，大块文章。俯瞰骇深，遥观畏险，壮阔雄浑望渺茫。观佳景，赏霞光变幻，夕照玄黄。　　堪称举世无双。引万国衣冠登览忙。甚遍游五岳，诸山不看；岂知域外，别样风光；当日坡公，若来一顾，定赋歌吟四海扬。更惊险，数人生峡谷，世事沧桑。

## 彭大将军逝世二十年祭

为国为民鼓与呼，良心血性万言书。
那堪覆手庐山雨，却陷终身魔鬼诛。
立马横刀摧敌胆，焚尸吊影黯归途。
人生际遇谁能悟，纵是英雄亦是奴。

## 老人自语

庚寅年诗人节即兴。

人世途长也不长，朝霞转瞬见斜阳。
路弯赚得行程远，年迈休嫌茶水凉。
喜看长江掀后浪，欢呼华夏立东方。

云烟过眼多忘淡，剩有心花带墨香。

刘麒子

## 赞近平

砥柱中流赞近平，一从反腐虎蝇惊。
继承马列扬旗帜，和善美俄稳阵营。
圆梦雄图迎盛世，强邦国策证英明。
今趋民族复兴路，改革长聆开放声。

## 赞习近平主席美国释疑之旅

释疑之旅美邦行，元首殷邀意共倾。
经贸双赢成合作，和平发展表真诚。
同兴网络目标定，共振科研宗旨明。
外企侨胞皆雀跃，中华溢誉动寰瀛。

## 年来叠接世界汉诗协会暨全球汉诗总会吟友相邀有寄

名虽世界与全球，吟海今宜共泛舟。
民族复兴诗大振，国家圆梦士同谋。
欲凭正气传千载，时见雄才启众眸。
风雨征程人不倦，春融日丽满神州。

## 赞中华诗词学会会长郑欣淼

相处多年赞大才，通今博古一文魁。
论高早已传华夏，识广曾经动港台。
管领吟坛歌盛世，创新诗作净尘埃。
风雷腕底鸣春讯，换届群英会喜开。

  注：郑欣淼，资深学者、考古专家、著名诗人、国家文化部原副部长兼国家文物局局长，故宫博物院暨故宫研究院院长，中华诗词学会连任会长。

## 读龚自珍《咏史》一诗感赋并书

定庵气概动神州，人品诗风第一流。
乱世清名非易得，高怀饱学竞优游。
君王恋享宫廷乐，将相奢谈社稷谋。
难怪当年陶靖节，梅妻鹤子不封侯。

## 鹧鸪天·杭州西湖

姹紫殷红春色艳，江南三月杏花天。
迷人景物添诗兴，别样风情在画船。
描柳眼，弄荷钱，苏堤濯足意缠绵。
我来为爱西湖美，分享依依水半边。

## 题中华历代慷慨诗词选

慷慨豪篇寄意深，随风化雨润人心。
民忧民瘼诗含泪，国运国情句是金。
荣辱面前洞肺腑，死生关口察胸襟。
古来笔墨凝魂魄，代有英才正气吟。

## 柬 友

天上霞飞传异彩，挥毫泼墨寄深心。
欲将大海风云气，化作高山流水音。
妙句牵肠缘千里，佳篇入眼价千金。
殷勤为报殷勤意，落笔依依证赤忱。

## 诗 教

盛世兴诗教，文明不可轻！
国魂凝德育，千载系心声。

## 大海看日出

欲窥鱼肚白，时见彩霞红。
海托丹阳出，烟波万里雄。

## 无 题

百花争艳丽，移一种胸间。
如问花开否，请看吾笑颜。

## 有 答

欲问春消息，只知在笔端。
画中花灿烂，从不畏严寒。

寓 真

## 日前小聚国成兄有新编期刊见赠欣然得句

复兴门内妙春时，快意倾谈遇故知。
刊著撰编皆得所，体裁新旧两兼之。
淡怀清趣无缘酒，苦己勤公只为诗。
古道热肠尤感慕，卓然诗国一枝奇。

岳如萱

## 水调歌头·拜读习近平《念奴娇·追思焦裕禄》感赋·和李文朝

风景幽燕好，千里柳含娇。随心红雨飘洒，雷动震丹茂。大地莺飞草长，老树枝抽叶茂，辞旧向新高。顺势东风劲，华夏涌春潮。　兴规矩，除蝇虎，架虹桥。率先垂范，竭尽心力为民劳。非友非敌握手，若即若离拥抱，狮醒问云涛。争做中国梦，宇内共今朝。

## 鹧鸪天·徐才厚及其同伙[①]

苦雨阴风十数年，长城不倒锈斑斑。八一旗洒辛酸泪，山姆眉开狞笑颜。思岳鄂，唾秦奸，精忠两不与三全[②]。收拾蝇虎苍生意，要使红旗再度妍。

注：①徐才厚，辽宁大连人。原中共中央政治局委员、中央军事委员会副主席、中华人民共和国中央军事委员会副主席。2014年3月15日，徐因涉嫌违纪问题接受组织调查。2014年6月30日，中央政治局会议决定开除徐才厚党籍，对其涉嫌受贿犯罪问题及问题线索移送最高人民检察院授权军事检察机关依法处理。②思岳句：岳鄂，岳飞被封为鄂王。秦奸，卖国贼秦桧。精忠两不与三全，见本书《精忠报国，一生目标》注释。

## 新中国成立65周年

连天炮火响没完，虎啸狼嚎卧榻前。
走狗汉奸拍马屁，虾兵蟹将闹周边。
东风有劲吹污去，浩气无声奏凯旋。
众志成城圆大梦，万山红叶正思燃。

## 忆秦娥·欣闻十八届四中全会闭幕[1]

和谐号，千山万水飞驰啸。飞驰啸，有人欢笑，有人烦恼。　　神奇高铁真骄傲，中国特色康庄道。康庄道，动车循轨，任情奔跑。

注：[1]欣闻十八届四中全会闭幕：2014年10月23日，中国共产党第十八届中央委员会第四次全体会议在北京闭幕。全会听取和讨论了习近平受中央政治局委托作的工作报告，审议通过了《中共中央关于全面推进依法治国若干重大问题的决定》。

## 学习习近平在京文艺座谈会上讲话感赋[1]

金秋十月沐骄阳，万里神州丹桂香。
电闪雷鸣肃腐朽，峰回路转著华章。
涅槃奴隶思今后，无畏东风胜往常。
有幸百花争吐艳，梦圆华夏走康庄。

注：[1]习近平在京文艺座谈会上讲话：2014年10月15日，习近平总书记在京主持召开文艺工作座谈会并发表重要讲话。习近平强调，文艺不能在市场经济大潮中迷失方向，文艺不能当市场的奴隶，不要沾染铜臭气。要坚持以人民为中心的创作导向，创作更多无愧于时代的优秀作品。

## 回首2014年

张牙舞爪蟹横行，未料今天断路程。
海市蜃楼终要倒，冰雕应景岂能撑。
结交经纬和平到，指点乾坤锦绣生。
踏破荆棘开大道，阿婆赞誉两颗星[1]。

注：[1]踏破句：2014年12月13日，习近平总书记在江苏省镇江市丹徒区世业镇考察。一位阿婆对总书记说："您是老百姓的福星，腐败分子的克星。"

## 鹧鸪天·纪念抗日战争胜利七十周年兼告东瀛[1]

四顾茫然万顷波，孤单形影奈如何。张牙舞爪学螃蟹，极恶穷凶胜鬼魔。　　弗认罪，反撒泼，重温旧梦复军国。龙人崛起须知道，再要疯狂唱挽歌。

注：[1]纪念抗日战争胜利七十周年兼告东瀛：2015年是世界反法西斯战争暨中国抗日战争胜利70周年。70年前中国人民经过八年艰苦卓绝的抗战，取得了抗日战争的伟大胜利，为世界反法西斯战争的胜利做出了巨大贡献。

## 鹧鸪天·中共94岁华诞[1]

打虎拍蝇天下欢，填沟平壑势非凡。清风兴起歪风遁，邪气消弭正气还。　　一霸手，太平官，石头花木也添寒。为民服务重拾起，万里龙盘若泰山。

注：[1]中共94岁华诞：2015年7月1日，中国共产党成立九十四周年。中国共产党与中华民族的前途命运紧紧联系在一起，构成当代中国最为关键的"命运共同体"。

## 郭伯雄被开除党籍并移送司法机关兼贺建军88周年[1]

毒瘤割掉，军体轻松了。万里神州都在笑，山姆干儿气恼。　　遮风挡雨依然，全心全意新篇。幸有东风吹送，八一旌帜鲜妍。

注：[1]郭伯雄被开除党籍并移送司法机关兼贺建军88周年：2015年7月30日，中共中央政治局会议审议并通过中央军委纪律检查委员会《关于对郭伯雄组织调查情况和处理意见的报告》，决定给予郭伯雄开除党籍处分，对其涉嫌严重受贿犯罪问题及线索移送最高人民检察院授权军事检察机关依法处理。

## 清平乐·吊"8·12"天津大爆炸牺牲消防官兵[1]

魂飞何处，寂寞寻归路。好个天国无痛苦，要与神仙共度。　　火情就是敌情，提枪陷阵冲锋。何惧粉身碎骨，人民碑上英雄。

注：[1]吊"8·12"天津大爆炸牺牲消防官兵：2015年8月12日23:30左右，位于天津滨海新区塘沽开发区的天津东疆保税港区瑞海国际物流有限公司所属危险品仓库发生爆炸。截至8月20日15时，爆炸事故已造成114人遇难，其中公安消防人员19人，天津港消防人员37人；在失联的69人中，包括公安消防人员5人，天津港消防人员43人。

## 贺中华诗词学会第四次全国会员代表大会召开·步马凯韵[1]

繁荣国粹未觉迟，唐韵宋风花万枝。百态千姿争绽放，兴观群怨竞飞驰。低吟自我无佳句，高唱苍生有好诗。心入源头活水处，变容求正恰逢时。

注：[1]贺中华诗词学会第四次全国会员代表大会召开·步马凯韵：2015年8月20日，中华诗词学会第四次全国会员代表大会在北京召开。作者应邀出席会议。

郑邦利

## 鹧鸪天·三沙赋

云水飞扬风物殊,碧波万顷耀明珠。自从汉祖封疆域,便有南溟入版图。　　三沙立,五洋呼。渔船帆鼓舰随扶。鸥翔鱼跃石油涌,欲化烟霾旭日朱。

## 习马会有感

执手时间久,荧屏望不休。
双眸传善信,一笑泯恩仇。
棠棣齐排翠,埙篪伴放喉。
止戈民企盼,葱郁覆神州。

## 鹧鸪天·七仙岭温泉

峻岭绵延七指横,层层叠叠列青屏。天仙婀娜白云绕,山鸟嘤鸣香雾腾。　　温泉浴,情趣增,风尘一洗客身轻。人生难得逍遥乐,愿守瑶池度晚生。

## 天涯海角

一柱擎霄汉,云飞耸石头。
天涯栖谪客,海角矗银鸥。
浪涮全滩白,风消万古愁。
情随帆艇起,跃跃放歌喉。

## 三亚行

烟波无际接遥天,银浪层层沿岸翻。
时侧耳山山滴翠,常飞眸水水拖蓝。
风催快艇犁沧海,鸟唱青枝迓旅团。
人与阳光描旖旎,相机闪闪笑声酣。

## 悉妻玉珍送衣物药品

数瓶药水几衫衣,睹物桩桩系老妻。
孤影更知怜夕照,抚摸塑袋发遐思。

高　昌

## 温　暖
——赞白发助人的北京市望京志愿者车队

寒大温暖在,风疾看车飞。
情借引擎引,心迎归梦归。
小轮传大爱,阴雨送晴晖。
灯照前途亮,谁云美德稀?

## "先来"赞

"还是我先来吧。"北京向阳路派出所所长李方洪在急流中一边说着，一边走到搜救小组最前边。没想到，这是他留在世界上的最后一句话。

"让我先来吧"，从兹竟未归。
丹心燃火焰，碧血放光辉。
慷慨今重唱，铿锵曾久违。
悲歌歌一曲，化作泰山巍。

## 河连湾陕甘宁省府旧址有感

往事窗前仔细猜，寻常院里动吟怀。
小松小柏随心绿，未见论资按辈排。

## 喜赋西府海棠

葩吐丹霞压俗香，叶垂碧雾展新妆。
牵情嫩蕊飘微醉，扶梦繁枝舞最狂。
睡去风轻花正懒，醒来月淡蝶偏忙。
兴酣西府邀工部，许有佳篇酬海棠！

## 闻马航 MH370 航班客机失联怆然有作

试问飞槎何处觅？大洋呜咽一声悲。
本来眉目多情夜，却是波音有难时。
风卷洪澜愁似雪，网传微信乱如丝。
家山芳草参差绿，那瓣心香犹待谁？
春开素朵上青枝，昨夜霜花染鬓丝。
白浪忍将心互绞，彩虹枉与梦相期。
寒来南海惊成泪，暖入东风怯化诗。
遥望天涯云水渺，一礁一岛一凝眉。

## 东京访问读卖新闻社

久矣闻名相聚迟，人生难得有缘时。
听君今日凤凰哕，期我明朝瑰玮词。
山水东来多耐读，友朋西向更同思。
摘翰振藻勤珍重，会使墨林添一旗。

## 足柄道上遥望富士山，隐约云间，联翩浮想

淡霭清风拥翠旄，祥光爽气起神皋。
大鸡鸣处藏红日，海鹤飘时见碧桃。
徐福仙寻蓬岛迎，麻姑寿献玉霄高。
娉婷一朵芙蓉在，起落云河万里涛。

注：日本诗人多用芙蓉比喻富士山。

## 奈良念梁思成先生

一瓣心香遗海尔，秋来犹似步春风。
华严寺草侵阶绿，御影堂花绕槛红。
大劫光阴留静好，小城故事惕深衷。
思君不忍说幽蓟，昨日古墙今已空。

## 雨中岚山读周总理纪念诗碑

如磐忧患压当年，手抚诗碑思慨然。
浊世阴晴真莫测，清秋冷暖最堪怜。
满山树色浮轻霭，一线阳光接浩天。
舒卷流云吹小雨，伞花开阖动心弦！

## 沁园春·家

绕膝温馨，棠棣同枝，甜蜜的家。任鲸波起落，并肩观浪；壶天晴雨，执手烹茶。清白襟怀，光阴静好，笑脸团团绽似花。真风景，围桌边灯下，共话桑麻。　　东风绿染天涯。正一路弦歌闾里夸。看楼头月朗，梦来吐蕊；堂前萱茂，爱正抽芽。扫去乌云，拨开灰雾，万丈长虹送彩霞。心底里，有真情无价，大美无瑕。

### 王改正

## 赠医家伟达教授

伟达教授，当今之名医也。以大善情怀，创辉煌伟业。因济世而悬壶，尽行仁而救苦。科学抗癌，通古而博今。妙法为人，辩证以施治。集今古之大成，研寒温之方剂。克己而无私，为民而敬业。吾侪仰而望之，感佩有加，乃哼诗以颂之曰：

良医慕道更行仁，去病消灾妙法深。
伟业通达求净地，岐黄广种到香林。
沉疴祸害苍生命，丹药情怀大善根。
万里慈航唯济世，诗心佛性峻洁身。

### 邹积慧

## 大兴安岭·看山

谁挥画笔染兴安，一卷琳琅不厌看。
岭树如花开五色，斑斓直上彩云端。

## 环卫工人礼赞（三首）

一

风霜四季伴街灯，扫帚放飞家国情。
忙碌他人梦乡里，只缘心有太阳升。

二

镐锹犹似并刀快，路雪街冰任剪裁。
热汗蒸得星月暖，心花朵朵映霞开。

### 三

阑珊灯火透黎明,洒向世间无限情。
一道婆娑风景线,万般瑰丽壮人生。

## 南 海（三首）

### 一

水光潋滟自多娇,时有阴风起怒号。
我欲骑鲸巡海域,气吞万里扫狂涛。

### 二

挑衅轮番气焰嚣,忍看南海浪推高。
我身愿化金箍棒,一柱擎天镇恶妖。

### 三

臂挽神州胆气豪,岂容诬赖耍浑招。
倚天敢拔昆仑剑,捍我尊严护岛礁。

李一信

## 北戴河漫吟十八拍（选六）

溪水淙淙松柏青,荷花灼灼向阳红。
鸿儒雅客齐相聚,宾至如归和瑟鸣。

注：溪水、柏松、荷花等均是中国作协北戴河创作之家院内的抢眼物。这首诗是赠创作之家的。

蓝天蓝海海天蓝,墨客骚人相聚欢。
妙笔丹青歌盛世,更酬双百庆嘉年。

消暑相逢北戴河,以文会友共高歌。
一杯美酒三支曲,大海归来诗满车。

天开海岳老龙头,秋雨春风入海陬。
城口遥观东逝水,浪花淘尽乱行舟。

注：天开海岳的石碑竖立在老龙头。城口是指戚继光所建的抗倭入海石城的瞭望口。

华雨潇潇入海潮,东临碣石问儿曹。
人生得失何时了,效纳百川便自消。

蓝天碧水水连天,鸽子窝前鸽子喧。
老幼祖孙齐逗鸽,和谐一曲共陶然。

范诗银

## 绮罗香·丙申谷雨恭王府海棠雅集

雨引停云，风牵霏雾，西府香凝晴碧。让却轻黄，还有乱红堆霓。眉扫翠、水印鲜妆，蕊炫紫、石含馨迹。叶问花、梅骨梨魂，也输浓艳与清逸。　　繁华曾几阅尽，偏许依然俊影，东风深识。燕阁吴姝，怅惜绛珠垂泣。点金徽、焦尾重吟，倚玉谱、五番相觅。今又醉，又是奇声，是谁家弄笛。

## 〔双调〕楚天遥村清江引·长征祭曲

细雨纸钱灰，重九黄花碎，心头几万篓，酹酒和风醉。穿宇尽一觥，化作青云泪。挥泪向英魂，泪洗苍山翠。【过】驰骋万里千古史，壮举苍生记。英名华夏碑，碧血轩辕稷。长歌一声天若洗。

李增山

## 宿怀柔青龙峡

采风宿田舍，月色近三更。
山外鹧鸪语，床头隐约听。
泉声粘梦湿，竹影叩窗轻。
醒觉炊香处，房东正笑迎。

## 宿密云捧河湾

窗窥深谷夜，景色自然殊。
云去天尤远，月来峰不孤。
依稀山弄影，宁静岸栖凫。
溪水声如雨，梦中时有无。

## 游雁栖湖

谁洒燕歌泪，携来入画图。
山青云出岫，水碧雁栖湖。
高阁凭栏远，轻舟共月浮。
吾心归造化，神往一秋芦。

注：雁栖湖地处燕山脚下，古为荒凉之地，曹丕、庾信、高适诸多诗人留有《燕歌行》名作。

## 初访黔西南

民风夜郎朴,景色夕阳中。
地赤疑生火,山苍赖有松。
黄知枸橘熟,紫见角梅秾。
好客苗家女,村头酒一觥。

令狐安

## 塞外歌

秋高劲草黄,雁唳朔风凉。
淼淼长河壮,煌煌大漠泱。
云鹏垂翼举,骏马奋蹄扬。
有幸为功驹,何如做野狼。

## 同贺古稀二首

磨难几经兴未阑,而今同贺古稀年。
消愁惟靠胸怀阔,祛病全凭意志坚。
解锁脱缰人恬淡[①],清风寡欲寿绵延。
利名权作风吹帽,共盼期颐美梦圆。

少壮已谙宗旨明,此生谁料路难行。
艰辛始解民间事,坎坷渐悉宦海经。
辗转多年仍有爱,沉浮几度总关情。
初衷未改企圆梦,一笑不愁白发生。

注:① 锁、缰,此指利锁名缰。

## 闻人大代表贿选

触目惊心思后怕,肆无忌惮不虚传。
人民代表黑金选,代表人民鬼话穿。
信念缺失出底线,初衷淡忘堕空谈。
钟馗今日钢鞭奋,隐患尽除未敢言。

## ·百家风雅·

李清泉

### 为李敖画像二则

#### 一

能长可短橡皮筋，软里隐钢绵内针。
拧莫能干湿不透，随形如影总相跟。
攻防动静无常式，怒骂嘲嘻有爱嗔。
学贯中西人未老，文锋犀利鬼拍门。

#### 二

知识分子好钻研，狷介方家更骛前。
文字尖酸爱招祸，寒窗岁月恨无怜。
挥毫著就等身论，铁嘴咬缺天半边。
我素我行任评说，古稀不改旧容颜。

### 赞刘翔

体坛斗士看刘翔，非褐不白肤色黄。
低压横栏飞腿过，高升红帜凯歌扬。
梓园献技一枝秀，寰宇拼搏三冠王。
谁道龙人无径手？赵钱过后有韩杨。

### 赠世界女子双人跳水冠军
——郭晶晶、吴敏霞

双双展翅跃空飞，蓦又蜻蜓点翠微。
观众凝眸屏粗气，芙蓉出潋响惊雷。
冠军敏敏身材靓，国手晶晶笑眼翠。
恰似孪生亲姊妹，上天入水总相随。

### 西夏文

贺兰山阙翠湖滨，出土石碑隐秘津。
百姓蛟虫费思量[1]，方家豕亥细钩沉。
初识疑刻秦汉字，再看竟书西夏文。
自诩总能辨些子，通篇孰料不相闻。

注：①蛟虫，即蛟篆虫书。豕亥，此处借指文字舛误或传闻失实。

### 点将台遐思

信步登临点将台，塞天寥廓畅人怀。
朔风扫过千村碧，弘宇澄清万里埃。
拭目飞沙掩白骨，犹闻悲曲绕青陔。
金戈铁马西风口，唯见楼兰不见街。

### 成　都

锦里妹娃青眼翠，春熙美酒夜光杯。
山明水秀川音暖，远客流连不忆归。

## 九寨沟①

银瀑金珠翠地流,彩林镜湖碧天收。
赤橙黄绿青蓝紫,宝石风光九寨沟。

注:①九寨沟美景被海外华人誉为"宝石风光"。

## 陈景润

粟斯木讷半为仙,乐道安贫舞教鞭。
小用大材愧伯乐,逆来顺受辱英贤。
岂容思想陷囹圄,宁可肉身蒙耻冤。
数字王国苦求索,哥德巴赫梦魂牵。

## 京剧大师梅兰芳①

氍毹花旦假成真,妆去方识伟岸身。
优伶蓄须宁沽画,男儿明志不发音。
贵妃酒醉东瀛岛。天女花撒纽约城。
击壤颂扬华夏史,中国歌剧梓园魂。

注:①京剧艺术在国外被称为"中国歌剧"。梅兰芳访日、访美,取得了巨大成功。

## 相声大师侯宝林①

双双长褂伫前台,妙语连珠畅尔怀。
生旦净末无任会,说学逗唱有堂彩。
包袱抖响男哭傻,倒口对白女笑歪。
涕泪盈腮浑不顾,下回买票又重来。

注:①相声大师侯宝林曾多次进中南海为毛泽东、周恩来、朱德等党和国家领导人表演相声。

## 忆白卷英雄张铁生

未曾异想已天开,铁契丹书降怪才。
樗栎劣徒递白卷,饱学教授挂黑牌。
冬烘独有升官路,狷介偏无立陛阶。
铁嫂料今应有后,偏方且莫授儿侪。

郑伟达

## 赞福建闽清二中同学会

青年时代志无穷,难忘求知在二中。
岁月峥嵘思旧貌,情怀缱绻想新容。
闽清小县贤才众,名校文泉令誉隆。
四十年来通讯少,相逢切盼诉深衷。

## 赠梁建勇省长

知己睽违见面难,机舱邂逅暂言欢。
畅谈往事心潮涌,纵论前程眼界宽。
约请白岩瞻伟景,相期京阙展轻翰。
君今健步殊堪慰,更祝超飞百尺竿。

## 读马凯副总理《写在中华诗词学会第四次代表大会召开之际》，因步其韵奉和

南窗吟罢月迟迟，艺苑新来发秀枝。
引领潮流千舸竞，商量发展万驹驰。
山登高处多芳景，情到深时尽好诗。
华夏如今兴改革，文坛欣喜际明时。

## 王改正秘书长赐赠佳作勉励有加，感惭交并遂步韵奉答

不求名利但行仁，重读君诗夜已深。
启智箴言犹在耳，回春枯木竞成林。
诗坛共创繁华景，医德应知善恶根。
盛世同讴中国梦，不辞劳苦献微身。

## 白岩山雪景

瑞雪骤降，百年不遇。白岩百景，
素裹银装。游客纷至，助我诗兴。

### 一

万树梨花虽大寒，天开美景现云端。
游人不畏攀高处，仙境时闻笑语欢。

### 二

六出飞花最壮观，晶莹剔透缀重峦。
白岩已兆丰年瑞，疑是仙人步玉銮。

## 仙隐福寿山

创业从来不怕难，艰辛研制国慈丹。
良医总用参灵药，仙隐白岩福寿山。

赵安民

## 黄河诗草

2016年3月底到郑州北郊黄河南岸仙客来坊生态庄园酒店参加诗词创新论坛，天下诗林参加植树活动，拟诗记事。

### 仙客来坊生态庄园参加天下诗林大会

高铁飞驰快御风，庄园春色暖融融。
诗林植树黄河畔，碑刻追思裕禄公。
魂魄归来惊巨变：碧丛繁茂伴焦桐；
千顷澄碧英雄会，沃土河清绿意浓。

### 天下诗林植树寄意

节近清明日色长，诗林挥铲植苗忙。
黄河哺育田肥沃，大树成荫好纳凉。

### 天下诗林大会留别
### 国甫、国钦会长

河畔访庄园，诗林识鲍管。
春潮沃野肥，茂树花丛暖。
栾木继焦桐，忠心酬赤胆。
百川汇向东，共掖大洋满。


## 伍权支

### 大雁情怀

衡峰一越靓群俦，阅尽关山几度秋。
兴业岂无鸿鹄志，腾身应与隼鹰谋。
喜将双翼抒长梦，好借彤云邀九州。
明日蛟龙齐奋起，裁云镂月放歌喉。

### 纪念抗战胜利七十周年

驱倭八载起波澜，血溅龙旗迹未干。
华夏深埋军国恨，岱宗久痛玉瓯残。
百年奇耻胸中怒，四海冤魂地下喧。
回望烽烟沙场沮，倾杯遥祭剑高悬。

### 纪念长征胜利八十周年

长征万里铸军魂，碧血凝霞破雾尘。
敢问三秦寻路径，屡经百战定乾坤。
谱成星火燎原曲，续写中华圆梦文。
横扫狼烟宁赤县，百年夙愿立强林。

### 农家吊脚楼

一缕炊烟掩画屏，农家木屋朽将倾。
山溪絮语门前过，似唤扶贫澍雨声。

### 牵牛花

饮露餐风吊喇叭，仙衣染就一天霞。
爬墙不作倚墙派，只送清香到万家。

### 蒲公英

不爱繁华爱大荒，根深叶茂护群芳。
黄金点点馨原野，撒向人间都是香。

### "八一五"之思

秋染卢沟旧战场，石狮无语立斜阳。
如今酒绿灯红处，谁记当年第一枪？

吴世炎

### 观中央一大代表照感吟

尽驱黑暗复兴邦，火种燃时共梦肠。
不忘初心生死耀，初心背者臭名扬。

### 1976年夏瞻仰人民英雄纪念碑

丰碑风里立巍然，仰视恍如临大贤。
颂韵曾经震寰宇，周公永远是高山。
满城雨意万松吼，一片衷情千鸟旋。
车上长安街上过，神州八亿到心间。

项目清

### 福建抗洪灾

墙倒凄风袭，村埋大水侵。
人亡冤岂浅，山塌恨尤深。
救险神医到，扶危俊杰临。
消灾天下敬，四海万民钦。

### 采桑子·春语

报春梅柳神姿俏，风也萧萧。雨也萧萧。寒暖炎凉冷眼瞧。　　东风献媚千花闹，山也陶陶，水也陶陶。浓淡荣衰乐暮朝。

### 采桑子·冬雪

玉龙翻滚银蛇舞，昼也蒙蒙。宵也蒙蒙。飘泊天涯戏朔风。　　农夫喜盼飞祥瑞，梦也年丰。醉也年丰。不灭狐寅总受穷。

### 相见欢·丙申三八节有寄

红花绿叶相宜，两依依。自是阴阳开合巧生辉。　　春光媚，秋光美，醉人痴。只愿夕阳长驻永留晖。

### 采桑子·参加深圳龙尾太极拳队表演有咏

素装猫步豪情荡，翁也柔刚。媪也柔刚。流水行云媚夕阳。　　著花老树心花放，晴也飘香。雨也飘香。快乐天天自寿康。

### 采桑子·痴情月

年近八旬的我的老伴每周六、日乘大巴往返深圳与东莞之间，给念初中的小孙补习数学，因赋《采桑子》以咏。

痴心翁媪痴情月，来也匆匆。去也匆匆。勤洒清辉照梦虫。　龙孙承露天天上[①]，风也蓬蓬。雨也蓬蓬。待到成林笑雪松。

注：①龙孙，竹笋的别名、美称。

## 许泽民

### 行香子·喜相聚

春月如霜，春雨如浆。酒斟满、好诉衷肠。别来思念，山水难妨。有空中雁，水中鲤，网中香。　人生苦短，多乐稀伤。贵相聚、分散寻常。功成名就，莫忘同窗。愿情毋老，信毋断，梦毋黄。

### 南乡子·松泉

绝顶一珠松，傲雪凌云劲郁葱。一览众山山外水，从容，任尔东西南北风。　泉水树荫浓，泽润群葩遍地红。岁岁花开开不败，蓬蓬，硕果累累五谷丰。

## 王秀娟

### 习马会

一握铭青史，从来骨肉亲。
世人同感喟，心曲共雄浑！
圆梦兴华再，谋福为子孙。
相扶兄与弟，何惧外敌侵！

## 张脉峰

### 赏 月

伟矣千秋华夏魂，无边智慧启心门。
文光灿烂迷人眼，朗朗乾坤正气存。

### 问 月

举头我亦敬诗魂，自有雄篇泣鬼神。
万古高情何处觅，苍茫海岛一冰轮。

### 赞 月

浮云踏破任逍遥，洗尽铅华慰寂寥。
长夜不息情万盏，自将浩气写风骚。

毕太勋

### 尹家湖之晨

徜徉绿岸踏歌声,草木扶疏带露迎。
裁剪晨曦云厦挂,鱼吹细浪绕新城。

### 杨桥水库

青山倒影峡云移,春草碧波鱼鸟嬉。
坝下玫瑰初醒梦,不知水色染人衣。

### 天浦鸟音

一江碧水漾云帆,百里长堤雁宿滩。
鱼跃清波随处是,升平美景鸟声圆。

### 秋 收

几遍秋风催稻黄,夕阳欲睡倚山旁。
驾机割断双沟月,一垄蝉声运晒场。

### 回 乡

驱车一路逐轻云,遥望家乡景物新。
湾种瓜蔬三伏绿,水藏云岭一河春。
蝉声悦耳情尤切,谷酒飘香梦亦温。
浪打轻舟帆影远,青烟袅袅隐渔村。

姜 彬

### 谒大冶南山头革命纪念馆

牵云野蔓绕松冈,径入南山百里长。
战马当年声惨烈,血衣今日色苍黄。
三千处墓栖溪畔,二百户人居涧旁。
来此缅怀彭帅事,万言重读暗神伤。

### 咏 枫

秋风瑟瑟染枝黄,瘴日飘花著嫩霜。
举火如灯明赤岸,点天似笔醉丹阳。
情归岭上殷殷意,梦浣溪边片片香。
若制芝泥兼麝墨,兰亭画苑也沾光。

### 湖北牛山湖堤爆破即感

昨宵闻指令,瀑雨未能眠。
堵口身如铁,赈灾责似天。
可怜禾泡死,无奈屋搬迁。
醒脑钟应听,休违大自然。

### 鹧鸪天·湖滨即事

北岸金湖无一尘,步堤人语笑翻新。爱他驾浪风流种,乐我依栏自在身。 蝉迓客,露侵晨。凝眸老叟下垂纶。几回钓梦聊欢喜，不借荷苞写苦辛。

## 何　鹤

### 杜甫新咏

泪眼李唐王气收，斜阳欲尽大江流。
石壕吏捕三更月，茅舍人随一叶舟。
肉尽朱门能不腐？国多寒士总堪忧。
叹它广厦如林日，却为高楼天价愁！

### 秋日潼关纪游

铁马雄关立大荒，当年雁影入斜阳。
气吞河岳风云阔，血染乾坤画卷长。
天道轮回惟顺逆，民心向背即兴亡。
闲情最是堤边柳，摇曳秦时明月光。

### 伊犁林则徐纪念馆

忍辱当年南北疆，天涯孤旅又何妨。
胡杨立处黄沙老，塞雁归时白发长。
千里江山空浩瀚，百年风雨付苍茫。
烟云过眼今回首，犹剩先生诗一行。

## 郑玉伟

### 花炮四咏

终日无言貌也平，满怀火热满怀情。
粉身碎骨从容对，正气冲天吼一声！

火种深深心底埋，养精蓄锐待时来。
灵犀一点相通后，琪树仙葩动地开。

万锁千封到暮年，痴怀激愤欲喧妍。
知音一遇心花放，壮志豪情寄满天。

身正心诚喜万家，无私献爱更堪夸。
一声怒喝邪魔退，生命欣开幸福花。

## 周峙峰

### 蓬莱三仙山

沐雨栉风千里浪，融天化海九霄云。
霄汉无涯云鹤去，风涛有路客舟来。

卢友中

### 游子心声

从商三十载,万里寄乡愁。
梦绕农家乐,魂牵河峡忧。
遥闻治五水,忽报夺清流。
叶落思归切,林泉享晚秋。

### 瞻蒲松龄故居

搜奇说异历艰辛,狐魅花妖世事真。
漫步柳泉思绪涌,由来奇迹出微尘。

陈秀浩

### 河西道上

雾锁祁连旧城边,乌鞘薄暮远山连。
呆鸦困倦新村外,烈马徘徊古隘前,
千里白霜藏枯草,一城明月散轻烟。
春来倍感河西好,也种桑麻也插田。

徐素梅

### 丙申谷雨吃茶记

垂柳飞霞谷雨茶,茗樽初品性情佳。
祛邪扶正兼消渴,半缘茶道半"金花"①。

注:①金花,黑茶的独特工艺,是一种有益菌。因这种菌的孢子囊是金黄色颗粒而得名。

### 虞美人·柳絮乱

退休后料理了一块花园,自命为怡心园。立夏前后,柳絮肆虐,恶雪缠枝,一夜青丝变白发。

人生愁绪知多少,举目花园眺。秀颜玉臂挂冰霜,望断前途连雾白苍苍。 怡心园景应犹在,怕是心情改。东君晨起送温良,转眼雪消风激落红殃。

### 咏菖蒲·赠在亮淑芹伉丽
（藏头诗）

在水一方依石旁,亮锋出鞘护花香。
淑灵清气积天地,芹意鸳鸯比翼翔。

王智钧

## 游子泪

闻鸡起舞引亢歌，少小离乡黄土坡。
壮志远游霜鬓早，亲情顾念泪痕多。
东临京师思秦岭，西望长安梦渭河。
燕子钻天蛇过道①，黑云接日雨滂沱。

注：①陕西民谚有"燕子钻天蛇过道，黑云接爷（日头爷，爷即神）立见效（马上下大雨）。"

## 海南仲裁案，步杜甫《登楼》韵

立案仲裁司马心，虎威狐假虎亲临。
四沙散玉穿珠链，九线摇环通古今。
领海自应我镇宇，龙宫岂止寇相侵。
航灯熠熠千年照，公道人心正义吟。

何怀玉

## 病愈治席酬答诸亲友有怀

卧病年来负友亲，多蒙关照复捐金。
精神鼓励能医疾，物质支持聊解贫。
治席相邀心意表，敦情岂在酒烟陈？
夫人忙里还忙外，迎客烧锅累坏身。

## 五十自题

天命难知今岂知？为农为教复为诗。
生涯不忍言荒岁，事业无成愧盛时。
困处穷乡胸坦荡，长存猛志意迷痴。
萍浮梗泛留鸿爪，更向云衢寄壮思。

宋彩霞

## 寄语《中国诗词大会》

莫道风来晚，应欣淑气升。
湖低飘碎雪，鱼暖上春冰。
天地留新月，诗词看晓星。
今将高处望，一路大光明。

## 送宝军之宿州履任

此去宿州千里行，肩当大任正年轻。
东风骀荡皖江曲，骏马能攀赵鼎名。
桌面狼毫方脉脉，梢头诗眼已青青。
放飞一列春潮梦，直上园林看紫藤。

## 小重山·班春劝农

谁为南溪计梦长？我将流水意、寄沧浪。牡丹红伞各登堂。些些雨、

47

恰好劝农桑。　　尘世自温凉。风声千万丈、又何妨。惯看天地两茫茫。凭鼓点、能不起铿锵。

## 巫山一段云·南尖岩远眺

　　青涨林成海，云低岭若天。纤纤小雨洒缠绵，婉约哪知边？　　思绪栏杆外，初心千佛山。风声无赖总回旋，一抹白云间。

潘友辉

## 再迁新赋

曾笑新居赋遣怀，千红万紫应时开。
流光总把银丝续，福气多随盛世来。
心旷星天圆好梦，神怡花地醉琼台。
拙笔再将灵感找，金风几次探新斋。

　　注：2009年春乔迁新居，曾赋《乔迁遣怀》，抒发感慨。无奈楼层较高，渐已难登。2015年9月，儿女们资助，再买一楼带院景房一处于汴水之滨，种树植花，养鱼弄草，自得其乐，感而赋之。

符呈荣

## 纪念红军长征胜利80周年
（组诗选三首）

### 五次"围剿"

南国烽烟急，旌旗村寨红。
河山残破尽，盗贼窃分弄。
道路浸鲜血，民生凋转蓬。
犹将驱寇剑，来建豆萁功。

### 强渡大渡河

奔涌出高峒，呼号万里雄。
观瞻今古月，吟啸楚川风。
渡浪惊雷势，摧坚豪气虹。
三军持勇毅，猎虎创奇功。

### 会师陕北

血染征程百战魁，三军铁马踏崔嵬。
红旗漫卷西风烈，收拾金瓯汇力来。

李建勋

## 飞夺泸定桥

乌江沃血浪滔滔，前堵后追铁索桥。
战火纷飞无所惧，英雄壮志冲云霄。

## 秋

云淡天高日渐凉，晴空万里雁飞翔。
老翁采菊蔬篱下，红叶满山醉夕阳。

## 百花山庄咏

山庄藏在碧湖边，鸟唱苍林溪涌泉。
冬暖夏凉人向往，休闲消暑胜桃源。

马浡善

## 千年调·陈毅

勇士井冈山，参佐朱毛立。最要如切如磋，万事商议。长征未及。守扩苏区急，打游击，赤江西，煌战绩。

赣闽抗日，新四军旗熠。主力红军北上，致效豪毅。华中御寇，狠狠歼倭敌。靠艰苦，突重围，迎胜利。

迟兰馨

## 爱妻王素英离世周年纪怀四首

爱妻离世一年，如今生死两茫茫，夜思量，昼难忘，一年三百六十日，期盼在身旁。故吟四季诗四首，献给亡妻。

### 春日怀妻

送暖春风绿毯铺，砚田墨笔绘新图。
与君共赋诗千首。犹忆他年两地书。

### 夏日忆妻

一自离别时至今，几番绮梦不成真。
蒸腾夏夜潇潇雨，滴碎夫君忆汝心。

### 秋日思妻

辗转深思夜更长，窗前忽见巧梳妆。
醒来却是鸳鸯梦，君问何时返故乡。

### 冬日念妻

傲骨寒风雨雪凝，羊肠小路并肩行。
如今驾鹤西游去，路远归来夜几更？

## 庭院经济

农家小院闹喧哗，圈满牛羊遍地鸭。
暖室三春瓜果菜，山乡无处不飞花。

## 塞外热河①

一道清泉惜细流，源深溪短誉神州。
百科典入环球晓，引至八方客子游。

注：①热河是世界最短河，载入大不列颠百科全书，是闻名的旅游胜地。

吴华山

## 鹧鸪天

蜀道已通无阻拦，大家温饱不凝寒。机耕青野疏疏雨，燕舞黄昏淡淡烟。
城干部，下田间，大棚蔬菜绿春天。脊梁铁硬经风雨，担起城乡两座山。

## 临江仙

土地难离如父母，来兮去矣当归。田园尽绿映朝晖。人生多梦想，季节不能违。　妻送无声声在脸，晓风残月相随。回身鸡犬傍柴扉。谁知人似燕，进出不同飞。

曹　辉

## 探　梅

未见梅花爱煞人，尘缘阻碍到如今。
乖违容我情渴渴，小憾凭伊念深深。
特遣风云为坐骑，欲行南国会知音。
暗香无忌传千里，聊慰相思一颗心。

钱国桢

## 杭州灵峰红梅赞（二首选一）

梅花因"一树独先天下春"，在冰雪中独自绽放，而常被误解为"孤芳自赏"。其实梅花并非孤独，一去杭州灵峰看看梅花的海洋便知。

山中无处不飞花，满地红云接彩霞。
飒飒风摇香浪动，胜过月下数枝斜。

## 蠡园怀古

烽烟吴越演春秋，尝胆深韬为雪仇。

君主无容难善治,谋臣有识退急流。
红颜痛忍十年泪,白首偕归一叶舟①。
极目沧波思不尽,鱼池竹径共消愁。

注:①相传范蠡于公元前473年9月某日辞官,携西施趁黑夜驾小船出走,后隐居一江南水乡小村终老。

## 朱森林

### 丝路行

八旬老汉上雄关,健步登阶心气闲。
遥望祁连冰雪白,赖河千载出清泉。
长城内外一家亲,丝路风清与日新。
杨树摇枝传绿意,戈滩映目送温情。
卫星笑傲九霄游,导弹穿空洲际眸。
世界风云任尔变,中华笑傲志方遒。

(作者系广东省原省长、广东中华诗词学会名誉会长)

## 王 骏

### 月牙泉

鸣沙山下月牙泉,胜迹千年不竭源。
阵阵驼铃声入耳,游人如鲫正登巅。

## 酒 泉

大漠之中一水泉,将军征战凯歌旋。
汉皇御酒泉中倒,共饮官兵美誉传。

## 邓正明

### 沁园春·一带一路感吟

日月同辉,河海连波,水起风生,想张骞涉域,郑和蹈海;敦煌出彩,粤穗扬旌。浪击汪洋,车驰阔道,放眼关山万里程。春潮涌,正金鹏鬻翼, 世纪同行。巡天遥看苍穹,盼玉宇融通同富贫。寄拓宽一路,联横亚太,绵延一带,签约欧盟。远播天缘,广传地气,互享资源赖共赢。鸣征鼓,举宏图伟略,丰惠寰瀛。

## 梁英陆

### 念奴娇·再登嘉峪关

茫茫戈壁,莽祁边,雪岭横空凝碧。遥看长城存旧垒,却被黄沙吹瘠。襟带咽喉，铜关铁锁，只为防夷狄。干戈化尽，那堪回首追忆。

谈哺披拂昆仑，驱驰万里，再踏垅沙碛。古道寻沦缘乐事，瞻仰前贤艺迹，大漠风骚，天山翘盼，洲绿垂杨陌，垅源丝雨，春风初度斯域。

杨微微

## 浣溪沙·春

又为山花暮忘归，塘边戏草影翻飞。惜春心绪恋余晖。

千树风携香淡远，一溪云共雨霏微。年年好景趁芳菲。

毕振东

## 咏　烛

燃烧自己照别人，夜漫终身后世存。
莫叹微光生命短，窗前蒸起日一轮。

## 咏　牛

身耕田野肋拉犁，奶喂婴孩草避饥。
尖角欲穿狼肺腑，人拥厚骨世间奇。

刘南陔

## 月照梨花·牵牛花

谁家喜庆，挂支支小号，浮光叠影。记得那年，发小嬉游田塍。着花衣，扶轿柄。　　牵牛好上峨眉顶。喇叭声声，唤得群山醒。河汉渐沉，又是星稀霜冷。越千年，她在等。

## 月照梨花·凌霄花

名尊实副。看花繁色艳，引人投注。骛远好高，惹得几番猜妒。任攀悬，情自负。　　仙姿不与蓬蒿伍。莫道相依，只是参天树。借我飓风，敢上重霄飞舞。问年华，能几度？

施　安

## 赶集老媪

早逐清霜晚逐霞，一筐月色挽回家。
呼翁煮酒烧盘菜，坐数零钱脸绽花。

## 放 牧

山顶林梢挂夕阳，挥鞭逐犬牧童忙。
一肩柴草扛天色，四散牛羊啃月光。

## 故乡春行记

岩扉依旧挂清泉，野草方苏袭陌阡。
蛙鼓敲残霞底月，溪琴弹尽峪中烟。
河淘万两金生水，岭绕千盘花坠天。
崖瀑长吟乡俚曲，云山小住赛神仙。

## 田园幽梦

傍崖茅舍小门开，杨柳庐边信手栽。
云霭时迎闲鹤过，轻风偶送苻香来。
溪边浅草铺青毯，谷底奇岩锁碧苔。
谁道农家春日好，归耕笑上钓鱼台。

陈秀新

## 咏八折瀑

谁挂银河界碧山？流云声合水潺潺。
龙须曳雪携溪去，石窟涵风带月还。
万搏一生身尚健，重围八折气犹闲。
居高下海皆非愿，梦里乡原秋色斓！

## 悼父二章

汉柏秦松忆等身，凄凄鹃雨浥啼巾。
眉州家学言犹隽，陶令高风世足珍。
磊落一生唯忘我，穷愁半辈不忧贫。
青牛黄鹤云台路，老木寒烟寂寂春。

未报雏鸦反哺恩，蓼莪哀悼竟成真。
悠悠松麓千规月，草草泷岗八尺坟。
世路多歧身独善，风仪简约自安贫。
云车今向西池去，为扫灵山道上尘。

注：老父年迈，不幸于甲戌年正月初三日逝世，享年74岁。先父一生清贫，备尝人世艰辛，历尽沧桑，光明磊落，久处逆境，从无怨言。惟以修桥铺路、造福人民为己任。筚路蓝缕，至死不辍。诗以志念。

## 西部大开发感赋

男儿报国欲何之？西出阳关正此时。
万古荒沙归擘划，一身健骨供驱驰。
漫夸班左雄边愿，共铸炎黄大厦基。
自笑粗豪少脂粉，盈腔热血茁春枝。

## 闻 汛

初闻汛警使人惊，黄水滔滔已上陵。
薄酒如潮不知味，愁心似沸总难名。
千村树倒民居毁，一夜堤开蚁穴平。

安得投身九江上，尽将微力济苍生。

## 六十抒怀

### 一

白发无端乱上头，岁华水去挽难留。
依然肝胆胸闻碧，敢遣风云笔下稠。
老马何缘思伯乐，微才幸未辱朋侪。
出山自愧诗泉细，且合潘江入海流。

### 二

济世唯余一寸衷，词林诗甸寄行踪。
区区五斗怜彭泽，落落孤鸿忆放翁。
交际无钱衣未紫，吟坛有胆道非穷。
忧时但写真言语，不向前贤拜下风。

### 三

为谁作嫁为谁忙，误入陶朱二十霜。
文近尼山容造化，珠明浣水识行藏。
谈禅有约来知友，析梦无人问老庄。
小小环球一村落，萍飘从此不思乡。

### 四

世事如棋俗眼花，饶他先富几人家。
但求温饱知三昧，已惯飘零客两涯。
妙绪偶来追大雅，芜词犹待砺微瑕。
等闲莫负星期日，道出山阴处处嘉。

### 五

种玉谁为天下先，半生忧乐与民牵。
情怀淡泊终非旧，商海沉浮算是缘。
煮字樽开苞谷酒，裁诗笺展菊花天。
文章经济安须问，揽得千斤压两肩！

### 六

急景流光岁又除，鸡虫得失竟何如。
天风一瘦滕王阁，正气千秋屈子闾。
体物齐民行足式，立身报国愿多虚。
书生老去童心在，遍向他山觅翠琚。


# 王子江

## 南歌子·乌兰布统草原

鸟过三更雨，花开一片风。起伏交错万株青，草色湖光同被日光明。
回首连营处，寒石野草成。溪流相倚似多情，只是太阳点将未出声。

## 阿斯哈图石林

石头起立向苍穹，欲射神雕不老弓。
碧草蓝天新调子，被人唱在大营中。

## 新四军瑶里改编旧址

改编故事未封存,晾在青山晒在云。
百岁悠悠枫柳树,枝伸西岸找红军。

## 过南汀河咏滇缅铁路

山影云形河畔攒,雨中铁轨两条寒。
阻援日寇斑斑血,七十年来仍未干。

## 瓷都景德镇

昌江如臂揽楼山,又把瓷都故事翻。
窑火千年今最烈,烧红一片赣之天。

张 岳

## 恒山遇雨

欲炼恒心不怕劳,盘桓曲折上重霄。
登云何惧风雷袭,北岳擎天一柱高。

## 五台纪游

五台山上月如钩,钟鼓声声催客游。
行到空门清绝处,人间万事尽消愁。

## 九龙壁

千古风云地,九条中国龙。
回环将破壁,夭矫欲腾空。
鳞甲扬波碧,颔珠耀火红。
一朝奋飞去,与世竞争雄!

## 壶口龙洞观瀑

一壶谁煮沸?滚滚落尘埃。
下注风雷动,横飞烟雾开。
游龙千里去,烈马万乘回。
太白杯倾处,水从天上来。

唐传义

## 临江仙·滨江花园蔚大观[1]

曲径繁花蜂蝶舞,小桥亭榭琼楼。园池石垒涌溪流,芷兰临跌水,椰柳映漩球。 百态千姿如锦绣,夜来歌咏芳畴。青峰岭上乐忘忧。滨江观月起,灯火照人游。

注:①滨江花园,松滋市城市园林建设标志。

林俊明

## 咏 菊

抱香素萼郁金香，玉骨冰肌独傲霜。
青帝不须颐指使①，东篱寒菊自芬芳。

注：①传说青帝主管花季，此借用歌颂菊花自律、不张扬的个性。

## 老 母

牵手如斯老泪横，青丝不再醒三更。
萱堂白发怜孤影，寒夜吾儿被可蹬。

注：闽南语称妈妈为老母，谨此献给世上渐渐老去的母亲。

## 忆秦娥·清明祭

山河咽，斯人未老伤离别①。伤离别，一帘幽梦，岁岁难绝。清明凄雨不曾歇，泣孤泪血空悲切。空悲切，潸然无语，焚香心裂！

注：①父亲不幸英年早逝。每逢清明，余前往山区祭奠，总无法忘却那段苦难的岁月。

杨月春

## 感谢老师寄书《诗国》

在手邮情笑会猜，信封欲启又停开。
我能测准诗刊到，缘是书香透出来。

周拥军

## 太平湖

游湖正是放晴天，二片白云水里眠。
轻棹荡开无数梦，醒来已到绿莎边。

## 上九嶷山有慨

一望千山朝九嶷，行云片片向孤危。
登临苍野心空阔，俯仰碧虚志未移。
削壁松风凌励急，入怀峦嶂肆横驰。
从来崎险需飞越，欲上峰巅待几时？

## 过西安事变旧址怀古

最恨移师弃沈阳，白山渐远没苍茫。
入关未定英雄色，醉梦还思红袖香。
天地有时风带雨，功名几度血凝霜。
休言兵谏能安国，背义从来少共当。

### 登泰山遇大雾所作

欲登岱岳几多难？须上龙门十八盘。
闻道常从穷处现，参天还向隙中观。
白云野渡填空壑，朔气狂飞卷巨澜。
眼底茫茫望不见，在胸起伏有层峦。

陈芝宗

### 天王谷

优美天王谷，鲜花格外香。
荆山凝翠绿，紫水淌芬芳。
檐下灯笼挂，空中鸟雀翔。
漂流能励志，创业必辉煌。

戴世法

### 问　谁

流水哗哗鸣不平，崎岖峡谷阻行程。
坦途借问何方有？峻岭丛山不作声！

周洪伟

### 西江月·悼抗日英烈杨靖宇将军

　　林海雪原骁将，白山黑水名扬。
民族大义铁肩扛，靖宇胸怀信仰。
　　百倍敌人围剿，众人意志轩昂。
威风八面战沙场，只为崇高理想。

### 满江红·"九三阅兵"昭世人

　　铁马金戈，新装备、世人惊叹。头顶上、战鹰呼啸，宇空震撼。国梦护疆藏重器，民魂守土擎长剑。千年史，根脉在传承，心花灿。　　蓝天下，和义远。谋美好，人同愿。不求当霸主，与邻为伴。强大国防敌寇惧，铜墙铁壁全民赞。我炎黄，发誓保和平，谁言战？

叶爱莲

### 延安情思

露带轻寒旭日东，金光塞北烁长空。
巍巍宝塔家山耸，滚滚延河国脉通。

总理纺车留史话，枣园窑洞仰高风。
薪传代有经纶手，崛起神州举世雄。

## 白云瑞

### 闻中小学课本删鲁迅文章

昔年一剑扫群尸，何事风摧大将旗。
笔下幽灵新复活，人间不许有横眉。

### 秋日咏怀

半抱蝉鸣半倚栏，小城暑气懒盘桓。
好花渐少秋风里，一朵聊当一树看。

### 观 3D 立体墙画

满墙花草自葳蕤，蝶舞蜂鸣意转痴。
世事浑如初嫁女，真容须看卸妆时。

## 隋红宇

### [双调] 碧玉箫·江岸秋行

十里清波，翻转印楼阁。半亩残荷，摇曳立枝柯。叹平生俗事多，对良辰久未放歌。暗自度，莫若依江坐。呵，看片刻穿云鹤。

## 黄心钦

### 八五抒怀（十首选二）

白头无悔少年狂，毕竟牢骚未断肠。
傲骨难摧源正气，丹心可鉴溢书香。
甘为许国披肝胆，不改忧时看虎狼。
莫道夕阳无限好，西山追过更辉煌。

有负青春执教鞭，情牵学子性天然。
力倡智足勤为本，切忌分高品不端。
明月清风贫乐道，羁泊穷年苦思迁。
东隅早悟平生贱，聊慰九州桃李妍。

## 乐本金

### 李埠镇江铁牛

无声无息亦无求，独卧堤边态自悠。
莫道浑身多锈蚀，依然昂首镇洪流。

胡盛海

## 赞"荆楚楷模"胡敏

从警为民十七年，公安战线屡争先。
逃跑案犯网抓捕，来往学童护送安。
施爱暖心扶弱困，捐钱送物助孤残。
居民点赞好闺女，荆楚楷模四海传。

注：《湖北日报》2016年3月11日第06．07版"特别报道"载《你的故事，我们感佩流涕——2015"荆楚楷模"年度人物事迹撷英》，报导了23人的感人事迹，其中以《居民称她"好闺女"》为题，报导了鄂州市公安局鄂城分局西山派出所副所长胡敏的事迹。

徐新霞

## 步高昌会长《春节即兴》原韵

咏梅赏雪意绵柔，万物复苏争出头。
澍雨和风芳草绿，灵溪秀谷玉龙游。
心声雅韵吟三楚，点翠裁红铺九州。
生态文明追绮梦，标新立异筑高楼。

## 京都环境感言

柳絮杨花雪样飘，行人转向怨难消。
雾霾才散两三日，不料风沙又撒娇。

徐中美

## 参观红军会宁会师旧址感怀

一

征路长驱曲折时，三军斩浪会雄师。
气钟血性红飘带，威慑青天白日旗。
阵上尘飞嘶塞马，城头剑舞沐阳曦。
立身当效巍巍塔，站作胡杨不屈姿！

二

福地当年起战云，救星大略会三军。
西津楼下旗如血，浴火重生憩虎贲。

张明生

## 卜算子·中秋观月念苏轼

捧酒立窗前，明月莹莹照。圆缺

阴晴各不同，苏轼才情好。
　　　逝者在天宫，我对青空眺。离合悲欢百姓家，苦乐知多少！

马一骏

## 残　荷

　　昨夜秋风至，虽残意不伤。
　　宁知我去后，世上无清香。
　　情寄清风里，污泥不染桨。
　　但凋人不问，独自抱残香。

于淑华

## 农村喜用燃气

燃气通村入户来，千年土灶换新台。
火蓝煨美田园曲，逢雨无需抢抱柴。

## 秋游长白山喜见初雪

举目秋山碧罩纱，诗思爬上小枝丫。
邀来漫野清馨意，醉我心泉淌韵花。

蔡显江

## 纪念抗战胜利 70 周年大阅兵

军威武胆震人寰，敢教硝烟遁世间。
捍卫和平行正道，苍天也现阅兵蓝。

溪翁

## 稻　穗

一样春风一样秋，同生同长不同收。
空壳凭甚高昂首？实穗为何低下头。

## 甘　蔗

性直耿耿对苍天，节外生枝最可嫌。
莫道叶梢滋味苦，哪能甘蔗两头甜？

袁修钧

## 春　燕

裁剪春光大舞台，双双对对共徘徊。
自由写在蓝天里，倩影欢歌入画来。

## 牵牛花

缘物伸藤上紫台，随风摇摆喇叭开。
能吹善舞兼歌手，世态常将演奏来。

罗洪深

## 山塘游泳

舒眉展臂绿波间，若返青春二十年。
自不服输同下水，勿须言老便溜边。
蛙群动隽争先后，蝶阵翩跹乐往还。
二尺土台休弃置，登临一跃壮波澜。

赵文华

## 桂　花

独艳蟾宫几世秋，琼瑶皎皎照乡愁。
每逢月朗庭前舞，遍洒酽芳沁九州。

张效忠

## 咏插秧机

水冷泥寒年复年，如今机械插秧田。
老农乐得心中笑，从此何须腰腿酸。

马仲喜

## 怀念公木老师（五首）

烽烟滚滚唱英雄，一曲横天万里虹。
叱咤幕中云震怒，欷歔坐上雨零蒙。
亲情涌浪敲心鼓，浩气挟雷荡世风。
鸣放宫中留旧梦①，至今犹忆掌心红。

注：①"鸣放宫"为吉林大学礼堂。一日，学校组织观看新影片《英雄儿女》。字幕一出，掌声雷动。影片的词作者公木即中文系主任、著名诗人学者张松如。"烽烟滚滚唱英雄，四面青山侧耳听……"这首《英雄赞歌》已经成为经典歌曲。

鬓似秋霜目似星，奔河悬口解诗经。
女能窈窕桑初绿，鼠不丰肥麦自青。
血泪无文托比赋，云霓有恨付雷霆。
果然绿绮非凡响，一曲清音启性灵。

注：公木老师为我们讲解《诗经》，

虽乡音浓重，须仔细辨听，然而声调铿锵，分析透辟，颇有吸引力。

歌啸慷慨送初航①，解缆升帆诸子狂②。
学海苍茫行不尽，宫墙壁立窥何妨。
鱼龙深浅悉应变，鸥燕高低自蹈常。
料想翁槎应入港，云天一耀正辉煌。

注：①大一期间，班办学术墙报《初航》，公木老师题诗祝贺。②其诗以"浩歌解缆索，踊跃试出航"发端，意气昂昂，寄慨殷殷，教诲拳拳。全班同学皆会背诵，至今记忆犹新。

皓首独钟物外求，帛书解老做神游。
飞矢有的追王弼，设帐无徒羡孔丘。
大象无形寻奥旨，上德若谷纳涓流①。
深研《说解》忽惆怅②，充栋今缺一汗牛。

注：《老子说解》为公木老师的学术著作，三易其稿后成书，时年75岁。"大象无形"、"上德若谷"语出《老子》第41章。

雄词入曲壮军声①，写尽神州将士情。
挽住沉雷歌滚滚，铸成铁骨奏铮铮。
向阳不惧征途远，踏地能拓大道平。
且喜旌旗风正劲，千钲万鼓唱前行。

注：①公木老师是《解放军进行曲》的词作者，"向前向前向前，我们的队伍向太阳……"，这首伴随血火征程、鼓舞我军斗志的经典歌曲已被定为《中国人民解放军军歌》。公木老师在军歌声中成为不朽。

## 刘金霞

### 西江月·怀念恩师公木（二首）

#### 历尽沧桑仁圣

芳草离离湛绿，鲜花朵朵飞红。
悠悠江水艋惊风，烈火熊熊弄影。
　广众巍巍赞誉，小庭荡荡夸荣。
杜郎俊赏渐无声，历尽沧桑仁圣。

注：1983年张笑天老师的小说《离离原上草》发表后，因人性问题，遭到严厉批判。2013年9月我和苏电西在长春拜访张笑天老师时他对我们说："当时已内部议定取消我作协会员的身份了，可就在前一天，时任吉林省作协主席的公木，他犹如一场及时雨飘洒下来，浇灭了那已经燃起的熊熊大火，把我从濒死中拯救过来。那天公木当着所有人的面跟我说：'笑天，我看了你的书了，写的好呵！'为了让大家都听清他的话，重视他的态度，他说话的声音特别大。这样，一场硝烟四起的围剿也就渐渐淡去、散去。"

公木老师命途多舛，但他追求真理，主持公道，勇敢而睿智。

#### 讨要注销党证

夜半狂风漫卷，曙白恶浪轰鸣。

卢生一枕到天明①，奋爪痴狂血影②。
　　前度泱泱诗圣，如今靡靡佣工。松吞屠仔胯中情③。讨要注销党证④。

注：①卢生是"黄粱一梦"故事的主人公。②奋爪痴狂：典出《东田文集·中山狼传》："狼奄至，引首顾曰：'异日倘得脱颖而出，先生之恩，生死而肉骨也……'遂鼓吻奋以向先生。"③屠仔胯中情：典出《史记·淮阴侯列传》，一个屠夫的儿子曾让韩信遭受胯下之辱。④党证：即"党籍"。"文革"中，诗人、老革命公木曾找当时吉大中文系造反派头头，要求为其恢复党籍。公木先生一生历尽沧桑，但他对党忠心不改。

## 赖登维

### 闽清一中百二华诞感奉十律以伸贺悃

#### 一

因缘前定感收留，忝立梅园二十秋①。
济困解忧情切切，批文备课夜悠悠。
高情定欲参云岳，浪迹何妨逐海鸥。
寄语当年诸学子，莫因久别忘同俦。

注：①余1990年至闽清一中任教，2010年退休，适周20年。

#### 二

粉笔生涯亦自珍，无须俯仰自成春。
率性而行之谓道①，有书可读不为贫。
昔日无知调皮鬼，如今都是领军人。
风霜苦恨催人老，犹梦寒窗笑语频。

注：①《中庸》："率性之谓道，修道之谓教。"

#### 三

缘分缘聚总无凭，聚少离多感不胜。
迢递相将千里道，依稀犹记五更灯。
每勤书札添乡思，偶遇同仁唤旧称。
屈指归休经五载，可于庆典晤良朋？

## 戴爱琴

### 冬夜思

有客寻幽向竹林，琴声缈缈入高岑。
寒梅着意春风渐，病酒无关冻雨侵。
难避喧嚣藏闹市，不求名利耀青襟。
眠迟但爱天边月，也为多情寄素心。

许来寅

## 仙人球

看去分明一刺头,花开难得也风流。
谁知名列仙人籍,却被寻常呼作球。

## 变色龙

不行时雨不行风,宠物群中一倮虫。
休说价高容貌丑,为能变色也称龙。

宋卫国

## 观黄果树瀑布

天际波涛奔碧塘,惊心动魄落崖旁。
银河倒挂悬千练,霹雳激搏震四方。
高架长虹映彩雾,飞腾细玉涌白光。
更奇水蔽通幽处,可有神猴洞里藏?

吴经国

## 通济堰

先人治水展奇功,泄蓄兼容不类同。
巧夺天工真智慧,方知古堰世间雄。

程宪政

## 卜算子·观长江

举目望长江,滚滚东流去。不见涛头镜面平,历尽风和雨。　此景有谁知,此意谁能语。梦幻人生似逝川,海是心归处。

凌华光

## 望月怀远

纤云常护绕,露脸便温柔。
桂子云天落,幽香人世流。
银霜何澹澹,心事亦悠悠。
海峡烟波远,天涯独倚楼!

吕金超

## 浣溪沙·滑沙游戏

沙粒堆成一架山,斜坡滑道挂峰前。巧思妙想构奇观。　我坐滑车天上降,腾云驾雾到人间。惊心动魄笑声尖。

林伯松

## 人生感悟

智者贵求精,知书奥义明。
聆音须察理,鉴貌务观行。
守法朝朝乐,违规夕夕惊。
人生皆过客,积善永留名。

潘　培

## 尖峰岭拾句

奇景纷来逸趣生,金风扶我向高程。
绕云顶上看云绕,鸣凤谷中听凤鸣。

王启赋

## 洛岭野兰

天赋清奇碧玉姿,岭梅花落恰兰时。
香飘夜月留三径,雅寄东风占一枝。
素性只知安淡泊,贞心原不恋浓滋。
红肥绿瘦皆生媚,斜倚黄昏为哪思?

刑中平

## 自　省

跃马江湖三十春,九州踏遍觅知音。
当年未识临危局,此日方知远佞人。
两字任他呼傻子,一生误我是天真。
酸甜苦辣常回味,四海口碑最顺心。

檀　钟

## 谒抗日阵亡将士刘亚夫

忍辞灵璧地[①],归卧碧湖前[②]。
不负平生志,齐称壮士贤。
丹心昭日月,浩气动云天。

神社灯犹亮，将军应未眠。

注：①刘亚夫（1913—1942），望江杨林乡人，幼怀壮志，年方弱冠即投笔从戎。1941年冬，任安徽省十四游击纵队副司令期间，率部由蒙城进驻津浦线东，防堵日寇进犯，激战数旬，获胜。次年元月，率部回师蒙城，途经灵璧高楼，遭日寇伏击，不幸左腹中弹，壮烈牺牲，遗体葬灵璧县冯庙侧。②新世纪之初，由其亲属将遗体迎回故里，葬碧湖之滨。

## 隋鉴武

### 中国的"一带一路"倡议

一国倡议八方应，万马扬蹄热气腾。
自益兼思人受益，看谁如我大心胸。

### 世界警察

警察带长任横行，四处施威滥用兵。
战罢给人何赠品，遍留灾难与纷争。

### 难　民

外敌内乱苦吟呻，渡海求生亦丧魂。
似此如潮难民涌，怎脱其罪系铃人。

## 黄云海

### 西江月·谢宴

早岁垂涎酒肉，老来却厌荤腥。山珍海味不如羹，还是素食管用。
亲友不明就里，孩儿见此心疼。我行我素任人评，营养严防过剩。

### 虞美人·感时

尘寰怪象知多少，休怨凡夫恼。黑心贪吏把钱捞，一有风吹草动便出逃。　天灾人祸无穷尽，弱势空遗恨。假奶假酒地沟油，恰似条条污水九州流。

## 张连才

### 东平湖怀古

东平湖古时曾称梁山泊，清咸丰年间方定名为东平湖。它是《水浒》中八百里水泊的唯一遗存水域。

碧水滔滔势盖天，古泽浩淼倚巉岩。
一书水浒闻天下，百位英雄立世间。

杀富济贫豪气在，替天行道庶民欢。
水泊浪卷八百里，好汉壮歌千载传。

高友群

## 秋　意

南地秋来不见霜，残荷舞破旧衣裳。
高低敲竹黄昏雨，换得西窗一夜凉。

郑少辉

## 沁园春·中国梦

　　华夏泱泱，岁月悠悠，古国文明。孕九州瑰宝，琳琅满目；中华佳梦，翡翠繁星。日月精神，江河力量，道路康庄万里程。擎天柱，托琼楼玉宇，世代晶莹。　　神州崛起鲲鹏。感璀璨明星美梦萦。喜睡狮觉醒，雄鸡唱白；巨龙飞舞，万马奔腾。众志成城，宏图大展，理想巍巍大厦兴。梦圆日，看全球瞩目，四海怡情。

　　注：习近平总书记指出，实现中国梦，必须弘扬中国精神，凝聚中国力量，坚持走中国道路。

万全琳

## 中流砥柱

中流砥柱挽狂澜，丹壁巍然数万年。
闻道娲皇曾用意，将斯借助补青天。

贺永粹

## 梯　田

谁立云梯上汉河，却将巨笔点嵯峨。
赤橙黄绿青蓝紫，疑是彩虹铺半坡。

高财庭

## 元夜玩灯

华光灿灿照离枝，元夜玩灯洽好时。
逐浪心潮多起伏，比天楼影少参差。
临风梳理胸中事，向晚徘徊林下姿。
兔岁人交如意运，云程万里写新诗。

赵国明

## 老 松

岁寒凭吾撑，愿没此山中。
一枕清风醉，溪奔日月红。

## 江边即景

酒幌清波托晚日，断桥花落水流香。
远帆已近江南岸，早有贩夫立两旁。

刘万城

## 长城怨

民歌中有"孟姜女哭倒长城"者，因填是词以戏之。

连水连山万里长，民心丧尽怨声扬。
陈吴树帜山东乱，亡国并非塞外狼。

汤林尧

## 春 晨

春耕人早起，鸟雀追人唱。
飒飒暖风吹，青青高崒亮。
霞飞日欲出，树灿花齐放。
阵阵铁牛声，震得心荡漾。

文士灿

## 贺屠呦呦女士荣获诺贝尔奖

中华儿女多奇志，乐炼青蒿济万家。
废寝忘餐通耋耄，殚思极虑贯花甲。
忠贞为国钢筋柱，尽瘁维民巾帼葩。
清淡无争承孔孟，锲而不舍满天霞。

宋秀兰

## 牵 挂

旅游途中，闻女疗疾入院。

闻儿疗恙母心悬，千缕忧丝梦里缠。

空有焦心期鹊讯，恨无仙术侍床前。
除疾了却三春虑，卧榻权当几日闲。
诚盼白衣施妙手，芙蓉历雨更芳妍。

陈　麟

## 赠《诗词之友》主编张脉峰
（嵌名诗）

脉脉耕耘大雅田，诗词荟萃友情缘。
弘扬国粹华章赋，敢上巅峰有主编。

刘树靖

## 山乡姊弟

父因车祸母调门，垢面蓬头瘦骨嶙。
鞋袜破来仍跑路，农衫烂了尚随身。
生吃野菜酸兼涩，住漏茅棚冷与阴。
不晓黉堂在何处，孤儿无计享童尊。

程启瑞

## 鹧鸪天·官风吟

宦海遨游几十春，官风好坏系乾坤。一身正气驱邪恶，雨袖清风镇鬼神。
勤洗澡，净除尘，奉公守法献忠心。鞠躬尽瘁为民干，竭力殚精报国恩。

刘明哲

## 汉江春色

千里江堤柳若烟，琼花满岸欲喷然。
远山漠漠樵歌起，近水悠悠垂钓闲。
两岸黄花连绿野，一江春水映蓝天。
夜来星汉撩江影，不辨仙凡不计年。

## 临江仙·往事

白鹭追帆江上影，斜晖过眼滔滔。几行雁字入云霄，蓦然回首处，往事任风飘。　历尽沧桑知冷暖，疏狂还趁今朝。人生百味瞬间消，繁华随浪远，风雨一肩挑。

罗子华

## 咏 马

负图出孟半为龙,周穆南巡若御风。
虞坂拉车怜骎骊,檀溪跃水救英雄。
世无伯乐才难展,唐有昌黎意可通。
不用扬鞭蹄自奋,识途犹欲立新功。

周达斌

## 水龙吟·再赞中国女科学家诺奖得主屠呦呦

伊谁揭秘青蒿,攻坚克难谈何易!荧屏凝视,八旬老妇,满头霜雪。跪握话筒,殷勤致敬,万人屏息。听呦呦鸣鹿,野蒿是食,觅新药,争朝夕。　莫道疟虫猖獗,喜今朝瘟神降灭。求名问利,怕应羞对祖宗遗籍。一战友多贤,同心勠力,功归集体。但弘扬国粹,中医中药,治人间疾。

## 踏莎行·湘西苗乡遐想

水映蓝天,山连广宇,张家界上神仙聚①。苗乡春暖日东升,何人喟叹"斜阳暮"②?　忧乐情怀,苗家儿女,改革致富花千树。小康圆梦水东流,青山毕竟遮不住③。

胡明合

## 七六生日寄怀

书看盈室不言贫,牧罢秋禾又种春。
挥汗雨浇桃李树,倾情爱注子孙心。
蚕丝缕缕抽经纬,教案篇篇犁浅深。
一世辛劳功不没,时光奖我满头银。

楚家冲

## 过收费站

油门枉踏攒双眉,十里长龙车若龟。
爬过三秋来地界,眼前横着抢钱碑。

听雨轩主

## 早 梅

清魂瘦骨远凡尘，自蹈高风不恋春。
敢问大千花世界，谁堪与雪斗精神。

## 感小区建设不得有围墙之城建新规

天下承平治有方，谁听野草叹春凉。
祈年殿里多神圣，总与民间隔堵墙。

南广勋

## 【越调】柳营曲·山庄赶集

二五八，聚南洼，肩挑马驮小卡拉。山货麻搭，城货拉杂，人流滚浪花。大油条、柴火新炸，老铜壶、芝麻油茶。熟人拉手笑，买卖共喧哗。呀，挤散小冤家。

## 【南吕】金字经·撒网人

紧握纲绳索，慢拾丝网花，双臂环抡脚稳扎。唰，网飞云落霞，清波下，是鱼还是虾？

## 【正宫】叨叨令·都市堵车

盘桥就像蛇钻洞，鸣笛就像狼拼命，警察就像针扎腚，汽车就像猫生病。莫唤啦也么哥，莫唤啦也么哥，手机耗电一溜儿净。

## 【中吕】山坡羊·秋日叹残荷

秋风萧瑟，残红飘落，藕肥子满残荷破。日如梭，月如梭，眼睁眼闭浮云过。料是来年花更多，红，还似火；人，不是我。

## 【正宫】双鸳鸯·斗狗

远无仇，近无仇，何故高台做对头。利齿血滴毛带肉，骨折皮绽未能休。喊无休，叫无休，一掷千金做码筹。惯看世间人相斗，误将撕咬当风流。做官愁，做民愁，怎似牢笼不自由。战罢归来伤自舔，说来全为稻粱谋。

（报载：京郊兴起斗狗赌博，赌客们少则押千元，多则投两万元，一个上午，总赌资约为20万。笼中结束战斗的狗狗们血肉模糊……）

## 【正宫】凌波曲·也唱七夕

牛郎罢了犁，织女停了机，一年一度过佳夕，长桥鹊集。夫妻执手桥头泣，今宵何处双栖地？瑶池非是庶民居。只好到高粱地里。

抱朴堂主

## 壶口观瀑布感赋

瀑如奔马练如横，坠落犹闻玉碎声。
我辈无缘从鲤跃，何人有幸俟河清。
寻源大抵多澄境，入道居然尽浊程。
好在洪波能荡涤，不须朝夕两牵情。

## 入冬思母

独怜江海寄余生，几度茹辛惯冷羹。
面市无非青白眼，牵心不独孔方兄。
尊襟骋目山如叠，对月怀人夜太清。
此际孤灯应不寐，一窗寂寞待天明。

余减租

## 登武当山

缆车金顶往来飞，遥看湖山雾霭围。
欲借武当神剑起，缉拿昏日一同归。

## 颂我渔政船东海护渔

岸上群蛙鼓噪鸣，嚣张海蟹欲横行。
渔翁撒下天罗网，那个龟儿头敢伸。

解贞玲

## 八秩征程铸国魂
——纪念红军长征胜利八十周年

长征胜利赞红军，八秩行程铸国魂。
壮举传奇歌万代，英名远播世人尊。

## 清官颂

两袖清风歌盛世，一心为国布长虹。
爱民赤子无私念，廉吏人间倍受崇。

## 【中吕】山坡羊·诗友聚会

人间春到，枝头花俏，江山万里风光妙。韵频敲，意多娇，诗家共唱神州好。淡抹浓妆任尔描。心，永不老；情，总不少。

## 喻 言

### 行香子·伊人行

古巷幽深，石板氤氲。微风里、灯火黄昏。朱颜独立，轻展红裙。望空中雨，雨中梦，梦中人。　　寒蝉断续，世事浮沉。回眸处、清泪沾巾。迢迢彼岸，石蒜缤纷①，映百年花，千年叶，万年魂。

注：①石蒜，又名彼岸花、曼莎珠华，花叶不同开，有"黄泉路上的花"之称。佛经记载"彼岸花，开一千年，落一千年，花叶永不相见。情不为因果，缘注定生死"

### 生查子·星空

山高露色凝，玉兔追云辇。树影伴清风，只见繁星远。　　三生石上缘，斗转天将旦。回首又天涯，相隔人无怨。

### 一剪梅·中秋

苇草萋萋傍水流，风细如织，金桂清幽。玉盘弄影照亭楼，雨也抬眸，晴也抬眸。　　千里澄空共九州，人到中秋，难聚中秋。胸中自有一轮月，盈又何欢，亏又何愁。

## 成朝柱

### 观庐山瀑布

云中撕下白毛巾，挂在悬崖浸在盆。怪底庐山千古秀，原来日日洗心尘。

## 周晓陆

### 西江月·西安购到 2元9角一斤鸡蛋

鸡蛋一听降价，市民几队长排。真成喜讯自天来，装饱条条提袋。

双面摇摇利剑，鸡农苦苦成哀。
生涯颠踬总徘徊，破产何从举债？

## 采桑子·晨下杭嘉湖

啼鸡催晓征人恨。辜负晨光，误了晨光。饥鼓咚咚正瞎忙。　　青黄满目三分醉。朝发苏杭，午驻苏杭。用印驿关檄羽郎。

## 应中华书局请写作

### 一

受命为文强著书，纵横屏幕气吞吴。
明天能换人民币，梦里欣欣上酒庐。

### 二

熏风无意绕晴窗，码字心情狠若狼。
汤釜那边催小我，我如蚕蚁啃柔桑。

注：江南称最小的蚕为蚕蚁。

吴化强

## 《横溪流韵》出版书怀

横溪出岫响重峦，槛外回音大道宽。
雅座军门风落帽，清歌圣谛月登坛。
三生石插云天破，万古心追墨浪欢。
无我思君君不见，飘飘柳絮满长安。

## 出版集团采风

暇日驱车到集团，湖光云影共堆肩。
图书开朗中天镜，翰墨纷披太极泉。
磊落昆仑封面直，厮磨宇宙版心圆。
不知画里诗声啸，飞起苍龙九百旋！

## 出版古籍

吐纳霓虹汉字钦，典藏鲜活仗高吟。
携儒冠盖三坟奥，射斗精华二酉深。
班固文韬飞虎观，乐天声价重鸡林。
纵横国际书声里，斯世同怀古道心。

# 新古体诗卷

顾 浩

## 千秋壮举
——纪念红军长征胜利八十周年

高空滚滚腥风急,
大地凄凄血雨狂,
红军我敢问天路在何方!
于都一举千秋步,
遵义奋书万古章,
红旗下铁骨精魂世无双!
赤水河涛惊四渡,
金沙江浪叹悲壮,
就凭着小米步枪战八荒!
大渡河阻强行过,
泸定桥险也无妨,
这正是正义之师不可当!

草地炊断总坚忍,
雪山寒彻都照扛,
只因为信仰满怀人如钢!
三军会师陕甘地,
百姓瞩目北斗光,
激动得各族儿女泪汪汪!
艰难困苦长征路,
匡时救国共产党,
遵民意驱除魔怪求安康!
万众心铭万里史,

九州情系九回肠,
中华轮载梦扬帆更远航!

## 一张废纸
——怒斥所谓菲律宾南海仲裁案
最终裁决

美国点火心叵测,
日本煽风夜不眠,
菲律宾赤膊上阵跳台前!
三家合演一闹剧,
九州同仇齐耸肩,
此经典垃圾箱里存万年!
红日昭昭竟无视,
大法威威岂可偏,
废纸上没有一句算真言!
翻阅人类万古史,
检点荒谬几多篇,
难比这欺世惹事五洲嫌!

赤县神州非往昔,
富国强兵是今天,
谁要我吞下苦果请靠边!
祖宗开拓风浪里,
世代耕耘云水间,
誓不丢泱泱华夏一寸田!
南海和平歇风雨,
各方合作腾霞烟,

始终是披肝沥胆心一片！
短短妖风狂然过，
滚滚环球照样旋，
越压制中华儿女志越坚！


陈福今

## 光辉道路
——纪念中国共产党九十五华诞

阿芙乐尔炮声响，马列主义现曙光。
多难兴邦睡狮醒，南湖红船霞满舱①。
苍茫大地志士血，南昌打响第一枪。
革命道路农村始，红旗飘飘上井冈。
征程漫漫遥万里，星火燎原红四方。
驱逐倭寇百战死，雄师大江慨而慷。
三山推倒乾坤转，神州大地五星扬。

人民当家作主人，政通人和新景象。
百废待兴迎春来，旧邦新命奋起航。
恢复经济治疮痍，建章立制孚众望。
运筹帷幄打根基，冲破封锁斗列强。
艰辛探索治国路，振兴中华当自强。

凝心聚力奔四化，两弹一星威名扬。
一穷二白换新颜，千秋伟业立东方。

解放思想破蕃篱，改革开放著华章。
经济腾飞增国力，科技伟绩振吾邦。
神州飞船上九天，蛟龙深潜下五洋。
港澳回归洗国耻，雪域天路藏歌扬。
飞天登月访嫦娥，高铁飞驰向远方。
战鹰凌空卫蓝天，航母巡弋护海疆。
炎黄子孙爱祖国，铁军虎将保国防。

江山代有才人出，与时俱进开新章。
两个百年宏图展，九州繁荣百业旺。
五大理念谋发展②，治穷治愚奔小康。
一带一路五洲融，和平发展善友邦。
中华崛起多借重，世界之林竞辉煌。
国运亨通日日好，人民康泰年年强。
众志共筑中国梦，万民翘首拥戴党。

注：①中国共产党第一次代表大会原在上海开幕，由于租界巡捕的搜查，最后一次会议紧急转移到浙江嘉兴南湖一条船上继续举行，宣告中国共产党成立。

②指党的十八大以来，以习近平同志为总书记的党中央，从我国实际出发，提出并形成的要全面建成小康社会，必须遵循创新、协调、绿色、开放、共享这五大发展理念。这是我们党在深刻总结国内外发展经验教训的基础上形成的，集中反映了我们党对经济社会发展规律认识的深化，也是针对我国发展中的突出矛盾和问题提出来的。

樊希安

## 美丽三沙行组诗百首
（选二十七首）

　　2016年7月2日，我率中国作家"文学三沙行"采访采风团赴三沙市访问考察。在此行之前的4月下旬，我亦曾登永兴岛，出席中国出版集团与三沙市政府"共建三沙图书馆"启动仪式。两赴三沙，登临六岛，亲近南海，感慨良多，由衷赞叹"主权三沙、美丽三沙、幸福三沙"，为祖国南海辽阔壮美而自豪。"此生有幸三沙行，南海云风皆关情"。回到北京，常常魂牵梦绕，终于在夏雨临窗、夜不能寐之时，挥笔写作"美丽三沙行"组诗百首，以寄情言志，为我国四千里南海添加一束赞美与祝福的浪花。是为诗前小序。

### 入住西沙宾馆

魂牵梦绕到西沙，入住宾馆似到家。
窗前飞红旗漫卷，房后椰林舞云霞。

### 升国旗仪式

岛上周一升国旗，党政军民肃穆立。
此番升旗非寻常，泪水和着汗水滴。

### 石　岛

石岛犹如岩石坚，更有虎踞与龙盘。
站在西沙最高处，神箭守海亦管天。

### 石岛中国主权碑

宣我主权勒石碑，碑额庄严镶国徽。
一岛一礁图标识，谁犯让他来无回。

### 石岛"西沙老龙头"

块块岩石龙首状，伸向海里守南疆。
遥想长城老龙头，龙脉连体万里长。

### 石岛"祖国万岁"石刻

一铲一铲铲留痕，竟使山崖刻印深。
守边战士将退伍，"祖国万岁"刻在心。

### 三沙军史馆

曾穿军装入营门，此处参访格外亲。
乐守天涯兵几代，我在祖国请放心！

### 海军收复西沙群岛纪念碑

抚碑留影喜还悲，金瓯残缺失又回。
固疆还靠国力盛，中国梦圆不可摧。

注：永兴岛立有海军收复西沙群岛纪念碑，系中华民国三十五年十一月二十四日张君然立。

## 罗 盘

船家珍藏古罗盘，浪里行舟凭指南。
盘上文字细辨解，出入三沙六百年。

## 日据时期碉堡

钢筋水泥修筑牢，占岛掠物逞霸道。
如今国力非往昔，谁敢伸爪吃我刀。

## 三沙建市

万里石塘万里沙，都归三沙来管辖。
岛礁虽小海面宽，祖国南院新管家。

## 三沙市地名碑

三沙设市新纪元，南海风云肩上担。
国土半寸不能少，一岛一礁标记全。

## 爱国爱岛守天涯

也想妈妈也想家，也想媳妇也想娃。
为保祖国海疆宁，官兵快乐守天涯。

## 军 嫂

丈夫守疆在天涯，梦里泪花伴浪花。
三离三别无怨尤，舍弃小家为国家。

## 岛上渔家

出海如同赴征程，安家就是保国宁。
捕鱼擒龟寻常事，蛟龙偏向浪里行。

## 岛上绿化带

生态脆弱保护难，岩石裸露加礁盘。
如今岛岛皆植树，满眼浓绿伴深蓝。

## 三沙综合执法 1 号船

国旗飘飘汽笛鸣，浩瀚南海任穿行。
休渔禁捕护生态，守海巡航查警情。

## 海上日出

海上日出气象雄，此海不与它海同。
日照岛礁剪影秀，霞映深海染桔红。

## 七连屿

打翻王母聚宝盆，天降珍珠价万金。
七子长高成队列，共捧项链献母亲。

### 赵述岛

船晚树岛岛名改,皆因明朝赵述来。
此岛最是植被好,绿到尽头浪花开。

### 甘泉岛

天空俯视形正圆,碧波涛中一螺盘。
唐宋遗址今犹在,汲水古井饮甘泉。

### 永兴岛有线电视发射塔

不算魁梧不算高,却为百姓解寂寥。
免费安装户户通,撒落欢笑满岛礁。

### 环岛路

正圆扁圆和椭圆,有岛便有路缠绵。
自古创业先开路,岛岛铺就幸福环。

### 南海飞鱼

南海神奇鱼亦奇,飞起妙似水上机。
谁个眼尖一声喊,看时已入浪波里。

### 邮　局

偏向大海架彩虹,鸿雁日日逐浪行。
海角更显家书贵,邮筒满溢故乡情。

### 水果店

枇杷柚子哈密瓜,岛上小店聚物华。
更有椰子新鲜甚,嘴含吸管饮果茶。

### 在南海游泳

不会蛙泳会狗刨,也到南海来弄潮。
我家海疆我家水,谁敢阻我兴致高!

### 网箱养殖

辽阔南海万里疆,何须养鱼设网箱?
君出此言差也甚,少捕多养幸福长。

王同书

### 《顾浩词的多彩世界》后记末语

七十老翁何所求?览诗披文度春秋。
偶来点击键盘上,激浊扬清数风流!

郭立河

## 参观明清圣旨博物馆有感①

瑞鹤巨龙腾祥云，皇恩浩荡付绫锦。
翰史千载旨若雪，可曾片羽泽庶民！

注：①明清圣旨博物馆位于聊城市古城中心，与光岳楼毗邻，是中国首个以圣旨为专题的民间收藏博物馆。馆藏民清时期的诏书、国书、诰封、敕封（统称圣旨）132道之多。

## 狮子楼前沉思

狮子楼前狮目狰，镇邪何如除邪灵。
武松一通伏虎拳，打得至今恶棍惊！

## 聊城即兴

一城碧波一城春，一城激越唱雄浑。
胸襟一敞纳天下，八方蜂拥圆梦人。

## 街头烧烤

浓烟滚滚蒸夜空，揩泪眨眼霄汉星。
一任烧烤街头立，十里无辜闻膻腥！

## 九如山天冲瀑

一瀑飞泻自九天，溅湿泉城染绿山。
七池八潭清如许，为有活水是此源。

陈景河

## 感忠岩先生题赠手书《百姓福寿石头记》

丙申夏初，余在长白。见街区路旁，多有刻石布落，蔚然成观。后喜得忠岩先生题赠手书，方知此为《百姓福寿刻石》。读罢雄文，再瞻赏刻石，竟心潮澎湃如江似海。欣然命笔，涂鸦记云。

谁人不叹造化功，纳殷旧部落彩虹①。
灵河能容百家姓，大荒不拒福寿翁②。
芹溪有心藏谜底，石兄无意补天倾。
书声琅琅咏《石头》，至今黎庶念曹公。

天河远上紫云间，林海苍茫浮白山。
神瑛余勇动鼙鼓，绛珠怯弱成诗仙③。
细雨霏霏曹公泪，草裙翩翩女儿禅④。
谢郎情寄石头记，人间重现大观园。

都说人生须尽欢，哪有闲暇供绻缱？
年轮咔咔催人老，岁月悠悠不记年。

娲石列阵媲秦俑，雄文出岫壮神山[5]。
白衣仙人知何处？唯有寰坛邈山峦[6]。

注：①明末，长白山有三大部族，二道白河地区历称"纳殿旧部"。②《红楼梦》开篇之"大荒山"，系指满族发祥地长白山。"灵河"，系指满族母亲河松花江。③"林黛玉，在神界名绛珠仙子，性体怯弱。④传人参格格常头戴人参绛殊果，身穿草裙，与姐妹们姗姗起舞。禅，同擅，《韩非子·说疑》："善禅其主以集精微。"⑤谢忠岩先生手书《百姓福寿石头记》云："神石重现，古朴浑然，列阵秦俑，蔚为大观。"⑥据阿汝汗先生考证，蒙古大博浩布克秦阿布曾在长白山祭神，并终老此山，称查干额布根（白衣仙人）。抚松大荒顶子遗存的两座寰坛，疑为查干额布根祭天之遗存。

## 张维青

### 不忘初心继续前进
——为党九十五岁生日吟

不忘初心继续前进，嘉兴红船朝霞初润。
五四运动醒狮欲奋，俄共春风马列道劲。
民族精英铁肩重任，救国无私声名远震。

三民主义中山赋新，国共合作北伐重镇。
军阀变种相煎乱混，清党害良革命受损。

不忘初心继续前进，南昌起义秋收旗锦。
湘赣井冈去处选准，星火燎原千辛万忍。
红色割据鱼在海里，难苦卓绝依靠人民。
多次围剿重兵吃紧，十六字诀我胜敌滚。
瑞金政府光明路引，可叹挫折苏区旗陨。

不忘初心继续前进，马列光辉兴党威振。
遵义会议群英俱奋，纠正错误协力齐奔。
四渡赤水泽东布阵，草地雪山红军是神。
坚持北上大义大仁，长征二万中华英魂。
抗战展帜唤醒万民，统一战线八年浴魂。

不忘初心继续前进，反对独裁爱国情真。
无奈反击解放国人，实行民主土地均分。
工业改造财归全民，新华站起百姓主人。
艰苦奋斗自力勉勤，心气向上万象更新。
八字宪法鼓励农民，集体经济拱卫全民。

不忘初心继续前进，两弹一星全球共振。
科技为先团结才顺，社会主义国防必慎。
忘战必危切记古训，经济建设环境要紧。
科学发展不忘育人，反对腐败健党靠民。
共产理想马列最真，中国圆梦与时俱进。

刘国震

## 董振堂①

宁都义举震四方，高台喋血战群狼。
头颅轻抛肝胆在，万古千秋颂振堂。

## 郭企之②

舍生取义神鬼泣，黄土埋胸志不移。
浩然正气惊敌胆，一腔热血染旌旗。

注：①董振堂（1895—1937），河北新河人。曾任旧西北军师长。1931年12月14日，他与赵博生一起在江西宁都起义，率部加入中国工农红军，1932年加入中国共产党。历任十三军军长、红第五军团军长、红五军军长。1937年1月，在随西路军前进时，被国民党马步芳部2万余人包围于甘肃高台，激战9昼夜后，于20日壮烈牺牲。2009年9月，董振堂被中央宣传部、中央组织等11部门评选为"100位为新中国成立作出突出贡献的英雄模范人物"。②郭企之（1915—1939），原名郭福记，河北南宫人。1931年毕业于南宫县立中学，同年加入中国共产党。1938年任南宫县战委会组织部长、宣传部长，同年9月调任冀南行署巡视团团长，后被选为曲周县抗日民主政府县长。1939年3月28日凌晨，在曲周县南里岳村开展反资敌工作时，因汉奸告密被围，突围时负伤被捕。在狱中面对敌人的严刑拷打和威逼利诱，始终坚贞不屈，表现出一个共产党员大义凛然的革命气节。1939年4月10日惨遭日寇毒害（活埋）。后被追授"抗日模范县长"称号。

杨旭辰

## 阅读杜甫

伤心长安困十年，效国无门空枉然。
君主贪色忙封国，奸相弄权毁大贤。
残杯冷炙难果腹，敝衣百结不御寒。
诗人不幸苍生幸，吐血杜鹃可代言。

## 思　水

我看江水等人生，一路走来太匆匆。
奇景夹岸难留眼，危岩横路须绕行。
激情中流成澎湃，倦走平沙渐凄清。
耗尽余生归大海，谁计身前身后名。

## 饮　酒

无量无求不酒魔，但逢挚友醉每多。
四盘六盘家常菜，深话浅话放胆说。

不借醉酒非人短，最耻传杯织网罗。
且看贪腐起步处，恶行往往在酒桌。

毛锜

## 仰止篇
——纪念孙中山先生诞辰 150 年

呼号奔走不计年，力启共和开新天。
五权分立信独创，三大政策尤前瞻。
大辂椎轮不世功，鞠躬尽瘁未息肩。
先驱勋业世共仰，北斗永耀紫金山。

## 瞻仰城固博望侯雕像

英雄故里谒雕像①，历史回闪在望中。
持节月氏气干云，凿通绝域不世功。
丝绸西去黄金贱，宛马东来苜蓿丰。
搏击风云九万里，大汉天幕一雄鹰。

注：①张骞祠墓（已列入世界文化遗产名录），位于汉中城固故里，墓前有博望侯张骞雕塑巨像一座。雕像手持节杖，凝视远方，犹作风尘仆仆之状。

李 增

## 军旅雄风

三十六计布阵容，四面八方出奇兵。
每寸土地不容践，浴血奋战丰碑功。
摸爬滚打向前冲，雄关险峰壮志勇。
维护正义保和平，百姓心中大英雄。

## 春雪畅想

春风浩荡望眼开，又踏春雪暂徘徊。
风吹绿洲山青野，樽前笑谈敬礼拜。
莫叹韶华飞逝去，琼楼玉宇频奏凯。
绣鞋轻舞飞柳絮，鲲鹏腾冲迷世界。

李 涛

## 某城建长官与房地产商

### "鱼水情深"

你和我，
船与网。
鱼儿离不开水，
瓜儿离不了秧。
我是楼前阁，

你是阁后墙。
你的公章,
我的孔方,
谁晓得私底里帐!
你作伥,
斗胆儿登上这龙虎争斗场。

## "投标中标"

你那里虚声势、百人投标,
我这里稳坐船"围标"撒网。
明里修栈道,
暗中渡陈仓,
却便是瓮中捉鳖,
一次次得逞要强梁。

## "落水玩水"

今儿进歌厅,
明儿下赌场;
钓锦鳞、洗鸳鸯,
红颜陪你温柔乡。
鲍翅海参能滋补,
五粮茅台整车装。
夫人想旅游,
我替你埋单;
孩子读硕博,
费用我来扛。
城南百亩地,

规划区中央,
分明又是好生意,
就看你再帮不帮?
倘能弄到手,
福禄万年长。

## "哥俩好"

小弟,老哥,
两门心事,
一条裤裆。
横财来、咱同享,
风雨骤、共担当。
这区区小县城,
谁能将咱怎么样?


于海洲

## 读杜甫《茅屋为秋风所破歌》

社稷兴衰史鉴开,逸豫亡身孕祸胎。
渔阳鼓惊霓裳曲,大唐国破马嵬哀!
少陵野老吞声哭,避乱流离转入蜀。
八月秋高风怒号,卷起重茅洒江渎。
云翻雨注湿床头,彻夜难眠妻儿愁。
冀望眼前见广厦,独为天下寒士谋。
历史车行逾千载,我持杜诗告真宰:

85

拔地高楼矗万间，不怕雨打风吹摆。
一从崛起先富人，别墅豪宅座座新。
藏娇汉武输金屋，斗靡石崇逊绮珍。
公仆巨贾楼屡购，平民百姓难为售。
不知闲置空几多，门可罗雀锁生锈。
炒楼掮客赚大钱，工薪阶层望眼穿。
政府恻隐频调控，保障房建地处偏！
生活正如一杯酒，或甜或苦品在口。
诗圣当年叹秋风，我愿住房家家有！
从今不作茅屋歌，人人安居笑语和。
凡尘没有救世主，贫需勤俭富戒奢！

袁本良

## 黄果树瀑布歌

天河白水破天门，倾向黔山撼山魂。
为雾为烟百千尺，岭外行人衣履湿。
十里遥闻闷雷音，裂石崩崖力万钧。
移步探首惊侧目，巉崖一线没深谷。
山势回转南复东，夹岸绝壁树葱葱。
一路盘旋到谷底，被雾迎风满面雨。
白龙搅水浪脚翻，青犀喷沫雪满潭。
搅水喷沫如碾玉，玉乳消入清流去。
蹒跚晃荡过索桥，峡风猎猎雨潇潇。
百丈晶帘究几幅，崖罅掩映神仙窟。
凭虚放胆帘后穿，挟风雷兮握飞湍。
淡墨石青泼成画，七彩长虹潭心挂。
腾挪一如醉素书，潇洒浑若大痴图。①
醉书痴图或不似，霞客游观留锦字：
捣练飞空鹭群翻，惊起天马与水仙。②
山水自待诗人占，最惜谪仙中道返；
悬想长流到夜郎，此景彼诗两增光。
可叹匡庐得其利，冒领九天惊人句。
日晡冥坐观瀑亭，何当一梦笔花生。
裁瀑濡潭书狂草，老拙试为黔山奇景留诗稿。

注：①大痴，元代画家黄公望号大痴道人。②《徐霞客游记》，人"一溪悬捣，万练飞空"、"满溪皆如白鹭群飞"之句。郑珍诗："天马无声下神渊，水仙大笑且莫莫，恰好借渠写吾乐。"

邱正印

## 郭亮赞歌

　　郭亮村是河南省辉县市境内太行山腹地的一个小山村。1972年起，该村村民历时五年，完全靠人工在绝壁上修建了长1200米的生命通道——绝壁长廊（又名郭亮洞）。绝壁长廊为国内外惊叹，被誉为世界第九大奇迹和世界最具有特点的道路之一。

## 一、行路难

太行小山村,世居郭亮人。
高峰环四周,出行异艰辛。
绝壁走天梯,脚下万丈深。
险恶半尺处,通行容一人。
峭壁"贴三贴",横步侧行身。
几多人失手,坠崖痛人心……
险道拦路虎,亦是贫穷根!

## 二、愚公志

世代行路难,立志"移"大山。
老少齐上阵,壮士十三员。
不畏太行高,敢战红石坚。
挥汗夏酷暑,顶风冬严寒。
止渴山涧水,充饥糠菜团……
开山千二米,苦干整五年。
打烂四千锤,凿光十吨钎。
石方两万六,方方浸血汗……
世代眼望穿,坦途终实现!
绝壁走长廊,道路明又宽!
汽车自由行,人员往来欢。
时代新愚公,郭亮展新颜!

## 三、新天地

昔日穷山村,今朝美家园。
长廊通世界,致富天地宽。
宾客国内外,旅游成热线。
绘画教学地,影视拍摄点。
入住农家院,疑是到桃源。
山美水亦美,果甜心更甜。
郭亮新面貌,欢声笑语连……

## 四、太行魂

伫立绝壁前,凝目望远山。
太行英雄魂,浩然天地间!

金更臣

# 淀上神兵雁翎队

华北平原白洋淀①,北方西湖赛江南。
嫩苇吐芽着新绿,娇荷含苞多鲜艳。
当年水上游击队,个个都是英雄汉。
淀上神兵雁翎队,抗击日寇做贡献。
神出鬼没歼日寇。绕过堤防苇中游。
来去无踪敌痴迷,智斗敌顽潜壕沟。
化妆渔民巧周旋,深入敌穴岗楼端。
口衔苇管淀底藏,切断敌人航运线。
头顶荷叶水下游,截敌物资和枪弹。
歼灭日伪河防队,淀上神兵英姿展。
水上飞将如神仙,敌人闻风吓破胆。
鲜红党旗心中扬,誓死如归保江山。

战火硝烟渐远去，革命传统世代传。
战无不胜中国人，美好明天更灿烂。

注：①华北明珠白洋淀，又誉为"北国江南""北地西湖"。抗日战争时期，有一支神出鬼没、来无影去无踪的水上抗日游击队，又叫"雁翎队"，队长郑少臣，活跃在白洋淀上。仅1943年秋一仗，歼灭进行大扫荡的日伪河防队80多人，并缴获2挺机枪。老百姓赞扬雁翎队是"淀上神兵"、"水上飞将军"。

李　红

## 会师塔

杰构血筑成，屹立比华嵩。
坚基盘瘠土，尖顶摩苍穹。
鼎力三围抱，长铭一会功。
仰望会师塔，寂历听天风。
夹金千丈白，湘波万顷红。
草鞋蹚赤水，蓑袄立乌蒙。
索底江涛激，桥头炮火熊。
岂无亲慈在，失志向前冲。
五情难自己，热泪满双瞳。
郁郁青松柏，团团雏菊丛。
长路诚修远，岂敢忘峥嵘。

王睦武

## 醒醉吟

乾坤分昼夜，人类留醉醒。
黑夜宜沉醉，白昼应醒清。
昼夜莫颠倒，醒醉要分明。
行为若相反，立身必孤零。
但为思想故，规则也休凭。
不随流俗转，不为醉太平。
上下漫求索，天马任驰行。
该醒不能醉，当行不可停。
早醒求早悟，不畏身伶俜。
独立以昭世，岂论利与名！

徐志苗

## 打虎拍蝇急急风

神州起风暴，虎蝇应声倒。
围剿急急风，插翅也难逃。

## 刀耕砚种之徒

刀耕不插秧，砚种不产粮。
师曰养水仙，案头留清香。

李四平

## 如意恋·铜婚纪念

顶头上司，风流俊俏。回眸一笑，
光彩四耀。分花拂柳，酷似小鸟。
耍娇胡闹，又似年少。强辞夺理，
蛮缠霸道。动辄得咎，兴致袅袅。
八分矫情，二分胡搅。风仪不减，
曲尽其妙。痴心男儿，神魂颠倒。
蔽眼西施，倩影环绕。不亦乐乎，
情迷心窍。偶有口角，佯嗔难了。
刁顽跋扈，庭传师教。三分脸色，
手舞足蹈。一张一弛，剔透灵巧。
一颦一怒，倍增风貌。知己难得，
知音难找。金玉良缘，地设天造。
云台红豆，南国瑶草。风雨飘摇，
肝胆相照。风雨同舟，天荒地老。

孟庆阁

## 相　聚

<small>写在海峡两岸开放三通之时。</small>

阔别多载喜相逢，顽童已变鹤发翁。
相拥互洒欢喜泪，推杯难诉同根情。
你言山前打雪仗，他道河边捉蜻蜓。
趣闻惹得嫦娥笑，疑是诸君又还童。

郭庭秀

## 长七喜报临

文昌发射塔，长七大力神。
首发送缩比，超凡卓不群。
载增六吨重，助推内力新。
升腾五焰短，归仓落可人。
展望空间站，货运走宇坤。
航天中国梦，探索益愈深。
直播反复看，躁动中国心。
把酒酬星际，挥毫书国魂。
莫笑我痴狂，同病逊于君。

张才良

## 秋江烟雨

烟雨茫茫银河倾，寒江白浪扁舟横。
嘉陵秀色掩不住，电站点亮两岸灯。

## 垂 钓

江湾柳岸水微澜，放线垂钓钓悠闲。
小孙无意惊游鱼，一石击碎水中天。

颜明绪

## 听《百家》讲史质疑

《百家》讲史，有人对某些封建帝王赞颂有加，"英明圣主""千古一帝"不绝于耳。余对此颇不以为然。作三十韵，以质所疑。

唐虞禅让公天下，禹后传家酿乱纷。
秦汉而清数百帝，虎狼逐魔孰贤君？
从来王寇由成败，自古宫廷多险津。
酒色刘邦懒稼穑[①]，赌徒匡胤喜刀斤。
纵观问鼎争锋者，不乏盗名欺世人。
符谶斩蛇诳庶众，藏弓烹狗弃功臣。
弑亲灭子拥神器，杀弟屠兄谋独尊。
此等凶残似禽兽，何谈圣德惠黎民？
儿孙尸位无修治，豚犬相承纵逸淫。
夺媳宠男伤教化，丑唐秽汉乱常伦。
珠财亿万挥如土，粉黛三千难称心。
以武假仁行霸道，穷兵拓地祸邦邻。
史家笔吏标奇论，暴主奸雄赞伟勋。
文景贞观夸大治，康乾永乐颂隆恩。
衰朝盛世虽相异，日攘月偷何可分[②]？
愚俗盲崇龙凤种，顺从甘作马牛身。
曾挥农戟如潮水，怎奈皇城固若金。
尤有投机巧渔利，乱中窃位换朝新。
一仍旧制专威福，百姓依然号疾贫。
堪叹千秋古华夏，竟容群魔霸乾坤！
强据天下为私物，嬗变凶顽成圣神！
宇宙繁生多品物，精华独注育灵群。
茹毛饮血来荒野，取火燃薪始炙燻。
处穴居巢苦寒暑，架房筑室自馨温。
刀耕驯养余粮肉，器用衣装别兽禽。
纸笔舟车循进化，笙箫鼓瑟入斯文。
集群智慧功千古，岂任帝王尽独吞？
辛亥洪淹专制绝，百年浪卷共和存。
崇王拜帝余残蘖，论代评朝遗旧痕。
何日新修华夏史？汗青应早复原真。

注：①史载，刘邦"好酒及色"，"不事生产作业"。②攘，与偷同义。《孟子》中说，有人每天偷邻居一只鸡。后觉不义，改为每月偷一只。意为虽数量有异，盗窃之本质未变。

范峻海

## 太行新愚公李保国放歌

李保国系河北农业大学林学院二级教授、博士生导师。35年来，将几十项科技"种子"播撒在太行山1826万亩山地上，让山区农民增收28.5亿元，带动十余万人脱贫致富，被誉为"太行新愚公"。2016年4月10日凌晨，因心脏病突发猝然离世，年仅58岁。中共中央组织部决定，追授李保国同志"全国优秀共产党员"称号。

壮哉燕赵卷雄风，高歌太行新愚公。君不见三十五载一万二千七百日，七千日兮攻关恶壑秃山里。饮风餐雪撼荒岗，犁春牧夏播珠玉。挥舞科技盘古斧，武装山民呼与鼓。农民变成千万土专家，保国变成山区一黎庶。滚滚春潮连天涌，浩浩山民缚狼虎。知否核桃引进品种授粉期，雨脚如麻摧花稀。保国手撑巨伞护小苗，自己淋成落汤鸡。知否苹果套袋陈俗阻，"果烂赔钱谁来补？""赔钱千万保国拿，赚得金山归农户！"一言九鼎彰风采，秋色魅力百村慕。知否四月雪魔摧果花，万千农户心比黄连苦。率众连夜熏烟巧喷药，盘点秋后收成带笑数。壮乎哉！虎气铁骨豹子胆，撞碎南山若等闲。淡泊名利一鸿毛，致富万户重泰山。病魔逼骨乱刀搅，杖敲崖壁走百坳。难舍山民情和义，斩云拨雾争分秒。吁嗟乎！拼搏三十五载何辉煌？恶沟荒岭变成金银仓。昔日嫁女不嫁前南峪，今朝梧桐引来金凤凰。连天板栗压九岭，霞蒙鸟啼影染香。昔日人戏岗底村民穷光蛋，今朝人均收入过三万。富岗名牌走红大会堂，喜摘世博银牌天下赞。昔日临城蓬沟恶岗鬼忧怵，今朝千坡万岭摇钱树。薄皮核桃坐鳌头，走俏奥运百国瞩。龙头腾飞带产业，小康花开万家舞。君不见噩耗忽来风悲烈，白云垂泪霞啼血。山民自搭灵棚寄哀思，山花拥来似飞雪。雕像屹立苍山巅，俯瞰绿浪观蓝天。月弦泉管兮为知音弹。雕像微笑村台上，朝夕与民品月圆。

## 李葆国

### 题双鹅图三叠

——日前，有双鹅图轰动网上：一鹅被缚摩托车后欲去，一鹅毅然追上；双鹅引颈长吻，其状令睹者潸然。撷衡阳师院谭教授之起句以兴。

斜阳悲影泪千行，引颈长吻慰离伤。
知子此去无归路，欲留无技痛断肠。
人言恐有渔池祸，我来但求共存亡。
断头随形同引颈，入地携手赴刑场。

生离唯恨瑶池远,死别何惧黄泉凉。
人生自古谁无死,生能成对死成双。

曾记同戏山阴水,孵幼兰亭无重数。
多少墨客访鹅池,几回纸扇济村妇。
临海七岁名三吟,右军一字值千斛。
人同富贵己无求,只在朝朝与暮暮。
不能偕老期同归,与子同行无反顾。
从此千里无情车,尘海茫茫天涯路。

尘海苍茫期同舟,能共一朝唯自由。
风雨惨淡图温饱,草花明灭有朋俦。
趋利桃园能反目,因私结发终成仇。
人世炎凉浑不解,乾坤只知有雁丘。
鹅自殉情能取义,我辈为人羞不羞。
今作三叠成三叹,山亦同慨水同讴。
天若有情天亦老,终教因果报从头。

王睦武

## 亲情调

家父年九八,迩来体不安;
垂垂无气力,日夕卧毛毡。
我为奉汤药,时刻伴床前:
或为擦身背,或为换被单;
或为倒粪便,或问饥和寒;
兢兢坚守责,碌碌不言烦。

忆父康宁日,老少俱开颜;
几案茶常热,就餐一桌圆。
天伦乐同享,菽水欢共沾;
尊老复爱幼,家室煦春暄。
我亦为人父,我亦雪盈颠,
然于父眼里,仍是小儿男:
每回风乍起,嘱我添衣衫;
每回出远道,嘱我重安全。
平素同度日,为我分负担:
恐我多花费,为我节能源;
恐我多劳累,让我多休闲。
父寿今将百,我近花甲年;
乌鸦反哺义,我心自了然。
 若使老父能再活百岁,
 我愿再服侍三万六千天!

陈延佑

## 泸州老窖赋

夫中华酒近万寒暑,贾湖遗址可证;泸州酿几千春秋,麒麟铜器昭然。国之瑰宝,首推老窖;酒之翘楚,鼻祖浓香。

惊为天酿,山川自有形胜;喜凭人造,瓦甑拔萃高粱。看穗穗染成橙红,乾坤着意;颗颗撑满晶莹,良种随心。待前山后山红雾,此岸彼岸彤云，只见烈日蒸腾，燃宽乡赤焰；铁镰待舞，谱郊野酣歌。千年热土捧出厚重，两万窖池孕育深醇。当此时也，桂圆肉出，荔枝新熟，天下饮者，墨客骚人，驾云骑鹤，乘槎驱车，见证天地人交响，风流邂逅；体验诗乐酒联盟，快乐爆棚。举头江水滔滔不舍昼夜；回首闹市攘攘无论春秋。万千感慨中，阵阵酒香袭来；逸兴遄飞里，悄悄魂儿掳去。此时心迹，得不进闾巷，寻酒肆，浮一大白乎！

泸州何幸，两江抱定福地；老窖逢缘，千杯盛满斯文。想仪狄作醪，曲糵分否；夏禹理水，江沱导之。李白独酌，举杯邀月；杜甫居蜀，酒浓无敌。饮者留名，百篇犹待斗酒；圣贤寂寞，无醉何期永年。粮肉曲骨水血，舒氏古法赓续；神技鬼工仙魄，观者梦里销魂。斩获金奖，温永盛异域折桂；美誉酒城，朱老总烽火题诗。次第八万吨陶罐，透迤七公里洞藏。全国酒林论剑，登科五届；窖池酿艺非遗，独占鳌头。

嗟夫！窖中物杯中物都是情中物，唇上香舌上香俱为心上香。祝福祖国强盛，祈祷人民康宁，愿九州雅士举杯，与三千郡县同饮，分享这浓香凛冽，且忘却今夕何夕，共此慷慨歌呼一醉也！

泸州老窖，醉美中国！

夏除南

## 春 水

春水静无波，水下波涛止；
严冬久盘滞，北风劲凛凛；
寒潮去复生，阴霾惨又重；
候鸟久未至，塘虫多不鸣；
野草荒蔓地，杂木孤零丁；
静观一池水，徒增黯然情。

春水起波澜，水下波涛生；
时光荏苒去，季候已更新；
拨云见天日，摧寒暖日增；
地下有生气，水上化寒冰；
蓑草见绿意，荒树泛黄星；
寒虫破土出，微飕扑面迎；
偌大一池水，渐日显生机。

春水泛涟漪，水下波涛涌；
重寒日溃退，暖阳濒濒临；
寒暖交汇急，冷雨化箭林；
霾雨霏霏日，池塘水溇生；
云开雾散去，春水见清明；
青草密密立，杨柳点点缀；
暖风无寒意，寒水有温情；
满池春江水，妩媚更可亲。

春水起碧波，水下春涛动；
阳光见明媚，空气显暖意；
岸花次第开，柳叶逐日妍；
跳蛙齐扑跌，蜇虫共和鸣；
家鹅游湖中，野鸭宿水湄；
天蓝水深处，波动光迷离；
潺潺流奏琴，翩翩蝶舞影；
至清可取鱼，轻入却闪离；
鳞鳞一江水，满池漾生机。

春水荡涟漪，水下波涛急；
春光逐日暖，春潮阵阵起；
万物齐争荣，诸事俱筹备；
哒哒马达声，微光至尽黑；
穿梭影光里，繁忙为生计；
一波刚荡去，二波复卷起；
三波俄顷后，四波不久即；
天晨连日暮，百十不差离；
一波复一波，两岸齐奏和；
波光机声处，闹热毋宁息。

## 许连进（香港）

## 反击歌

"南海仲裁"公布前后[1]，我国在舆论、外交、军事诸方面作出"复合型反击"，步步妙棋，振奋民心。海外华人、港澳台同胞群起配合，热烈呼应，形势逆转。笔者感慨，遂作此歌。

谁掀南海千里波？水诡云谲三年多[2]。
荒唐仲裁阴谋裹，销尽巨款废纸罗。
连山喷雪鹏志立，吼岛卷沙奈我何。
四不以对理在握[3]，且听八面反击歌。
首传中美智库聚，会召美京共谈吐。
坦陈双方南海观，管控分歧休耀武。
舆论战开宾偕虚，报刊网络敲声鼓。
声势所及震西方，批驳歪理破围堵。
派出使节参文宣，外交领域踊群宾。
明告列邦诸真相，戳穿仲裁假伪颠。
甚多法界精英现，直言法庭竟越权。
六十余个忠信国，相继发声纠执偏。
在菲华使施影响，新任总统接见先。
韩国僵局欣见曙，誉著国际呈回旋。
军演西沙连七日，三大舰遂齐奔出。
亮剑南疆示主权，反对裁决炮代笔。
并迎新舰号银川，测量新船望远七。
异地列装增声威，特殊时刻玩战术。
更征客机验机场，美济渚碧报宁吉。
国力提升超百年，抗衡挑战胜算溢。
吁嗟乎！
古来祈兴四邻和，今逢侵岛沧浪阿。
嚣讼强加仲裁谬，唯择止武蔺秉戈。
寰区华裔同激愤。安容夺走祖宗珂。
崇赞连击欣奏效，岚嬉三沙日月摩。

注：①此"仲裁"闹剧，由菲律宾阿

基诺三世政府单方面提起。②三年多,指此案交由海牙一个"临时仲裁庭",历时三年半,于2016年7月12日公布所谓"终极裁决"。③"四不",即我国对所谓"南海仲裁",不接受、不参与、不承认、不执行。④二句指"中美智库对话会"在美国首都华盛顿召开。

## 桑 沐

### 七十抒怀

人生七十已暮年,满面沧桑增寿斑。
忽忆往昔风雨路,顿感今朝幸福泉。
事来有成我硕果,家庭无憾少忧烦。
香火连绵人丁旺,青山夕照更灿烂。

## 张先海

### 五寨行(十首选五)

2016年7月19日—22日,应邀赴忻州市五寨县,参加五寨中学29班毕业50周年庆典。当年去五寨,我刚从山西大学毕业,而今53年过去,我已由一个热血青年变成年逾古稀老人。当年的师生均已年过花甲,甚至有上七十的人了。"五十三年今又见",那浓浓的师生情、同志情、手足情,是那样动人肺腑,令人激情飞扬,感触万端,遂成小诗几首,以抒情怀。

### 一

五十三年再相逢,师生白发相映生。
莫道岁月催人老,喜看祖国更年轻。

### 二

漫步登上荷叶坪,云飞雾卷齐欢迎。
远处大树轻招手,脚下小草荡笑声。

### 三

七位学生竟未逢,不由人心隐隐痛。
虽然人天两相隔,无时不在思念中。

### 四

莫道今日未相逢,音容犹在记忆中。
岂能再无相见日?会在夜深睡梦中。

### 五

五十三年再相逢,师生多成白头翁。
唯有壮志犹未改,携手共圆中国梦。

・新体诗卷

李发模

## 幻 觉

看见什么，听见什么，
又是为什么。
　　　　　　——题记

### 1

夕照在咬彩云，乌鸦说
那块薄肉经谁熏过

彩虹在河边饮水，吻透明
一尾鱼儿咬钩，为了嗜好
而致命

攀崖向上的那藤，枯了
已掉下来，新生的嫩芽
还向上攀爬

在遗址的边缘，某些愿望
已变成石头

喘着粗气，云雾与林竹比耐力
却被时间砍了

### 2

把一瀑浪花挂在岩前
花草获得的泪珠，喂虫鸣唧唧
以为星光在闪

安静在磨亮响声，泉流
不怕阳光的刀砍
几朵浪花东躲阳藏
一岩穴将之锐气
悄悄收敛

### 3

鸦喊黑夜来了，黎明
已悄悄冒芽
灯光清醒
在凿黑暗

### 4

无雨，菌子依然打伞
一朵朵脚印
踩红夕阳

划一叶小舟，悠悠来了
弦月，暂停在
她眼波的湖面

### 5

跳进花海沐浴的日落
忽遇雷霆，坐上闪电荡秋千

雨后，夜抱一壶月光
劝饮朦胧山影，田田蛙鸣
在划拳

### 6

握人脚步的野径
给人指点江山

野草要六根清静，含滴露
念念有词

### 7

夜月提一盏灯笼，往寻找
白天的乡村

乡村的电灯亮了，似遍地星辰
富足之光挤得黑暗
已瘦骨嶙峋

### 8

舀人眼波，黑夜住煮

满天的星月
风摇林竹解谗，抱一座山
喂给虫鸣

### 9

由近而远，清晰渐朦胧
眼量一望的长度和宽度
借助地平线

山脉是拉长和放大的崇高
离目光越近，越有魅力与威严

### 10

在自己的微笑里开放花朵
在和善中种植春天
灵魂飞起，清点岁月深处的日子
已是时光的影子
穿昼夜一双鞋

### 11

在时空的体内，你是谁
你在哪里，干些什么
以为除你以外，都是陌生
携带乌有的翅膀，蝙蝠
说鹰的飞起
挡住了太阳的光线

## 12

瀑的浪花开放在崖上
一个赏花的诗人站在瀑前
没提防一张老脸,开成
一朵菊花

确有蜂蝶来采,阳光拂面
照他

## 13

云给天空遮羞,不够
放出鸟儿的飞翔,还是不够
还有阳光私奔,与他人的
视线牵手

怎么办
再以雾蒙眼睛,雷塞众口
天没入夜就自个儿
先黑了

黎明时,天空翻了个身
养几对鸳鸯,在河之洲
求偶

## 14

横躺的是他父亲,在土里
站立的是他自己,在街市
穿心的城乡之疼,似十字
是他父子

## 15

撤散四季,春冬在乡头
夏秋在外地

同一太阳下,生存之钉
把一个家,钉在不同位置

青壮外地流汗,爷孙留守在家
两端手机下雨……

## 16

那个年代的人们已进土里去了
在云雾开处,日月两烛至今
仍祭拜

土地站起来,是土屋土墙
借飞流在喊
请多多关怀

## 17

春天的故事刚挂枝头
倒春寒就亮匕首
几声鸟啼来救,冷风说

少开口

松挂崖悬挥手示意
我弯腰千年，见得多了
在这种时候……

### 18

曲径套来穿红着绿的阳春
犯的哪档子事
蜂蝶围绕追问

弯腰扶犁的男人，和
挥锄播种的女人，捆绑阳春入土
还说为了养家，这是
他们的责任

### 19

看见锋芒一词，我就听见
误伤喊疼

谁说仅枝桠而已，刀下某些事
野生花草而已，刀过某些人性
锋芒初露，是否有流血
染红某些否认

### 20

雷握云铲，铲天晴
闪电撕鸟鸣

云骑山上倾盆大雨
河流满意

雨后斜阳还提来
飞瀑的轰鸣

### 21

夜找自己，提着路灯
却找不到行人
行人找路。踩过世道
在扶起黎明

### 22

睡在一个梦上，床铺
一块岛屿

血脉的河流，淌诸多过往
岁月拥挤

看见了什么，水鸟飞来
是往昔的影子

洪三泰

## 半岛诗韵（组诗）

### 芳流墩

生我者芳流墩
育我者芳流墩
我的命运如墩上的云

宋雨浇灭墩上的太阳
唐云遮着墩上的月亮
我的母亲在高墩上
呼唤我的乳名

迷雾锁墩三日
清风吹墩半年
父亲赶牛车碾过墩头
我至今还握紧那段牛绳

平民不求流芳百世
贪官绝不会千古流芳
唯我的心啊
永远地留下那墩的芳名

### 客　路

故乡有一条
古老的客路
苏轼走过
苏辙走过
父亲的老牛车辗过
掠过叹息和沉默

不知源头
没有尽头
匆匆的飞鸟
匆匆的过客

不是西出阳关
不会劝君进酒
不见难离难舍
只见浮云悠悠

没有话别
不要叮嘱
影随人走
月落日出

弯弯客路
源源路客
客路遥遥
路客默默

　　我故乡雷州半岛是唐宋时期的流放地，至今尚存"客路"旧名。

## 北部湾

一圈天宇碧蓝
一湾银河星沉
一砚浓墨重彩
一条丝路缤纷
一千年前集市
一百渔港为邻
一十个东盟国相约
一带一路耕耘

一个比喻翡翠
一个别名母亲
一个爱称珍珠
一个期待同心

## 雷州半岛人

道听途说南蛮地
可识雷州半岛人

让太阳直射裸背
裸背就成了盐田
让血汗染透土地
就是红土的来源

左一脚蓝海带起潮汐
右一脚红土翻飞红尘
以红蓝搅拌煅烧

便能塑造半岛超人
痛饮台风和海浪
雷歌才变成霹雳闪电
从火山口跳出
才敢踏过火海刀山

沉默如千年石狗
怒吼比醒狮威严
善心似春风暖雨
热情胜烧荒火焰

舞龙四海潮动
舞狮五洲掌鸣
人龙合一人狮同吼
蜈蚣舞动雄鹰震惊

银针穿嘴不见流血
赤背躺刺不留微痕
烈炭走过双脚不热
刀梯践踏直上青云

出声口语大如雷响
平身情义重似昆仑
流放好官拜为神圣
叮嘱子孙识字灭贫

要识雷州半岛人
南天重地问雷神

彭浩荡

## 鲁迅故里（外一首）

语文课本里，撑出
一叶乌篷船，顺着河港
便来到了祥林嫂淘米的码头

星级的咸亨酒店挂起大红灯笼
弄不清哪家才是正宗，听说
孔乙己不再赊账，他成了
名牌产品茴香豆的金字招牌
而阿Q呢，房价疯长
仍蜷缩在土谷祠里

寻根感恩而来
乳汁滴进少年的血管
喂养一代一代的灵魂
历经冰雪才读懂
锲进思想岩层的深刻

沿着走廊，穿过
天井，一砖一瓦，一桌一椅
还留有先生的余温
卧室里还亮着灯呢，传出
一股浓浓的烟草味

莫不是一夜未眠
从没有年代的史书字缝里
又看出了斑斑血迹
无须说假若鲁迅还活着
即使死过千百次
依然是宁折不弯的呐喊

沿着走廊，穿过
天井，在厨房门口撞上
刚进城的闰土，听他讲述
当代农民维权的新闻
从堆满杂物的房间走出
我找回了先生散文中的
乐园

菜畦依旧绿到
百草园那一溜短短泥墙根，依旧
草木葳蕤
世界变得酒绿灯红
惟童年仍然纯净

猝然，草丛中蹦起的蟋蟀
从我的鞋跟闪过
咦，竟然是他当年掀开半截断砖后
逃逸了的那一只

## 登岳阳楼

自从矗立于范公的雄文里
众生便仰望这块灵魂的高地

我沿着狭陡的梯子攀登
一不小心，踩醒了
唐宋元明清的平平仄仄
伸手就抓到大把大把
洞庭涛声打湿的五言八韵

你问，看到了什么？
岁月迷蒙处，那些
受难的高贵的身影
那行吟泽畔哀民生之多艰的歌者
那凭轩涕四流的诗人
正踏浪而来

我知道，这块土地
灾难有多深
这一颗颗心的负载
就有多重

沙洲上那瑟瑟的芦花啊
莫不是他们哀伤的白发？
那一声声太息
这座木结构的古楼
能否支撑得起？

这时，响起一阵噼里啪啦
落日楼头
我身边，有人
在把栏杆拍遍

陈有才

## 喊太阳喊月亮喊故乡

我是在小公鸡喊醒黎明时长大的
我是在春风喊绿青草时长大的
我是在桃花喊红枝头时长大的
我是在青蛙喊亮夜色时长大的
我是在知了喊噪夏天时长大的
我是在秋虫喊熟五谷时长大的
我是在黎明喊出闪电时长大的
我今天就是借用它们的嗓门
喊太阳喊月亮喊故乡

## 反刍童年

我会反刍是跟
我家小牯牛学的
反刍是小牯牛的绝活
他把囫囵吞下的青草
从胃里蠕动到嘴里
慢慢地细嚼细品
比他吃的时候还有滋味
古稀之年我用诗歌
反刍童年

李苏卿

## 繁星与鬼火

天上的繁星像鬼火一点一点
地上的鬼火像繁星一闪一闪
夏夜在童年乘凉的稻场上
似梦似醒似魔似幻
我突然想到这是死去的亲人
知道我回来了在山坡上
为我开一场欢迎晚会
离别故乡久了
连鬼也亲切了

## 老 枝

深深刀斧之痕，斑驳如石岩。
隆起之脊梁，你的丫杈于灰暗天空下，
似刺如剑，支解冬天无数小块，
撕寒流成碎片，刺冰雪成粉状；
对长空怒嚎，震千里回声。
甘折断作鸟巢，孵雏羽新生；
愿编织东篱，种陶渊明霜菊。
风干的血，一点着，便是一团烈火！

## 谎话比谎花厉害

妈妈掐了一朵又大又好看的南瓜花
妈妈说这是一朵谎花
我问妈妈啥叫谎花呀
妈妈说谎花就是不结南瓜的花
像小孩子说的谎话一样
妈妈扔了谎花像扔下一把刀子
叮嘱我小孩子不准说谎话
谎话比谎花厉害
会杀死说谎话的孩子

## 落 叶

树叶在空中飘飘而下
我听到她离去的声音

落叶说："我要回家了"
秋风说："我送你一程"

这声音很是沉重
超过秋天全部的重量

落叶说："我将化作春泥"
秋阳说："我给你一蓬火"

这声音很是壮烈

105

超过夕阳下山时的辉煌

我听到落叶离去的声音
她一步一曲美妙乐章

## 车　站

有人是终点
有人是起点

终点的人上车
去看风景
起点的人上车
去沐风雨

## 榴　子

石榴的子粒
感情最亲最深

它们拥抱在一起
一起苦涩
一起火红
一起甜蜜

牛庆国

## 风沙吹过（组诗）

### 饮　驴

走吧　我的毛驴
咱家里没水
但不能把你渴死

村外的那条小河
能苦死蛤蟆
可那毕竟是水啊

蹚过这厚厚的黄土
你去喝一口吧
再苦也别吐出来

生在个苦字上
你就得忍着点
忍住这一个个十年九旱

至于你仰天大吼
我不会怪你
我早都想这么吼一声了

只是天上没水
再吼也无非是

吼出自己的眼泪

好在满肚子的苦水
也长力气
喝完了我们还去种田

## 杏　花

杏花　我们的村花

春天你若站在高处
像喊崖娃娃那样
喊一声杏花
鲜艳的女子
就会一下子开遍
家家户户　沟沟岔岔

那其中最粉红的
就是我的妹妹
和情人
当翻山越岭的唢呐
大红大绿地吹过
杏花大朵的谢了
小朵的也谢了

丢开杏花儿叫杏儿了
酸酸甜甜的日子
就是黄土里流出的民歌

杏花　你还好吗
站在村口的杏树下
握住一颗杏核
我真怕嗑出　一口的苦

## 水

一滴水
就能把山一样的汉子
打个趔趄
你信不信

一桶水
比这么大一个村子
还要重哩
你信不信

一窖水
就是白花花的
一窖银子
你信不信


攥住吊水的草绳
就是攥住
我细细的命哩
你信不信

颜　石

## 没有找回来的缺失

王府井那座劳模塑像
依然纯正的竖在那里
他的身后　依然是他
尽忠尽职的国营大商场
我跨越时间的阅历
又几次走进去
没有看到他留下的踪迹
只留有对他一幕幕回忆
在视觉和嗅觉里
也缺少了一个劳模的气息

世界名牌让我眼花缭乱
名贵的香水味迎面扑鼻
可这些，不是他需要的
隐藏着一个特殊的谜底
百姓少不了的针头线脑
千家万户过小日子的所需
全都被恭敬地请了出去

他当年的精神光环不见了
像他一样的工友伙伴去向哪里？
他当年的粉丝的后代们
还有谁对他的质朴和奉献感兴趣？

光彩和香水味很迷人
在农舍和出租小屋依然难觅
下岗工人之家很难请进陋室
街边小吃摊上也无踪迹

我不怕它向弱势群体普及
它不该成为牛爷虎婆的专利
更怕它装点和烘托
大都市小乡镇的红灯区

我还是期待着，他的
精神，如他的塑像屹立
从大众的回忆中
回忆这片生生不息的大地

安娟英

## 写在金字塔上的日记（外一首）

（一）

2016年4月14日凌晨
从上海开往迪拜的飞机
我梦见金字塔
梵音缭绕
肃穆庄严
还有被咒语禁锢千年的木乃伊

以及法老复活的神秘

EK303航班的飞机
任气流摇摆不停
双翅插进白云雾纱
似调皮的孙儿时而扭动的屁股
也如地震前的一阵阵抽搐

一颗心沉重无比
自离开虹桥机场的一瞬间开始
只恐怕到了埃及水土不服
真不该忘记
带上一捧太湖之边的泥土
黑亮又湿润

（二）

凌晨两点
半夜鸡叫在EK303航班上
阿拉伯氏的航空小姐
个个绽放着蒙娜丽莎的微笑
流利的一口英语
让中国的一位大爷
面对一推车的中西晚餐
眩晕在八卦阵的迷雾中
离五更还差二小时
两声"喔喔"的雄鸡啼声
唱亮了机厢二侧的小射灯
航空小姐迷着眼的微笑

弯弯如新月
鸡肉饭在中国大爷的手中
冒出阵阵的咖喱香

（三）

深夜的航班尤似恬静的摇篮
呢喃声鼾声不断在扩展疲惫的睡意
近五百人的大飞机
谁也没有留意这飞机上半夜鸡叫的新奇
唯独只有我在细细端祥着
临窗的这一位纯原味的中国大爷
越看越像我在艰难中早早卑微而去的父亲
这颜容这神态虽原始虽笨拙
却是如此地潇洒如此地坦荡
我发现
尼罗河的西岸
底比斯卫城的环山公路旁
那帝王谷的半山崖上
有几行中国的汉字密码

这象形文字是越洋过海
从东方吹来的风
用汉人的石器刀青铜剑
一刀一刀刻上去的

这汉字密码
不是为历代新加冕的法老记功论罪
不是用它来束缚伸缩着血色信子的

巨大蛇神
不是来陪伴守候空荒与寂寞的太阳神
和一具具的木乃伊
而是华夏黄帝为天下所有用生命与心血
建造帝王谷的手工艺人
所赏赐

并在恭候中国的习大大再次来到
这个用孔雀石彩色赭石铺建的祭祀现场
将这几行汉字密码
向全世界打开……


刘月映

## 梦　游

沿着绳子般瘦长的来路
梦游回了故乡

故乡　还是旧时的模样
小河一路哭着走了
再也没有回头张望
镜片一样银白的月色
碎了一地
枉费了一生的时间
也拼凑不出
那段初恋的时光

## 今与昔还是那个天

历经　无数风雨
无边的黑暗
我用泪水清洗
一叠青春时的纪念

异乡漂泊
这是背囊里唯一的负重
今生用微笑面对苦难

低低头　风轻云淡
抬抬头　阳光依然灿烂

前方还有多少伤害与欺骗
都当垫脚石踩在脚下
远处又一美丽的风景线

## 青花瓷

青花瓷
是皇家的摆赏
平民盛粮的米缸
帝王将相囚禁地宫的陪葬

唐诗宋词里的墨香
穿过落寞宁静的缕缕炊烟
浴火铸定千古的美丽
依旧神采飞扬

青花瓷
成为历朝历代
财富　权贵们
以热爱艺术的名义收藏

有谁记得
炉前挥汗如雨的窑工
他们的劳苦命运与过往
他们的白骨流落在何方？

## 不敢公开的"追问"

牧师的徒弟向我布道
是上帝创造了世界
我说我相信

这么精准的太阳月亮
这么美丽的湖泊山川
除了法力无边的上帝
谁能实现

是上帝创造了人类
我说我相信
科技发展到今天
机器人没有丰富的情感
也没有自己的语言

我却越来越疑惑
是我愚昧参悟不透

高深的圣经
还是遍布全球的信徒

没有一个敢承认
皇帝的新装是个天大的谎言
害怕能触犯神坛的威严

既然是上帝创造了人类和世界
上帝为什么不创造
正直　善良的人类
公平　正义的人间

世界便没有战争
没有伤害和欺骗
也没有罪恶和黑暗

牧师说上帝无处不在
上帝就在我们中间

我万分痛苦的是
我找不到上帝
求证不到一个苦苦追寻的答案

周秀云

## 呼格吉勒图冤案

2014年的这个寒冬
呼格吉勒图的父母
终于等来一声对不起的道歉
一纸几近压垮脊梁的公平

区区200万元的国家赔偿
怎么偿还一个十八岁的生命
一声迟到了近二十年的对不起
怎么抚平一个母亲破碎的心灵

我不敢想象
痛失爱子的父母
怎样熬过了一天又一天
整整十八个春夏秋冬

我不忍回眸
电视台反复播报中
呼母沉痛的叙述
儿子最后那双绝望的眼睛

我想知道
是谁定下报案人的罪恶
是谁对一个不谙世事的年轻人说
承认了我就放你回家

进行了无耻的诱供

不难猜想呼格吉勒图
遭受了多少非人的折磨
情愿一死
也不能再承受逼供的酷刑

我想追问这场冤案
经过了公检司法
谁应站出来负责
谁的良心受到了拷问

面对呼格父母撕心裂肺的哭诉
为什么那么多责任人
没有人弯下腰扶一把
几近崩溃的信仰
竟然集体哑言失声

呼格吉勒图用十八岁
带血的青春
推动了国家司法的进程

这　不值得我们欢呼
为迟到的公正粉饰般起哄

呼格那双善良温和的眼睛
让有良知的人们感到了
彻骨的痛疼
希望呼格无声凝望

也能将拿着国家俸禄的
执法者的良知唤醒

如果一个国家的法律
不能维护公平正义
如果一个错案的纠正
要历经十八个风雨秋冬
我们每一个人的后脑
都有一个呼啸而来的子弹
正射穿我们长期麻木不仁的神经

黄　淮

## 公木精神

公
甘愿屈条腿
把一个个人字挺起
露出一线天
日月星照耀大地

木
一株株小树
亲手扶持挺拔直立
一天天向上
蓬勃萌发朵朵浓绿

精
一粒粟
一颗青春的种子
扎下根
发芽开花结实

神
有申诉
就有回应启示
壮诗胆
开拓时空领域

王铁刚

## 献给两片云

我真的不敢相信，分别许多年后，
我们还能那样地　那样地
在雨中相遇……
仿佛过去的一切，都是命运的结局。

分手的那一天，我们都淡淡而去，
没有说再见，没有相许。
只是在我回头的那一瞬间啊，
我才偶然发现
我们都暗自地　落下了几滴雨。

相聚——我们如隔天涯,
分别——我们没有距离。
只要两情相许,距离反而美丽。

我们险些　险些擦肩而去,
如果那天　天空没下着
没下着　细细的　细细的雨……

## 海的遐想

我爱平静的大海,
可也不惧怕
海面上掀起了风浪。

我爱在海上扬帆,
可也不惧怕
白帆总是逆着风向。

我愿做不倦的海鸥,
可也不惧怕
海鸥被风暴折了翅膀。

我爱在海滩上漫步,
可也不惧怕
沙滩上只留下脚印一行。
我更珍爱生命,
可最怕生命的大海上
看不到缕缕的阳光。

## 冲绳岛的记忆

七十年前的炮声
早已被昼夜不停的海浪
冲刷得无影无踪。
而如今在小岛的上空
仍可不时地听见
异国战机的轰鸣。

这岛上的人也真怪,
你硬他就软,你软他就硬。
不曾想才被打疼一次,
他一百年不作声。

也难怪,
这小岛也实在太小了,
哪天大海一作怒,
连他们祖坟都不见了踪影。

炮也隆隆,涛也隆隆,
冲绳岛的记忆,
都埋在隆隆的涛中……

　　注:日本冲绳岛自二战后一直是美国的陆海空军事基地。作者曾到访过此岛,远远看到该岛的美军航母和战斗机群,愤慨万千,故草就此诗。

## 致父亲

当我告别家乡的时候，
你挺着山一样的脊梁。
当我从远方归来的时候，
你已经是白发苍苍。

生活的艰辛
压弯了你铁打的脊背，
世态的炎凉
都刻在你苍老的脸上。

过去，我曾报怨
你总是那样的懦弱，
今天，我才懂得
这才是最伟大的坚强。

如今，你的儿子
也成了家庭的栋梁。
面对我的孩儿
我一直在把你效仿。
可是无论如何
我都做不到与你一样。

那是我柔弱的双肩
怎么也无法替代
你那双坚实的臂膀。

## 选 择

生活实在是一个
艰难的选择——

你既然选择了绿洲，
就别怕穿过茫茫的沙漠；
你既然选择了青山，
就别怕趟过湍湍的河；
你既然选择了春天，
就别怕挨过寒冷的冬季；
你既然选择了爱情，
就要经受住它无情的折磨。

人生的岔路口啊，
选择实在太多。
但愿我们的选择，
不是一个难言的错。

王立世

## 房 子

你的身体
是我寻找多年的房子
我从你手里
领到一把金光闪闪的钥匙
我急于打开

让太阳和灵魂一块入住
我不想再寄生于别处
也不想再四处流浪
我只想
像鸟一样归巢，船一样靠岸
在你的窗前
享受月光一般的爱情

## 跋涉在去你的路上

你是春天的女儿
长着一双忽闪忽闪的大眼睛
黑发披到你瘦削的肩上
你温和地对待身边的每个人
还用明亮的目光驱逐尘世的黑暗
我从太阳升起的地方出发
昼夜兼程，跋涉在去你的路上
尽管山重水复，离你却越来越近
想着见你时已是黄昏
那时，上帝一定会
亲手为我们点亮灯盏

王忠范

## 放牧呼伦贝尔（组诗）

### 莫顶牧场

莫顶牧场只有一个字：绿
整个夏天留给一个人：你

长鞭下着一场六月雪
看马铃变化着绿茵
自由的阳光在草尖上疯长

蒙古长调被风捎走了
只剩下奶罐躺在草丛里

### 无名草

这些草跟马一样
站着睡觉
挺立起节省月色
摇动着积攒绿和清香
别惊动满地的梦

生来就没有名字
只知道喂养牛羊的歌谣
等待太阳
像牧人交给风的头发

## 牛粪柴

透过草和阳光发现牛粪柴
从遥远的篝火旁一直捡拾到今天
失去重量的干爽无言无味

只知道活蹦乱跳地燃烧
满炉子的声音都在闪光吐亮
茶开了肉熟了天窗上的云香了
蒙古包的日子圆得白白胖胖
草一片片拥来分食生活的味道

老阿妈弯腰掏出灰烬时
手上的火星是散碎的夕阳么

## 认羔歌

门洞开夜,羊羔落草
母羊的短尾抽疼了马灯那滴光
眼睛是痛楚的蹄印

认羔歌从花头巾下升起
一滴泪蔓延长长的忧伤
原版的曲调被火焰照亮
草尖的手指抓碎了声音
母羊舐湿了绒嘟嘟的啼叫

羊羔像懂事的孩子
跟草地一起跪下

奶溪的银亮涌向长满草的夜晚

## 头 羊

这只羊带领一群羊
一群羊都认识这只羊

探讨风雨,先踩出一条路
啼叫声测量广阔的日与夜

抬头和低头之间
日子绿了又黄了,黄了又绿了……

领头并不是为了什么
这只羊只知道自己是羊

## 奶 罐

奶罐像鼓胀的牛乳
埋在草丛里怀着圆圆的日子
喂养广阔的呼伦贝尔

倒出来便是粘粘稠稠的民谣
还有乳白色烫嘴烫心的眼神
男人女人一点一滴地被濡湿
深知奶茶和往事怕凉怕疼

流着爱淌着情汹涌着力量
乳香飘飘。奶罐就是故乡

那里有娘

刘国震

## 大水过后

水不大
是堤坝矮了瘦了
水才成为大水

水不恶
是河床堵了河道窄了
水才咆哮起来
成为祸水

水不想走邪路
是被邪念主宰的人
用那些违规的厂房
将水逼上歧途

水退了
治河大军开过来
马达轰鸣
将那些建筑垃圾铲除

蒙昧的灵魂一如浑浊的水
最难清理的垃圾

在人的心头

## 种葡萄的老人

庭院里，琳琅满架的葡萄
垂着一串串心事
一位老者，倒背着手
仰视自己的佳作

他的目光
曾经穿云破雾
他的双手
曾经扭转乾坤

失去伟人的日子
他出其不意猝然一击
便成了英明果断的领袖
一个老实人
收拾了四只鹰隼

做完这件事
他便无事可做了
他是一座桥
横亘于惊涛之上波峰之上
有人说，他的使命只是过渡
过渡就过渡吧
心也宽阔人也坦然
房前屋后，点瓜种豆
便是最大的政治

练练字，学学栽种葡萄
也很修身养性

他这一生
成也政治败也政治
老了老了，闭口不谈政治
只品尝葡萄的滋味

庭院里，琳琅满架的葡萄
静若处子，垂而不落
等着主人采摘

那位老人已经远去
而关于他的话题与故事
一嘟噜一串
依然鲜活

## 毛岸英咋做都错

做儿子难
做名人的儿子更难
做人民领袖的儿子难上加难
"谁让他是毛泽东的儿子呢！"
——难怪毛泽东如此慨叹
如果毛岸英不上前线
他们会说
毛泽东号召抗美援朝
他的儿子咋不去呢
毛泽东把儿子送到战场

他们又说
这是为了"镀金"，将来接班

如果毛岸英活着凯旋
他们会说
打仗死了那么多人
咋就领袖的儿子安然无恙
毛岸英壮烈殉国
他们却赞叹洋鬼子的汽油弹

毛岸英在司令部做翻译、秘书
他们说
为什么他不去拼刺刀甩手雷
毛岸英若在肉搏中倒下
他们又说
毛泽东仇视、迫害知识分子
连亲儿子都不放过
让一个精通四国语言的军事专家
一如放羊娃那样卑贱

毛岸英把忠骨埋在异国他乡
他们说
这是毛泽东沽名钓誉
毛岸英若被运回国内安葬
他们又会说
到底是领袖的公子
就连尸骨也搞一把特权

在中国　在今天

119

有那么一群蚊蝇、蛆虫
肥头大耳　衣着光鲜
舍不得为别人流一滴汗珠
却整日喷着唾沫星子
中伤为祖国流尽热血的先贤

于家于国　论德论才
岸英都是响当当的金子
放到哪里都金光璀璨
本是真金何须镀金
那惯于嫉贤妒能、以己度人的
只能是废铜烂铁
——龌龊，而且锈蚀斑斑

也要飞上昆仑太行
挺拔起大山的背脊
我化作　哪怕滴水
也要汇入黄河长江
澎湃在大海的胸膛

热血男儿　志在兴邦
我追问　历史乱象
落后封闭难逃挨打和衰亡
强权的黑手常遮挡和平的阳光
我奋争　中国辉煌
十三亿热血汇聚正能量
大国复兴　光耀东方

牟春江

## 热血男儿

热血男儿　志在四方
我遥想　盘马弯弓
把匈奴的铁骑阻挡
听丝绸之路的驼铃激越悠扬
我遥想　劈波斩浪
廓清万里海疆
看七下西洋的船队扬帆起航

热血男儿　志在自强
我化作　哪怕微尘

## 草　鞋

我还能闻到你草青未嫁时的芳香
我还能看到你草籽成熟时的坦荡
我还能想到你踏平坎坷后的安详
可惜今天的孩子
已很难想象你健步如飞的模样
你就像水墨的写意江南
灵动洒脱轻快大方
你柔弱如水如柳
坚强却似火似钢

没有比你更长的路
没有比你更高的岗

带着亲人比路更长的思念
带着民族比山更高的理想
在与雪山草地的一次次亲吻告别中
你推动了一个民族的解放
你书写了一个传奇，叫脊梁

不需要站上巨人的肩膀
你的身影已顶天立地
也不需要油画的渲染
你的脚印在历史的血雨腥风中
历久弥长
占据军史展馆的一方
胜却无数衣锦还乡
你印证了龙图腾民族的梦想，叫飞翔

### 江长胜

## 张思德

四川省仪陇县韩家湾村
因为他写进了词典、志书
写进了散文和诗歌
这是张思德生前没有想过的事情
他每天想的是人民的利益

长征路上尝百草解饥饿
他把中毒的危险留给自己
为了响应党的大生产号召

他主动报名到安塞县垦荒种地
为了利用农闲时间烧木炭
他主动率领一个班到石峡峪
仅仅是一个小队的副队长
他却胸怀整个革命集体

著名的经典《为人民服务》
是毛泽东在他的追悼会上的讲演
包括他的革命实践和精神
毛泽东概括了共产党的根本宗旨
他的名字和革命精神、民族信仰相联
成为做人的标准，奋斗的真谛

张思德同志
毛泽东的警卫战士
一个光芒万丈的名字
永远是共产党人最健康的血液

## 红军西路军纪念馆

它以古烽火台的独特造型
屹立在高台县人民东街47号
坐东面西的宏伟设计
含蕴红军西路军的革命理想
扎根大地的墓碑馆雕
铭记三千烈士的革命战功

每一棵松柏为之肃立
清明的春风是他们的深情

每一株小草为之祭奠
清明的春雨是他们的眼泪
眼光与眼光在这里相碰
都有无比的崇敬和怀念
脚步与脚步在这里排队
都有无限的追思和提升

董振堂,顶天立地的军长
和每一位烈士高如祁连雪山
杨克明,赴汤蹈火的英雄
和每一位战士坚如戈壁胡杨
他们的铮铮铁骨
昭示了革命者的坚定信仰
他们的精神火焰
光辉了西北的日月繁星

李先念的题字在纪念碑正面
向瞻仰的人准确表述
"红军西路军烈士
永远活在我们心中"
今天的幸福生活
是他们当年的梦想
明天的宏伟愿景
有他们衷心的祝福

## 毛泽民

在乌鲁木齐明德路 29 号
坐落着毛泽民简朴的故居
他的办公室和宿舍是两间半平房
当时职务是新疆财政厅代厅长

从湘潭走到乌鲁木齐
他用了近二十年的青春时光
战火不在他身前就在他身后
危险不在他脚下就在他头顶
他一次次摆脱特务跟踪
他一回回战胜艰难险阻

感谢艺术家为他雕塑的铜像
远望的目光穿过万水千山
他是中华苏维埃政府的红色管家
担任过银行行长和财政部长
反动的盛世没有想到
从反面衬托了毛泽民的伟大

在爱国教育基地的课堂
回荡着毛泽民淳淳教诲
"不能乱花一个铜板
领导干部要带头艰苦奋斗"

## 致劳动模范

你们对劳动的热爱
像长征火箭根深志高
像转炉炉火热烈奔放
像钢筋水泥坚固雄伟
像高速铁路日夜畅通

像棉纺纱线柔软洁白
像农村土地深厚辽阔

火箭发射的神舟号飞船有你们
转炉炼出的钢水有你门
工地崛起的楼群有你们
高铁运行的动车有你门
棉纱织出的布匹有你们
田地丰收的稻麦有你们
师傅、工友、同事、领导、配偶
是你们忘我劳动的强大背景

善于奉献和无怨无悔
是你们共同的特征
精于劳动和钻研专业
是你门闪光的个性
珍惜时间和特别勤劳
是你们感人的身影
日月映出你们的光辉
你们使日月意厚情深

你们像钢铁中的坚韧元素
挑得起时代重担
经得起风雨里程
你们是被敬重的劳动模范
既创造实打实的物质财富
也创造心贴心的先进精神

## 钱学森的选择

钱学森——中国航天之父
是一颗光耀天地的金星
无论晴与阴，他总是那么清醒
不管圆和缺，他总是那么镇定
不论东和西，他总是心与祖国贴得紧
选择伴随着他的九十八个春秋
走到人生辉煌的峰顶

四十四岁，他作出第四次选择
冲破重重阻力从美国回到祖国
由理论研究转向大型科研工程
促使中国在世界航天大国跻身
他的第三次选择是在三十六岁
从航空工程转为航空理论
有幸成为冯·卡门的得意门生
脱颖成空气动力学领域的精英
二十一岁，目睹日本飞机轰炸上海
决然作出人生的第二次选择
从铁道机械工程改学航空工程
立志造出打下日本飞机的飞机
他的第一次选择是关键是基础
既没有顺从父母之愿学教育
也没有遵从老师之议学画画
毅然报考交通大学机械工程

千难万险成就了他的中国梦
大智大勇展示他的非凡人生

不仅仅是惊天动地的两弹一星
有他呕心沥血的伟大历史功勋

## 铁人的进喜

他是人民共和国的栋梁
流血流汗地牵出地下油龙
他是工人阶级的先锋
勇敢地用身体搅拌泥浆
他是优秀的共产党员
哪里需要就到哪里发热发光
王铁人——王进喜
家喻户晓的劳动模范

他在玉门油矿
钻杆旋转戈壁的风沙
他在大庆油田
闸把开启北国的春天
他在1205钻井队
是全队职工的好兄弟
他在日常生活
艰苦奋斗，知足乐观
他在党和国家领导人面前
工人本色倍受称赞

当年篝火
是他用激情举起的红旗
当年的吼声
是他用热血喊出的志气

当年的钻机
是他亲密的好战友
王铁人——王进喜
为祖国进喜的钢铁硬汉

## 三月的春风

"向雷锋同志学习"
当年从北京吹来阵阵春风
春风今又如约而至
三月的神州暖意融融

春风吹到东海哨所
哨所捍卫着祖国的安宁
每个军人都是赤胆忠心
春风吹到雪域天路
天路奔驰着和谐号列车
列车员的服务周到热情
春风吹到卫星基地
基地谱写出尖端创新
每个人都有科学精神
春风吹到北国草原
花朵更鲜艳，河水更欢腾
心中的歌伴着马头琴

到处都在全面小康齐心脱贫
奋斗和奉献凝聚着人心
三月的春风鼓舞了千万个活雷锋
他们是实现中国梦的精英

## 秋 意

一片黄颜色的叶子
率先离开树枝,轻轻地
飘向地面,风把它在半空
托起,画一道曲线之后
优雅地落了下来
显示秋意越来越浓

天变凉不是落叶产生的
是炎热挡不住的节气
鲜花花过了,浓绿绿过了
果实实过了,丰收收过了
大地开始降阳升阴
该删的删,该减的减
澄净,从湖水、塘水开始
沉浊扬清,循序渐进
还原成一块又一块的明镜
照着高天,照着大地
照出万物的各种面孔
有什么特征就有什么表情

臧利敏

## 慢
——香巴拉之旅之一

在这里我可以像一只雪白的山羊
在山坡上慢慢地吃草
或是跟在牦牛的后面
在阳光下缓慢地踱步
也可以跟着天上的白云
漫无目的地缓慢地游荡
在这里　我会像一棵云杉
缓慢地生长
不用任何人催促
五十年　或是一百年
我也只是长高了一寸　或者更少
一切都不用着急
山　沉默了几万年几亿年
天　蓝了几亿年几万年
让我在这空气稀薄的地方
远离速度　争夺和奔跑
长成一棵质地坚硬的云杉
或是一棵低矮的有品质的小草
耐高寒　耐缺氧
耐寂寞

## 一 生

那个满头智慧的俄国人
钻进中学课本里　用一本正经的语气
教导我们
"人的一生应当这样度过——"

前半生我们靠着这段话活着
努力啊　奋斗啊　珍惜啊

像一颗不知疲倦的螺丝钉
向着看不见的远大目标使劲划拉
"……这样,
当他回首往事的时候
他不会因虚度光阴而羞耻
也不会因碌碌无为而悔恨……"
他谆谆教导语重心长
仿佛我们的一生
都被他哲人般的目光钉牢

他真是一个预言家
——他预言了我们的后半生
——在悔恨中度过的余生
和碌碌无为的结局
——我们浪费了太多的好时光

其实那个叫奥斯特洛夫斯基的人
我们从来都不认识他

赵　青

## 赏　雨

一阵狂风　黑云翻墨
断桥边残荷摇曳
桂树下顷刻间一地黄花
雨从林间来

滴入我的杯子
为咖啡添加了一丝山野气息

一个人登楼望雨
望湖楼前的西湖如凌空欲飞的宣纸
雨是极淡的墨
我用手指蘸着桌面上凉凉的雨滴
不停地写着"穿越"
是不是就可以乘风而去
回到那一夜

凌晨三点
我们仍然寸步难行
雷雨交加
你说别去看山会不会滑坡
也别去望湍急的江水
你指着窗外还未采摘的柑桔林
说想做几盏小桔灯
把车厢妆点成星巴特大厅
冲杯咖啡
来一次赏雨长谈……

钟春林

## 圆梦日月潭

镶嵌在绿州的一面明镜,

清澈见底看到晃动的倒影；
日月拥抱璀璨的星星，
游船穿梭般忙个不停。

有牵手畅游的年轻伙伴，
有扶老携幼的游人蹒跚；
对岸飘来茶叶蛋的香气，
游客吞着口水感到嘴馋。

掬一口日月潭的水甜心间，
泡壶阿里山茶好比走进仙境般；
回归人间胜地，
圆梦台湾日月潭。


张梦辉

## 七一纪念馆吟

小屋一间，
中华智慧的铀，
在此提炼。要把
历史堵塞的闸门炸开
让自由平等的江水，
把神州大地淌满！

群英睿智，闪烁在
各自的，眉头间。

如江水滔滔，
山岳晃动，
大地震撼，
在这个"冒险家乐园"的上海滩！

多少挣脱镣铐的手臂
要把历史天平校正：
多少流淌的热血，
燃成熊熊的火焰！
那个不可一世的蒋家王朝呵
竟化作了一缕缕轻烟………

站小屋，我该有多少慨叹！
这是一间小屋？
还是爆烈核武的戈壁滩？
小屋哟！你让全世界重新认识了
我们伟大的祖国，
你是中华民族再一次
巍然屹立于世界的新的起点！


杨春芳

## 晋朝盛开的桃花依然灿烂

天台山的桃源上
晋朝盛开的桃花依然灿烂
晋朝天宫下凡的仙女依然动人

那个时候
刘晨阮肇来天台山采乌药
邂逅桃源仙女
于是两情相悦
在桃源洞里结为两对伉俪
由于刘阮思乡心切
仙女送他们下山
去剡溪家里送乌药
至今未归

为了爱情
她们不顾冰肌玉骨的娇嫩
在酷暑的烈日下
在严冬的冰雪中
站在山崖边望眼欲穿

为了爱情
她们不顾柳腰纤手的柔弱
种下相思的乌药
用泪水浇灌桃树
从此
天台山上
遍地是乌药
满眼是桃花
这是仙女要送给情郎的礼物

为了她们的爱情
我走进故事踏上晋途
去寻找刘晨阮肇回来

幸好
在悬崖下峭壁旁的小径上
我碰到了两个迷路的年轻人
原来他们就是刘晨阮肇

我对他们说
快跟我走
带你们去桃源


荆　雷

## 爱的力量

我如影随形地追寻妈妈，
是母亲的乳汁哺育我成长；

我的眼睛像双星般闪耀，
是恋人的垂爱折射的光芒；

我不舍昼夜在书山攀登，
是肩负着祖国的殷切期望；

我像蜡烛那样燃烧发光，
是党指引着我的人生方向！

## 照耀你的温暖的太阳　　庆凤先

黎明闪耀的星辰，
是我亲切注视你的目光。
东方灿烂的朝霞，
是我精心为您缝制的衣裳。

照耀你的温暖的太阳，
是我为你燃烧的心脏；
广袤美丽的大地，
是我让您依偎休憩的胸膛！

夜幕悬挂的璀璨群星，
是我为您选购的宝石；
盈缺变化的月亮，
是我送给您的玉璧一双。

我像大山一样坚实可靠，
像驯鹿一样温柔善良；
我像奔腾的江河充满活力，
有移山倒海的无穷力量！

嫁给我吧！
我深深爱恋的姑娘！
别再让我这样忧郁，
这样心伤！

## 图书室

小树的成长
不仅需要大地的哺育
更须雨雪风霜和高天流云的眷顾

心囊万类　吐纳八荒
方能通天达海

美丽的花朵
不只是园丁的栽培
阳光雨露才是真正的母亲

## 校　门

门内沃土　一片春光
在童话中萌志　追寻天空和大海
循循善诱　如温泉浴身
无私和辛劳　指向——
门外　是更大的学校
海阔天空
成功和失败的双翅　飞越关山
飞越人生长途
在磨砺和奉献中至善至美

向华权

## 想飞的小鸟

### 一

我是一只乡村的小鸟
稚嫩的心，清纯而洁白
在清清的小河边
我用小小的喙
梳理着羽毛
我想飞


我张不开翅膀
我小心地打理着自己
乡村的小鸟
就是　想飞

### 二

我看见　打工的二娃
葱绿了发财的梦想
我奋力地伸开双翅
一头撞到了父母的墙上
翅膀没有折
腿没有受伤
我的心　流出了血

### 三

我小心地站直身躯
小心地伸长脖子
望向天穹
阳光明媚
春风和熙

在一个春天的早晨
迎着温暖的春风
当伙伴们一起
我拍翅而起　展翅飞翔
飞向那繁华的大城市
飞向那坚硬的水泥森林
追寻梦想和希望

### 四

那些方格的窗棂里
装着我无数的憧憬和梦想
每一个小窗里
应该都有动人的故事吧
我渴望着有一扇小窗为我
洞开让我能
在那里停留片刻　休息片刻

可我每每从他们窗前滑过
得到的只是鄙视和吆喝
"请别打扰"
"你有钱吗"

五

我奋力地展翅向上攀飞
猛然间撞在了无棚的顶上
向下滑落　回归自我
青青的小溪
葱绿的田野

我看见了孩子
看见了爹娘
却看不见
我的爱人


徐长峰

## 那盏酥油灯

每天早上。晨钟还没有敲响扎尕那
借助一抹晨曦的亮，老阿妈
开始打理在我看来都叫作藏式的
家具——
镶镜框的唐卡，酥油茶碗，炉台和
经轮……

可，我看到老阿妈
在擦拭那盏发亮的酥油灯时
她的动作立刻缓慢了下来

直至停下
我看见，老阿妈的眼眶
湿了。哦，是她流不尽的泪水
天天喂养着老阿爸留下的
那盏酥油灯

屋外，云朵正在擦拭扎尕那的山头

## 只有雨知道这里的一切

天空有些灰暗
但，青稞依然长成卓玛的模样
亮晶晶的，望着进了寨子这些
南来北往的鸟儿。雨虽然小了
但还下着，像几百年前的雨
淅淅沥沥，表达着什么
让出行
有些不快
那一束洁白的云朵，飘了过来
搭在阿尼玛卿神山的脖颈上
像哈达说出的扎西德勒

其实，藏寨每条发亮的小路
都是雨水洗出的骨头
只有雨
知道这里的一切

海湛

## 西行漫记（组诗）

### 阳　关

阳光出关
前方是满眼茫茫戈壁
漠风听驼铃独唱
阳光走路久了
喉咙便触摸到饥渴
想念起水的温存

阳光是关不住的
流放的足音踩着日子
追赶千里乡情
回头望春风已被
关在母亲的眼里
等待思乡曲奏响

阳关　阳关
残阳如血
一滴滴落在胡杨的背影上
呼唤的风
走过渴望翠绿的戈壁滩
胸口的欲动啊
走不出阳关
才是大西北心口永远的疼痛

### 夜光杯

杯中美酒
倒影千年熠熠月光
早已被先人喝去　声称海量

的哒的哒的马蹄声远了
扬起的沙尘进入眼帘
走在玉门关的队伍
穿破戈壁的夜幕
酒后小憩　枕着杯中月光

为了御寒和敬重
不会饮酒的我醉入酒泉
一半月光在杯
一半苍凉在杯
倒在九曲愁肠上
不论南宋还是盛唐

烈酒蘸着夜光
倒下杯中的泪水
在黎明处写透黑暗
空出的杯子
留给后人再倒醉人的希望

走进西北的雄浑与苍茫
我是迟到的南飞雁
用大写的人字
在杯中投影闪动的精神

## 戈壁月

夜海漂来
遥远的月牙
咬去一角黑暗
洒下一弯向往
洒下明晃晃的柔光

沉浮戈壁海
夜海茫茫
都是生命的摇篮
荡漾瞬间与恒久
张望黎明的岸
何日垂下戈壁泪
在春季　浇绿西北的梦想

## 祁连山

我是你久别的恋人
扑向你
带着度过阳关的春风
和山一样不变的情感
可你已满头白发
何时种下你绿色的爱情
让我流连　让我收获
在白杨树下
在你喜泪涟涟的河旁

## 写给胡杨

她的身上
告诉人们
该如何昂然站立
不论沙暴狂雨不论烈风日光

没有水的地方
沙漠未死的心上
用热血燃起一树树青春
让自己站得正直
学会不倒和刚强

从无数沙粒中聚集力量
把根留住
深入泥土越深
身躯上的光辉就越灿烂

### 黄荣东

# 老渔人

我看到他摇着橹
在日升的时候披着一身霞光
把小船摇进了大海的深处
然后在黄昏的时候
又看到他挑着鱼走村串巷地叫卖

然后到集市上
换回几天的米油盐酱醋——
他是一个独身的老头
每当看到他矮壮的背影
以及他的船儿与大海融为一体
便有一首低缓的旋律迷醉成岸边的风景
那时我只是一个半大的孩子
他对大海的那份执著与勇敢
就成为我崇拜的偶像——

如今猛然回头
那片湛蓝色的水域
已经被释成经典的诗句
只要我轻轻想起——
泪水就淡化了想象中的意境
失去踏浪时的那份豪爽

海还是一样的蔚蓝
沙滩还是一样的平坦
港湾涌出的机船
轰轰烈烈地驶向远方
而他到底在哪里呢
难道他还在那片大海的深处
守望着他蔚蓝色的梦想……

杨 梅

## 一个人走着走着

一个人，有没有可能
走着走着
就回到童年的凉亭？
公路两旁的松树还站得笔直
叶子上吊着的毛虫
有一些跌落在路面上
事隔多年，还在阳光下，蠕动

一个人从东街往城北走
有没有可能，走着走着
姥姥就从大地坐起来
她砍竹、割草、翻晾
自制豆豉，偶尔抬头
看看溜上石榴树的我
那个，小小的我。

墨心人

## 陀螺旋转的时光

一老一少
左撇子和右撇子
一个陀螺左转

一个陀螺右转
广场上
围着很多人

啪啪鞭打声
声声入耳
陀螺碰撞陀螺
是正时针与逆时针碰撞
是一个方向
与另一个方向碰撞
左转或右转
由鞭子决定
围观者
左转喝彩
右转也喝彩
只要能够转起来
并且碰撞

一老一少在广场上
玩得正欢
啪
清脆
啪
响亮

邓亚明

## 在鸭姆湖与一群白鹭相遇

白鹭的白，像极雪山的雪
从天边飘下，落在水边
是开在水面的一片白莲
是铺在水上的一道白光
白鹭的白，让我想到蓝天下
白云的倒影
白鹭的白，让黄昏的那抹霞光
迟迟不肯降下

白鹭的纤脚，是书法家手中的狼毫
在湖边沙地上写下一行行狂草
又像诗人手中的笔
灵感来时，急急喷涌出一排排
精辟的短句
有时，它们又作悠闲状
用长长的喙尖，划碎水面的玻璃
让歌声贴着水面飞翔
绕过大片丰茂的水草，各种树木的顶部
向岸边一幢幢楼房的一扇扇窗户飘去
向对面的海岛滑过去

记不清曾经多少个晨昏
我在鸭姆湖与一群白鹭相遇
它们完全不受到惊吓

在岸滩上——
想怎样练书法就怎样练书法
想怎样涂写诗就怎样涂写诗
把每个来到滨湖公园漫步的人
都当成它们最忠实最热心的
第一读者

符骐骥

## 草地上的花

绿草一片片
繁花一丛丛
是谁故意歇了歌子
将那一片宁静抿在心中
我无心欣赏天上的白云
扭一支草茎放在嘴中
却咬出一口苦涩的往事
想阻止对你的怀念
心却早已来到草地上
那就看看草地上的花吧
想想那时的一个误会
才二十年光景
就成了一个美丽的回忆

草地上的花凋谢了吗
如果我今晚入你梦乡

草地上的花
会不会盛开一片片真情

梁永利

## 渔人码头

码头等着鱼船靠岸
渔人等着蹦跳的鱼
渔人是鱼贩子
码头是船贩子
家乡的码头在渔利
渔利是一道观光美景
要修筑码头成标志
标志海洋城市成码头

## 拾 贝

小孩子拾宝贝不用弯腰
身轻眼亮  小手如贝
大人拾贝不断弯腰
挑三拣四  老贝如手
上午拾完贝
下午丢宝贝
贝是大海的弃物
弃物有时是人们的宝贝

陈宝梁

## 大　海

拥有沙滩　拥有浪花
拥有湛蓝　拥有广阔

把河流带来的肮脏
洗干净
这就是宽容
把夕阳淹没
又把朝阳举起
这就是力量

风平浪静的时候
大海总是以憨厚样子
让你亲近
可是，大海有时候
是发怒的狮子
把你葬身海底

大海，大海
其实　每个人的心中
都有一片大海

## 静　语

日复一日
年复一年
夜里的寂寞
总被阳光撕毁

冬天被白雪裹走了
春天提着花篮来了
仙人掌用刺挑战未来
玫瑰用红颜等待命运

幸福的笑声
来自内心的愉悦
痛苦的眼泪
来自期待的毁灭
平静，平静，平静
池塘可以平静
大海不会平静

洪　江

## 田园的高度

裸露胴体的甘蔗长得比我高
因为它总捏紧阳光的绳索往上攀爬
丰满婀娜的稻穗弯得比我低
因为它比我懂得感恩
我从它们中间走过，觉得十分内疚
我什么都不是，什么都不像

只是一个从田野走过的闲人
田园上没有任何人或作物想闲下来
甚至，根本没有时间理会我
到处都是忙忙碌碌生长的身影
它们要赶在夏季之末兑现金黄的诺言

拔节，生长多么光荣，伟大啊
这田园永恒的主题
这生命原始的供养地
即使拔节的声音那么细小
却常常被记起，令人感动
一亿双手都渴望举起，听从时光的召唤
我眼睛涩涩地从田边小小的角度望去
光线，锄影，吆喝声都比我高
蔗叶上爬行的蚂蚁也高过我
乡亲们每天都忙着塑造这种高度
从种子开始调理，祈祷它快点长大
为了一种更高的高度
他们每天都在重复一个弯腰的动作
留下空间给作物生长，给梦生长
当秋天挪过肥美的身段时
我看见对面小山坡的高度，多矮啊

## 向月亮鞠躬

月亮，我要向你一鞠躬
母亲曾借过你几缕白光穿针引线
将破了几个洞的日子补了又补

月亮，我要向你二鞠躬
你及时熄了灯光
让我分辨出萤火虫飞行的轨迹
让微微的光照亮小学悠悠的岁月
和朗朗的读书声

月亮，我要向你三鞠躬
你爬上伸手摸不着的高度
让圣洁的光穿透蟋蟀的叫声
穿越弯弯的村道
让我黑夜的前景变得一片光明

月亮，我要向你四鞠躬
在不能拥有太多天空的城市里
我已习惯仰望天空
仰望时空凝聚的光芒和恩泽
今生我还要借你如冰的银光怀旧
还要借你如火的白光履过薄薄的人生


洪三川

## 蚕桑叶的素情

打开早上的窗户
泛绿的风景漫过来了
一派轻盈醉人的律动
都因为你

每时每刻
都绿得像待嫁的姑娘
蚕儿在等待你的拥抱
因为你
它醉了又醒　醒了又醉

从蚕儿的醉态中
我读懂了你的情怀你的神韵
读懂了你奉献的理念
在今天的餐桌上
我又读到了你新奇的美味
读到了红土地永远的恩赐
体验到少女初恋一样
抹不掉的记忆

在纷繁的食谱里
我从未接触过你的芳名
也不敢想象
抢食蠕软蚕儿嘴中之食的感触
可就在不久前
我心怀拘谨地
却又不知耻地与蚕虫朵颐同乐
在无意之中
得到了一个
治愈风热感冒咳嗽的惊喜
该不该感谢造物主至上的功德呢

黄育斌

## 光阴流水（组诗）

### 流水

流水潺潺　流水汩汩　流水不竭
流水以自身的柔软　抗衡世间的坚硬
撷一把水声揩拭时光的尘垢
能否将黯然的往事和蒙尘的岁月
擦出最初的光亮
我把鸟鸣　月光　花朵　诗歌　爱情
在流水中洗濯
生活的隙罅里　我内心的流水是否依
然清澈

### 羊　群

一群走动的白　又一群走动的白
白云一样的白　棉花一样的白
雪一样的白　清白一样的白
在啃食青草　风声　时光

天上的云朵一样多的羊群
要多辽阔的草原和尘世
才能放牧得下

## 河 流

水往低处流
河流把自己放低再放低
低过光阴　低过尘世
匍匐而行　随遇而安
于命运的低处行走
用自身的柔　将大地搬运

## 黄 昏

夕阳从天空坠下暮色自大地升起
那个看夕照的人　驮一枚落日　披一身苍茫
彳亍而行　搬运着黄昏

## 回 家

一个温暖的词
我总紧紧揣在身上
抗衡异乡的雪霜
抵御生活的寒冷

## 镜 子

一方小小的时光的海
微澜不涌涟漪不兴
不知不觉将一个人的江山淹没

面对镜中日渐苍老的颜容
谁能在镜子的深海
打捞湮没的年华和往事

### 戚伟明

## 丝绸之路新考

那时　西汉和东汉是两片树叶
一片是桑叶
另一片也是桑叶
经济和文化是两条健硕的蚕
丝吐漠北　丝吐海南

那时　大汉不仅仅是一个王朝
还是一架庞大的织机
驼铃马队
拉长大漠如丝的日月
楼船如梭
织海水如一匹匹柔滑的绸缎

随后　陶瓷香药
青铜珠宝茶叶
都是丝绸上迷人的印花织锦

从此　地球转成一个彩色的球
东方和西方

缠绕着两条绵长的丝带
一条金黄一条湛蓝
闪烁着文明的光芒

吴洪伟

## 长　桥

相传，杭州西湖东南角，梁祝分别时在桥上来回相送．把一段短短的桥走成了长桥。——题记

想当年你俩在这桥上十八相送
竟把一段短短的距离
走得那么缠绵，哀怨
走成了中国古代爱情的经典
走成了对爱的坚贞考验

四年同窗弹指一挥间
三生石上义结金兰
奈何这花开总被风吹雨打去
别后思念转眼冰冷成灰
这凄美的爱情声声带血字字有泪

山伯你不该懦弱书生气
私会楼台，执手相看泪眼有何用
英台你不该独坐闺房卷帷望月空长叹

但即使走得出祝家的门啊
也走不出封建礼教的重重枷锁等级森严
走不出父母之命媒妁之言

山伯啊，从桥的一端走到另一端
就是从今生走到来世
从海誓山盟海枯石烂走到天荒地老
这是一段多么遥远的距离啊
却被你一夜油尽灯灭走成了万禽俱喑
走成了封建礼教的牺牲品走成了坟墓

马家迎亲的队伍走过来了
喇叭锁呐吹响了
一阵阵一阵阵英台你听得催命夺魂
你要求出阁路经梁墓
你勇敢脱掉喜服穿上缟素
一个弱女子撕心的悲鸣感天动地
坟茔轰然裂开你纵身一跳
完成了生命的灿烂动人的凄美
从此，你俩不悲不喜化蝶双飞
蹁跹于中国几千年的爱情史上
缠绵于凡尘俗世之外
又是一次次的十八相送
便也成了千秋万载

至今，这长桥啊还在诉说着当年的
柔情似水
让一代代的爱感动落泪
但真正像梁祝那样走得路短情长的

又有几对
世界上最遥远的不是路的距离而是心距
当心与心碰出火花琴弦弹奏共鸣
在天愿作比翼鸟，在地愿为连理枝时
那万重关山碣山潇湘也近在咫尺
当爱纯洁如古井水

再短的桥也会走成长桥
当爱被玷污或染上铜臭
再长的桥啊也便走成了短桥
走成了坟墓

清清的沱江水
映照着捣衣的阿雅
清凉的沱江水
流走了她幸福的忧伤
温润的沱江水
浮沉着她满腹的心事

年轻的阿雅
举起结实的棒槌
不急不缓
敲打着细碎的日子

袁志军

## 梦中的阿雅

梦中的女子
水的女子
是谁拂动了你羞怯情怀
是谁点燃了你寂寞芳心

沉重的背篓
坠压着你的坚韧
小背篓
载来山上的珍稀
载回古城的迷离
也载满阿雅幸福的希冀

安　康

## 我的一片云

　　　一位遭遇封建家庭干涉之害的耄耋老人60年后与恋人重圆美梦的深情倾吐……

你是一片白云，
纯洁，娇妍，温柔；
我是一缕春风，
和煦，钟情，真诚。
你爱我，
偎依我的怀抱；
我爱你，
叩响你的心弦。

你和我向往甜蜜的未来，
我和你手拉手幸福憧憬。
你我天真相约，
你我守玉无邪……
多么可悲呵，
多么可恨！
滚滚沉雷凶狠侵袭，
把把利剑残酷无情！
一时间，地暗天昏，
将无瑕的白云，
逐入痛苦折磨的幽谷；
一时间，地暗天昏，
将多情的春风，
锁进关押囚徒的高墙．
无辜呵，
纯洁爱恋的真情，
化为了流不尽的泪水！
无辜呵，
凄惨分离的愁思，
困扰我俩整整六十年！
日复一日的苦度，
日复一日的叹息……
不知道是因为天公开恩，
还是由于观音菩萨怜悯？
不！不！都不是！
那是再续铁石铸成的未了奇缘！
浑浑噩噩的长梦终于同时醒来，
无奈与绝望化作了美丽的彩虹。
泪水凝固的白雪公主自由回归！

挣扎在严寒中的老梅绽开芳馨！
你我终于相聚到一起！
你我终于笑见到夕阳！
我俩虽然年老了，
绿鬓染满了霜华，
红颜刻上了年轮，'
岁月流逝难复还……
但是，
我俩焕发着的青春永驻胸怀！
经历过苦难锤炼的坚贞挚爱，
不再怕邪恶威胁和黑鸹吐秽！
高歌吧，
你我当年的纯美相恋，
恰如琼枝连理的并蒂；
欢唱吧，
你我今日的心心相印，
更若快乐飞翔的比翼！
你我将相爱于今世，
你我将坚守到来生……

（写作于2015年七夕情人节）

黄　强

## 习大大记住了福塘村

题记：2011年7月海南省万宁市福塘村村委会党支部书记曹圣吉到北京参加建党九十周年活动，时任中央政治局常委、中央书记处书记、国家副主席的习近平同志见到他时亲切地说："记住了，去年我到过这个地方。"

习大大记住了，记住了
记住了福塘村
这个只有 2.5 平方公里的村庄
记住了曹圣吉
这个只有一千多人村庄的带头人
记住了这里的山丘和河流
记住了这里的槟榔和菠萝
记住了这里的蓝天和白云……

在共和国九百六十万平方公里的地图上
找不到福塘村的座标
在有十三亿人口的泱泱大国
曹圣吉只不过是沧海一滴
习大大，您只来福塘村考察调研过一次，
而且，事过一年
您日理万机中竟把这里
记得那么清楚，那么亲切，那么慈祥
您不但记住了福塘村，而且
记住了十三亿人口中
每一个人的欢乐与悲伤
记住了祖国的每一寸土地和每一座村庄
惟独——
忘记了自己。

习大大，您用伟大的实践

印证了一条颠扑不破的真理
谁用一生
记住了平民百姓
平民百姓和他们的子子孙孙
就千秋万代直至永远永远
记住他……

## 有根的感觉

因为无根
浮云为风逼迫
含泪浪迹天际
居无定所
坎坷的命运被风完全掌握
绚丽的形象被风恣意歪曲

浮云痴迷海南这片热土
旺盛的生命力
筷子插地也能发芽
浮动崇拜五指山扎根故乡的忠诚
时常趁风远去的时候
缭绕峰巅诉说无根的苦衷
幸好，天涯的一场场透雨
绿岛人欢燕舞
草青花果飘香
使浮云终于悟到
有根的感觉
真好

## 雨水自语

闹干旱的季节
土地喜欢我
绿色渴望我
生命追求我
诗人用诗篇赞颂我

闹水灾的日子
土地讨厌我
绿色害怕我
生命逃避我
记者在报刊里数落我
雨水委屈得泪流满面
喃喃自语：
旱的季节
我是采撷彩云酿造的甘露水
灾的日子
我是雷电撕裂的伤心的泪水

王学忠

## 漓江水

天蓝、山翠
点缀漓江水更美
一排竹筏画中来
扬起浪花一堆
粼粼波光
暖暖朝晖
漓江水清
看得见江底珠贝
玉石真伪
藏匿岩缝里的
虾蟹、乌贼
清澈如镜
可映出人心扉……

## 大榕树

傲然兀立
遮天蔽日
一千四百多岁高龄
见证了中华民族风雨历史
天灾、人祸
战争、瘟疫
倒下的是岁月
镌刻沧桑年轮的
是坚韧、不屈
你站的正、立的直
身边的儿女
也站的正、立的直……

黄启中

## 敬老孝亲歌（歌词）

生儿不说累，育女不说苦，
恩重如山的是天下父母。
娶了媳妇不能忘了娘，
先辈教诲要牢牢记住。

南给父母打打电话，问问好，
常陪父母过过节日，祝祝福。
孝亲让父母笑口常开，
敬老让老人健康长寿。
羔羊知跪乳，乌鸦知反哺，
做人怎能不孝敬父母。
树高千尺不能忘了根，
中华美德要牢牢记住。
常给父母梳梳白发，捶捶背，
常陪父母逛逛山水，散散步。
敬老温馨了千家万户，
孝亲和谐了中华民族。

## 家住中国（歌词）

横有万里长城，纵有千古运河，
家住东方的文明古国。
桥山黄帝陵是老家的祖坟，
黄河长江是民族的脉搏。
汗浸过血染过脊梁没弯过，
五十六个兄弟永不分割。

揽月嫦娥飞船，追风高铁列车，
复兴的步伐气壮山河。
中华强盛是儿女的心愿，
科学发展是母亲的嘱托。
风狂过雨暴过信念没变过，
幸福指数升腾着中国特色。

为什么我常常热泪滚滚，
因为我感恩祖国；
为什么我总是激情飞扬，
因为我家住中国。
有多少人在这里依依难舍，
有多少人在这里深深思索。
摸一摸土砖砌的小平房，
量一量大决战的指挥所。
油灯下运筹帷幄决胜千里，
沙场上纵横捭阖气吞山河。
谈笑间敌军土崩瓦解，
子弟兵亮剑以少胜多。
白坡岭告诉我，滹沱河告诉我，
西柏坡红旗映红了新中国。

## 永远的西柏坡（歌词）

有多少人在这里汲取力量，
有多少人在这里升华品格。

访一访养育咱的好乡亲，
推一推鱼水情的老石磨。
土屋里先辈教诲警钟长鸣，
山路上后辈赶考龙腾虎跃。
新时代儿女坚守信念，
霓虹下哨兵永不褪色。
五彩路告诉我，幸福渠告诉我，
永永远远铭记西柏坡。

## 人民是靠山（歌词）

问一问井冈山的竹扁担，
是谁给红军送来红米饭；
问一问黄河两岸的青纱帐，
是谁同八路军打响地道战。
从井冈山到延安，
万水又千山。
共产党领我们打天下，
老百姓与我们共患难。
鲜血凝成一句话：
人民是父母，人民是靠山。

访一访沂蒙山的老红嫂，
是谁为解放军舍命救伤员；
访一访鸭绿江边的阿妈妮，
是谁为志愿军送衣挡风寒。
从国内到国外，
烽火奏凯旋。
共产党领我们保和平，

老百姓为我们排万难。
永远记住一句话：
人民是根本，人民是源泉。


潘宏仁

## "圆圆"
——还不到三年

姑娘有一张美若桃花的笑脸，
有两只好像会说话的杏眼：
她乌亮的长发披在肩头，
她婀娜的身姿十分美艳。
她推着轮椅来到花园中间，
一位老奶奶坐在轮椅上边。
老人白白胖胖眼神呆滞，
嘴流口水说话困难。
在一树喷香的粉红杏花的下面，
姑娘用手势和目语与老奶奶交谈；
她耐心用手帕揩去老人脸上的污渍，
又轻轻地把大毛巾披在老奶奶双肩。

她每早都要推老人出来遛弯，
到花园晒晒阳光享受空气新鲜。
她每早都要推老人出来散心，
准时准点风雨无阻常年不变。

天长日久引来大家的关心,
许多人都来用手机拍照留念。
想夸夸老奶奶有个孝顺的好孙女,
没想到错了,人家是邻家女"圆圆"

是自己的孙女已很可敬,
是邻家的女孩更加不凡。
我问她已照顾老奶奶多久,
她说不久不久还不到三年。

## 贺妻竹筠大寿

竹筠八三寿宴开,阖家欢聚乐满怀。
八百里路不嫌远,孝顺外甥沈阳来。

女儿女婿赛儿女,孝心细心给愉快。
海外留学俩孙女,挂念姥姥或奶奶。

热情外甥沈阳来,忆母想姨情难拆。
六七十年不是梦,心底留的全是爱。

刘思桂

## 拔火罐儿

没事的时候
当不了摆设
找个地方躲起来
消消火气
赶上了谁　患了

头痛脑热
胸闷恶心……
搬他出来
帮助医治
含火的嘴
不会客气
咬准穴位
一顿辣吻……
留下的罐口
或红或紫　让你
疼上三五天
找回健康
比啥都好,
至于那些皮外的些许痛苦
可以接受
不会影响
我们对他的信赖……

## 老镰刀

收割五谷　挥洒汗颗
那个年月　曾被诗人
誉为弯月
而今还是忘不了
把自己放在石头上
一次次磨——
怕的是　一旦锈蚀
毁了本色……
一张素嘴　诚受斋戒

沾不得腥　见不得血
和管制刀具　自然而然
划清了界
不要刀鞘　不要包裹
老镰刀啊　就这样
至今　刃不钝　口不豁

## 插　架

小心管理吊角豆角
爬蔓的六月　告诉蔓儿们
我为它们　插好了架
爬上去开花爬上去坐果……
告诉它们不能横行
不能越界纠缠欺负
矮小的秧棵……
告诉它们　绿色的小园
有序和谐
不分贵贱各具特色
就像一个
风清气正的村庄
自然而然不存在
村霸和土大爷

## 挖野菜

甜了生活
也丢不下苦涩
常常想着

山野菜的恩德
老刀头儿
和过去一样
走过去的小径
爬从前的山坡
挖今天的野菜
染绿今天的
小餐桌　充饥解饿
老刀头儿　爱吃野菜
善解苦涩
没粮的日子　当饭吃
富裕的日子　当菜吃
山野菜纯绿色
防病撒急火……
一刀黄昏　一刀山野
老刀头啊　还没想过
一刀刀
早挖过了界……

## 刘占龙

## 风的赞歌

来无影
去无踪
空气流动
锻造出

多才多艺的你

你是美术家
一会儿
跑到都市的花园
握紧太阳
这杆神奇的笔
饱蘸七彩的光
或浓或淡
点染出最美丽的花朵

你是钢琴家
一会儿
跑到乡村的林圃
抱住树冠
这架美妙的琴
拨动枝条的弦
或扬或抑
弹奏出最优美的乐曲

你是舞蹈家
一会儿
跑到学校的操场
舞起小女孩
这件漂亮的裙
翩翩婀娜的舞姿
或急或缓
扭动出最童真的快乐

王永华

## 透过妻子的目光看自己

栀子花开的时候
该到了端午节
我采撷一束栀子花
放在你的化妆台上
结婚三十二年了
这是我第一次向你献殷勤
我把这份心意
挂在月亮微笑的弯钩上

桃花开了又谢
谢了又开
我对你的思念
像星星一样彻夜无眠
穿过百年的烛火
你就是我的灯盏
把一团爱
烧成一片殷红
我这一生没有亏欠任何人
唯一亏欠的就是你

我打拼了一生
还是从零点回归到零
我积累了一生
手里没有一张银行卡

眼看别的女人珠光宝气

而我至今没有给你买一条项链

哪怕是一枚小小的戒指

我曾将痛苦装进行囊

背井离乡寻找远方

不久,我又像一只归乡的啄木鸟

把返回途中的风景

啄破成了一道道伤口

无力地栖息在了秋天的剪影中

我错过了春夏,错过了秋冬

错过了花期,错过了笑声

我只能含着泪光说

我真的对不起你

如果你肯原谅我

请把这朵花戴在头上

然后,对我笑一笑

把你的万份柔情

荡漾在我的诗句里

**王苏华**

## 与书为伴

小时候,

妈妈讲故事

知道了什么是书,

那里有奇妙的世界,

从此我在梦里

经常和星星一起聊着悄悄话。

上学了,

我知道了课本也是书

有语文、还有数理化。

我和同学们一起阅读、认真学习,

让知识

在我们的心里生根发芽。

工作了,

各种功能的书呀,

就像我的臂膀。

帮助我克服困难,

为祖国的强大贡献青春。

我成了劳动模范,

胸前佩戴着大红花。

如今我老了,

两鬓斑白、两腿发麻。

无力去游山玩水,

不能打太极拳,

更别说跳广场舞啦。

可是

我依然无比幸福啊。

每天沏一壶浓茶

坐在我的老摇椅上,

听我的宝贝孙女，
给我读故事、给我念笑话，
祖孙两个一起笑哈哈。

此生与书作伴，
幸福随时围绕着我。
不管我到了什么地方，
书里也有我的家。

陈钦华

## 嫩江水

也许江水不知道
我就端坐在它的身边
波澜不惊的嫩江水
向南缓缓流逝
就像我这个异乡的过客
默默无语

我们都走了很远的路
能在肇东小城相遇
江水的叙述
已被瘦瘦的两岸固定

嫩江　在我复杂的心情中
千百年的奔腾
最后的归宿是松花江　黑龙江

东部的大海

这让我想起自己的晚年
我的一生　甚至我的前生
就是这一点一滴的汇集
汇集到一定距离后
灵魂就到了岸上

也许　人生就是这样
当你达到最巅峰的时候
最好把一切功名暗淡

雨　桐

## 无　题

眉头难展
炊烟袅袅惨淡
问红花绿叶几多欢
总难言

暮霭楚天
衣裙随风轻转
闲愁无觅问斜阳
手难牵

闲抛思绪
心儿随风升暮天

霞升霞落寻常事
向谁言

陶　钦

## 新聊斋故事

也许我的前世
是聊斋里的一个
落拓书生
你也是——
蒲松龄笔下
美丽善良的狐仙
我们邂逅于
长安郊外的一家客栈
我将对你的倾慕
挥洒成一首桃花诗
这朵朵桃花啊
在你的两颊
鲜艳地盛开

我们心有灵犀
我们吃桃花诗
饮月光酒
无须金钿银钗
也不用玉镯指环
我们执手相看泪眼

相聚又分开

相约
来世我为你画眉
你为我红袖添香
可是
今生的我——
依然是个落拓书生
宿命还是写诗弄文
而你已是时尚女子

只是
当初我们约定的誓言
早已被时下的世风吹散
而我们那首缠缠绵绵的
定情桃花诗
也渐渐
随风
凋零飘散……

吴乐森

## 煤海飞鸿（二首）

　　题记：有感于当下煤矿企业的低迷，想起它在兴旺时期的盛况与贡献。我曾因有所体验，写下部分讴歌矿山和矿工的诗作，今特撷布二首，以就正于读者，并自为念。

## 井口，呼唤风

井口，呼唤风
河床呼唤流水，生命呼唤阳光
从绿的原野，紫的山岗
水的波纹，草的颤动中……
井口，呼唤风

八面的风，彩色缤纷的风
沿着笔直的井壁，淋水哗哗的井壁
直流进大地的腹腔——深深的矿井
带着三月的油菜花香，七月的稻谷芬芳
急匆匆，在交错的大巷里奔跑
仿佛在夜的大街，穿过无数灯的花丛
深情脉脉，问候每一列满载的矿车
每一片流动的星云
亲吻粗犷的脸，宽阔的胸，向这些
光和热的采撷者，生活的开拓者致敬

八面的风，彩色缤纷的风
跨过立体交叉的风桥和拱形的风桥
闯进洞开的风门或绕过紧闭的风门
在长龙般单孔独进的风筒里长吟
在低狭的运输机巷里回灶上升
徐徐地吹拂，徐徐地吹拂
冬天是温暖的风，夏天是清凉的风
——怎不使人心胸舒畅，干劲陡增

哦，四季如春的风，毫不迟疑
灌满迎头和掌子，灌满每一张肺叶
推动煤浪奔流，掀起生活的春潮
好像旋转不停的风车唱着绿色的歌
井口，从未停止过呼唤
新的时代的春风！

## 地下的高山

在深深的地层下，
也有奇兀的高山；
看那井巷的尽头，
山路垂挂犹如银河倒悬。

山上，不分春夏秋冬，
一年四季都是春风拂面；
山上，不分白天黑夜，
日日夜夜都有星群闪闪。

这里的林海是那根根铁柱，
钢铁的支柱托起峭壁危岩；
这里的雷鸣是那隆隆炮声，
一阵阵炮声卷起股股硝烟；

哦，谁是这山中的主人？
请看烟雾中夺煤的铁汉！
他们在烟云中搏击前进，
他们在绝壁上攀登盘旋。

他们熟悉每个煤层的走向，

肩膀上扛着祖国的大地、蓝天；
地下的山，如不是这般峥嵘、神奇，
怎来练矿山英雄的雄心、虎胆！

英雄矿工在这里倾下成吨的汗水，
溅起波汹浪涌的乌金瀑泉；
看，一台台风钻正激动得发烫，
不住地呼喊：优质、快速、高产！

啊，高山——我们的高山，
谁说你在深深的矿井下面？
你那黝黑、透红的雄伟姿影，
拔地入云，立在我们的心间！

朱伟民

## 树　葬

树葬
像活着时一样站立
站立得比活着时更坚挺
只是再也不能向前迈步
头顶蓝天
身披阳光
迎晓风
送残月
再不愁油盐柴米酱醋茶
又何惧雨雪冰霜雷电雾

春有花丛中蜂群的欢歌
夏有稻香里不倦的蛙鸣
秋有抱香枝上老的金菊
冬有俏也不争春的红梅
享不尽天地间视听之娱
树葬不是黑色的句号
而是人生的自然省略
剩下了——
彻底的无忧无患

华文峰

## 回老家

记忆睁大深情寻觅的眼睛
追寻着我生命时光的历程
强力穿透沥青和水泥的坚固覆盖
捕捉到那条长满青草的泥土路径
又闻到久违的青草的清香
顺着窄窄小路遥望到古朴的村影
村东的小溪又潺潺流入心间
村西那两排小屋传来稚嫩的读书声

啊，我这个游子又回到久别的老家
站在陈旧却是那么亲切的院落当中
"我回来了"我轻声地喊着
心里又生怕把沉睡的父母惊醒
我疏忽了此刻是白天还是夜晚

半掩的房门里仍点燃着那盏油灯
母亲还没有睡正在灯下缝补衣服
忽闪的油灯映着她已驼背的身影

母亲没有抬头仍在认真缝补
她那么专心没有听到我的喊声
也没有听到我已到门口的脚步
我立刻停下脚步按住感动的心情
赶忙拿出随身携带的相机
我要给母亲留下一张此刻的身影
以弥补我这个游子的深深歉意
留下一张古老永恒的生命感动

随着快门按动奇异景象发生了
母亲和油灯升入高天照亮整个夜空
古老的大运河在她身旁流淌
一望无际波光粼粼的湖水闪烁满湖星星
湖岸边黑土地上父亲正在耕耘
不时一甩鞭儿飞起一道流星
一轮弯月静静挂在西天边际
东方天际开始涌出一片霞红
古老的村庄披上日月同辉
寥廓天宇传来隐隐天籁之声
遥远的群山传来古老的回音
黄河、长江波涛滚滚一路奔腾
我沉醉在这奇异的景象里一片茫然
大声的呼唤整个院落里没有反应
再也没有人听见我这个游子的问候
只有炽热的眼泪和思绪流淌着那个梦

## 生命华章

一双无形的巨手
用无限神奇的力量
调和着阳光、风和雨
染成四季绚丽辉煌

一双勤劳的巨手
用一生有限的时光
耕耘着厚重的黄土地
编织出四季粮仓
一条时光的隧道
那么古老悠长
染出多少金色岁月
多少生命华章

父辈还有父辈的父辈
传承着生命之光
染出多少金秋
多少果甜谷香


**王一桃（香港）**

## 历史，是永恒的记忆、不灭的火焰、长鸣的警钟

——纪念中国人民抗日战争
胜利七十周年

一

历史，并非是过眼的云烟，
而是永恒的记忆，长刻天地间——
甲午海战，经历了一百来年，
即使风平浪静地涌现云端。
难忘邓世昌最后一炮打尽，即
令北洋舰队被《马关条约》吞没，
肉，同山东被"二十一条"席卷……
问鲁迅留日何以弃医从文，
乃因见体壮国人被马刀砍；
问闻一多在美何以隔海呼娘，
乃因看七子先后一一落难；
问天安门何以有学生请愿，
乃因不满清廷再辱国丧权……
不是么？俯看风雨太平洋照妖镜，
凸现倭寇疯狂侵华狰狞嘴脸！

二

历史，并非是一瞬的电光，
而是不灭的复仇的战斗火焰——
日本侵华战争，已过了七十载，
任星久斗远仍如近在眼前，
"九一八"这空前长夜恶梦，
就像千斤巨石紧压人心坎；
"七七事变"这一弯卢沟残月，
如同患难至交共苦同甘……
弹雨里萧红，忍痛泣别松花江，
辗转在上海滩，魂断于浅水湾；
铁蹄下歌女，含泪卖唱献舞，
此前曾在街头卖花为抗战募捐；
炮火中人民，筑起血肉新长城，
《义勇军进行曲》令敌人抱头鼠窜！
不是么？凝视城墙垛口这显微镜，
看穿东条英机奸险的狼心狗胆！

三

历史，并非是无声的死水，
而是长鸣的警钟，令全球震撼——
安倍复出政坛，不断吹吹打打，
为靖国神社群魔叫屈鸣冤，
一口否认血迹斑斑的侵略，
一手遮掩兽行累累的淫乱，
旨在为其武士道列祖列宗招魂，
复活其臭名远扬之"大东亚共荣圈"！
听，"东北抗战"怒吼：今天已非昨日，
你只要魔爪一伸，我就立即打断！
听，"八百战士"警告：时已过，境已迁，
当时奋战的孤军如今已千千万万！
听"大刀猛将"宣言：宝马雄风未老，
此刻刀光已化雷霆万钧的火箭！
不是么？举起如银河长的望远镜，
已预见到新鬼将受未来的审判……

张贵亭

## 走进刀郎之乡
——看望新疆财经大学住村工作组

有人误认为刀郎是一支舞
有人误认为刀郎是一首歌
请不要责怪他们
因为他从未到麦盖提来过
刀郎是一种文化形态
刀郎是从古到今的生活
丰富多彩、千姿百态、目不暇接
它是一条古老的文化长河

今天我又一次走进刀郎之乡
一路走，一路看，一路听他的诉说
多少探险、考古、寻宝、摄影的人
就从这里走进塔克拉玛干大沙漠
有的人一去不再复返
却把宝贵的精神物质财富
留给后人、献给祖国
那是一种精神！那是一种品格

麦盖提县第一小学今非昔比
在校生已达到两千多
虽然楼房、设备有些陈旧
可是教育教学质量依然是累累硕果
"在渗透中感动，在感动中成长"
不知道这是谁的杰作

春风化雨、润物无声、育人箴言
应该在每一位老师心中镌刻

沿着栈道参观"刀郎之乡里"
好像又上了一课刀郎文化课
满园花开花落牵动了我的情思
微风中清香扑鼻领悟着文化是什么
文化能消除愚昧
文化能战胜邪恶
文化给了我们聪明才智
现代文化引领，路就不会走错

库台克勒克村的晚餐
让我再一次认识了新疆财经大学
不只是他们自己做的饭好吃
也不只是他们自己买的酒好喝
他们说起村里事儿眉飞色舞、如数家珍
他们谈起村里人充满自信与骄傲
一个和谐、精干、高效的团队
把访惠聚搞得卓有成效，有声有色
勤劳、勇敢、智慧的刀郎人
干起事儿来那真是大手笔、大气魄
百万亩防风固沙生态林宏大工程
正在如火如荼施工建设
观景台上放眼望去
排排白杨、行行红柳迎风摇曳身姿婀娜
功在当代、利在千秋
衷心祝愿麦盖提阳光大道越走越宽阔

· 诗坛探索 ·

白　帆

### 白帆诗选

#### 世　界

我就是我
我的指纹很奇特

上帝造完了我
就把模型打碎了
我蹒跚着
向属于我的高地
走去

夜，漆黑一片
我常常迷路

我一次次死去
又一次次复生
如蚕
在痛苦地剥蚀自己

终于
在一个清晨

我找到了我

许多目光在打我的主意
我面临一种新的危机
因此我必须违反一种传统
剥光衣服
勇敢地站在世界面前
像大卫
等待舌头们的射穿

我就是我
我是一个世界

#### 雪　鸟

所有的歌声
叶子般飘落
风笛独诉季节的萧瑟
一种无叶的花开满荒原
像穆斯林盛大的葬礼

雪鸟
冬天里的留守卫士
以从容的步履
横渡天宇
翅膀，开合的尺子
一下一下
丈量冬的距离

寒潮袭来
雪鸟迅疾转向
然后伸出翎羽的剪刀
剪碎漫天风雪
太阳爬到树上
作巢
无涯的风雪占领了世界
雪鸟
苍茫山谷里的一支蜡烛
深夜，雪在烧
烧红一个黎明


雪翅
无法伸进城市的视野
冬天里太阳的温情
只能凭感觉
在有风的夜晚，我能听到
一种来自灵魂深处的呼吸
那是生命
搏击气流的回声


大雪
重塑了世界
雪鸟，冬天里寂寞的王
以树为家
以月为巢
坚信寒冷只是一个过程

严寒，封锁了北方大地

雪鸟，闭上眼睛
用仅有的一点体温
孵化春之梦
然后，汇聚成群
举起一千轮黑太阳
轮番爆破
那座坚固的冰山

清晨
雪鸟从思想起飞
落到披雪的松枝上
与太阳一起
冰雕成冬天唯一的风景

飞向高山
飞向丛林
冬天，在翅膀下渐渐隐去
雪鸟越飞越高
利喙啄破季节的雪线
衔来一片鸟语花香


## 夜登泰山
（一）

拄着手杖
算什么登山好汉

背着月亮
去采摘星光

心中有个日出
脚底生出一对翅膀

歇歇脚
也是在登攀
轻轻拨开云雾
从东海捞出个水淋淋的日出

一掌拍下去
击碎玉皇顶

泰山
我——来——了——

（二）

大气磅礴
群山于脚下放牧

为了一种神秘的召唤
朝圣者盖满山路

玉皇高不可攀
高不过执著的心灵

香烟缭绕
大菩萨永恒地微笑

遍地碑文

先哲们站满山顶

登一遍泰山
读一遍中国历史

### 世界名著

如果说女人是一部书
你就是一部世界名著
每读一遍
我都会有新的感悟

初恋时
你是一部精美的诗集
淡绿的封面如春天的叶子
擦亮我冬眠的眼睛
婉约的文字含蓄多情
碧水柔波在我心头荡漾

成家后
你变成一部可人的中篇
开头的悬念
就把我牢牢吸引
中间的情节跌宕起伏
把我带入温馨繁忙的港湾
给我日出
给我梦想

晚年时

你修养成一树花果的散文
枝疏叶朗，风闲云静
每片叶子
都记载着一段难忘的故事
每颗果实
都浓缩着一个美好的记忆

你是一部书
你是一部世界名著
即使我用一生的时光
也无法读完

## 履　历

翻开档案
人生竟在这几页薄薄的纸中

你意气风发
她清纯如许
似花似水似日月
韶光倩影
又怎禁几番风雨
黑白两色
展示出不同岁月
父与子
母与女
像，又都不是
时间的化妆师让你扮演两代
不同的角色

行行表格爬成你的皱纹
页页栏目是生与死的跨越
深浅不同的字迹
或许是你走过的弯弯曲曲
生命如一条船
在踏过风浪驶入港湾之际
你已苍然老去

面对青春的每个驿站
也许你并不在意
蓦然回首，才发现走过的风景
原来都是梦一样的美丽

茫茫宇宙，人生如蚁
该去的都去了
能够留下来的
唯有这潦草的几行墨迹

## 谁的手指

把新年日历
一下翻到最后一页
我的发丝骤然变白
稍后
根根飘落

谁的手指　不是我的
谁的无情
让青春在一夜之间猝然苍老

身如槁木　心如死灰

谁的手指
在青山绿水间指指点点
马蹄达达　繁花似锦
爱的凤蝶于花丛间嬉戏流连
歌声伸出翎羽
在彩云间翱翔　翱翔

谁的手指　搅动大雪纷飞
落在头项　旋即
就是一年
不　转眼
就是一生
一阵风过
我猛然顿悟

## 探索不止，又上层楼
——白帆诗集《一船星辉》序

### 吴开晋

和诗人白帆相交多年了，得知他除了编辑两种文学刊物外，还孜孜不倦地撰文写诗。他已出版过多部诗文集，且有较大影响。近来他又精选出一本富有特色的有代表性的诗集《一船星辉》，嘱我作序，我欣然应允。诗集共分四辑：第一辑写生命的感悟；第二辑是爱情诗；第三辑写亲情、乡情；第四辑是对传统文化和古今文化名人的咏赞。读后令人耳目一新。

首先，是对生命的体验、顿悟及用浓烈的内在之情，营造多彩意象并造境。与他以前的诗作相比，可以说是已进入到一个新的艺术层次。记得诗人、学者公木先生生前曾说过，古今的诗人中，有人以诗为生命，有人则以生命为诗。白帆虽还未达到以生命为诗的程度，但也努力去实践以诗为生命。这主要指他的作品中，写了他的生命体验和感悟，并张扬作为大写的"人"的生命价值。这在第一辑"生命原在顿悟中"有较强的体现。如《世界》一诗，题目看来很泛泛，但却写了自我意识的觉悟和人生价值的宣告。诗中叙写，上帝造就了他，又把模型打碎，他便步履蹒跚、向自己的高地走去。尽管黑夜茫茫，多次死而复生，终于如蚕剥茧一样，在痛苦中找到了自己。诗人说："许多目光在打我的主意／我面临一种新的危机／因此我必须违反一种传统／剥光衣服／勇敢地站在世界面前／像大卫／等待舌头们的射穿／／我就是我／我是一个世界"。这实际写了人生的艰难和遇到的各种世俗传统势力的遏制。但作为人，终于勇敢地站起来，找到了属于我的世界。这首诗好就好在不是就事写事，不是如实地再现客观世界，而是以较大的艺术概括力和象征性去写人的自我意识的觉悟，张扬人生的价值。

《雪鸟》一诗，也具有内在的生命感。诗人写雪鸟，不是简单地咏物，而是以雪鸟喻人。如第2节中写："雪鸟／冬天里的留守卫士／以从容的步履／横渡天宇／翅膀，开合的尺子／一下一下／丈量冬的距离"；第3节则写："寒潮袭来／雪鸟迅疾转向／然后伸出翎羽的剪刀／剪碎漫天风雪／太阳爬到树上／作巢"；第7节则是："严寒，封锁了北方大地／雪鸟，闭上眼睛／用仅有的一点体温／孵化春之彩，然后汇聚成群／举起一千轮黑太阳"。诗人以雪鸟为象征，塑造了一个在众鸟逃避寒冷、却在寒风中与风雪搏斗、用体温去孵化春之梦的勇士形象，赞颂了在大自然严寒威逼下永不屈服、勇往直前的精神。鸟者，人也。这正是诗作的感人之处。另外，《履历》也是富有概括力的佳作；《临风而坐》，又是对人生中一种恬静悠闲世界的追求，是另一种生命意识的体现，对意境的创造也很感人，不多叙。

张扬生命意识，除了用一些象征、隐喻手法写出一些超现实的诗境外，作者也善于在写实感较强的爱情诗和亲情诗中，以内在的浓烈之情，呈现出一种生命的感悟。这在第二辑的爱情诗和第三辑的亲情诗、乡情诗中，也有鲜明的展现。

第二辑爱情诗中如《贺年卡》，写一种欲爱又罢的情怀，颇为令人感伤。《世界名著》中说，女人是一部书，但妻子却是"世界名著"，而且"即使用一生的时光／也无法读完"，有力度和深度，是爱的感情的极致。《情诗写到最苦时》，则说："情诗写到最苦的时候／已经没有语言／满嘴黄莲，连心都溢满胆汁"，而且吟完爱情古诗后，"让心在声声啼唤中／咳血"。这些精彩片段，不仅流露出一腔真情，而且具有强烈的生命感。《距离》一首，则又比喻新奇，把思念比作长长的铁轨，和爱人又是隔山隔水的一列火车；一是车头、一是车尾，相望而不可即，使人动情。第三辑写亲情、乡情的诗，感人尤深。如《寂寞》中写母亲对儿女的思念，在空巢边的晚风中，看"晚风夜夜摇动那株古槐／直到企盼的叶子片片剥落／母亲依然站在烛光里"，母亲的思念就是晚风，读后令人心灵震颤。

《父亲》一诗,又用一些生活中常见的事物,写父亲离去后的悲痛,如父亲做的凳子虽然儿女没看好,却常常用着;父亲打的井,当时大家埋怨,现在的水却越喝越甜,直到"父亲去了/一如庄稼开花结果后/疲惫地倒下/但父亲的血液和习性/却在我的身上流淌/直到把我也淌成了父亲",可以说是以深情写出了父亲的一生。其它写家乡老屋、小村、庄稼的诗,也都有诗人的生命在其间律动。

其次,集子中的文化内蕴较为深厚。诗歌当然不能像文章那样去详尽地介绍古今文化,但却应该在诗中体现出耐人寻味的文化原味。当前诗坛,一些青年诗作者,缺少的正是这一点,而白帆的诗恰恰体现了这一点。如第四辑,除了写鹰、白马和雪菊的咏物诗外,多是写古今一些著名诗人、作家、艺术家的,而且有自己的体验,不落俗套。如《读毛泽东书法》,以书法写毛泽东的探索历程和胸襟气魄,大气磅礴。又如《唐宋五诗人》,以李白赊酒签字;白居易为卖炭老人作诉状告抢劫的官吏;李煜成为"臣虏"却写出千古名篇;苏东坡观潮,看山看水,不惧一再受贬;李清照如何以写愁成就一代女词人,等等,把这些诗人的特点、成就都概括出来了,给人以不同的艺术感受。最生动多姿的当属《狂草——给草圣张旭》,把这位书法家写活了。如写张旭挥笔如剑时:"蓦然/狂风大作惊雷骇电/有片墨云从远古飘来/你大叫一声腾空而起/悬腕接住/雨/就停在了半空/然后你顺笔一挥穿云裂雾/一道闪电般的瀑布/飞白成千古绝唱",可说是绘声绘色,把写狂草的书圣形象突现出来了。其他写项羽,写张若虚、秦观、郑板桥,及写现代作家鲁迅、朱自清、钱钟书、萧红的篇章,也各具特色,并在不同的情境中展现出各自的性格特征。

再次,就是以多种笔墨和富有变化的语言体现出不同的艺术风貌。这说明,作者的风格不是单一不变的。根据诗情和内容的不同,常有变化。诗人艾青说过:"新的风格是在对于新的现实有了新的肯定时产生的。""一个伟大的诗人,他不仅在题材所触及的范围上有广泛的处理,同时在表现的手法以及风格变化上也有丰富的运用。"(《诗论》)这是说得十分深刻而准确的。白帆习诗,也注意到追求风格的多样与变化。如前面论及的《世界》以及《界限》,具有一定的抽象性和超现实的味道,风格空濛而幽渺;《雪鸟》又是以鸟喻人,具有象征意味，风格又清丽、隽永；《履历》一诗，说"翻开档案／人生竟在这薄薄的几页纸中"，又具有哲理思辨和概括力，风格冷峻而苍凉；《临风而坐》，写"夏凉如水／晚风如梳"的夜晚，一人与风清谈，"临风而坐／悠然见那水晶般的月光／在心中流淌成一泓清潭／叠映芳草鲜花编织的梦幻"，又是静谧、超然的佳篇。至于爱情亲情诗，又是情感浓郁，朴实无华，并带有乡土气息的厚重风味。看来，白帆在诗艺的探求上是多方面的，值得肯定。但是，也有叫人感到不足之处，主要是关注国家民族命运的诗和有关国计民生的诗少一些，未免有点遗憾。

总之，白帆已步入诗神的殿堂，还应继续向上攀登，再创佳绩，写出更多更好的诗作，献给广大读者。

## · 两栖诗人 ·

闻 山

### 登峨眉遇奇景（遗作）

楠木森林印绿苔，普贤骑象上山来。
腊梅香远传消息，寺里牡丹斗雪开。

熊 炬

### 八十生日自嘲

左占上风时，他骂我老右；
右占上风时，他骂我老左！
左右皆碰壁，躲也无法躲。
左时他吃糖，右时他吃果。
糖果由他吃，过错都归我。
我自行我素，心中有团火。
纵然烧成灰，干净得其所。

### 钻石婚吟

相濡以沫六十年，尽赏酸苦麻辣甜。
崎岖坎坷手牵手，冷雨寒风肩并肩。
简简单单便是福，恬恬淡淡岂无缘。
青梅竹马情犹在，萤火双飞艾草间。

叶晓山

### 题《兰花图》

酒后挥毫兴欲狂，幽兰出彩伴书香。
谁言春去无消息，时有新花腕底藏。

### 题《秋菊图》

小院寂寞秋送凉，案头乍放菊花黄。
狂蜂不扰清闲甚，乐伴诗家夜梦长。

### 题《荔枝图》

荔枝串串入长安，驿马奔驰蹄未闲。
一代宠妃成粪土，只留嘲讽在人间。

### 题《雄鸡图》

身披锦衣懒荣归，头戴高冠不自肥。
报晓一声惊大地，千门万户尽开扉。

## 题《秋鸿落汀图》

正是初秋月半圆，芦花拂拂水涓涓。
高天纵有青云伴，不及寒汀拢翅眠。

## 题《墨竹图》

小雨初晴花献娇，莫如翠竹势凌霄。
不留凄切湘妃泪，愿发新声作洞箫。

## 题《白牡丹图》

同是天香国色姿，不求浓艳上妆迟。
老来懒借胭脂力，淡墨轻涂更入时。

## 题《墨虾图》

生来何惧江海深，披甲操戈更有神。
泽国不愁安度日，岂求水上跳龙门。

## 题《西湖风景图》

一湖碧水柳丝垂，燕语莺歌笑语飞。
曲院风荷留远客，月舟载得醉人归。

## 题《南京玄武湖图》

浩淼烟波万象新，美如碧玉嵌金陵。
莫非天降瑶池水，半作清澜半作荫。

颜廷奎

## 题刘章研究会

兴隆花果山庄半山坡上，有红瓦白墙小屋一座，白牌黑字书：刘章研究会。屋内橱柜罗列刘章近30余种诗集。

一路问黄花，野径入深峡。
雾灵山荫处，诗泉响中华。

## 挂月峰一夜

2009年10月游盘山，住挂月峰宾馆，作《傍月而居》一文并诗。

挂月峰前一梦长，隔云逐月热中肠。
心因细雨盼晴晓，身为野客思故乡。
银盘自古多皎洁，山花至今爱金黄。
但愿长将月作友，一片冰心待朝阳。

## 七里海

2012年赴宁河县七里海，作《七里海的品格》文并诗，缅怀革命烈士于方舟和开国总理周恩来。

花海苇巷走方舟，翔宇青鸟尽风流。
碧水洗得红日嫩，雪浪妆成少女羞。

七里海蟹横早市，八秩老翁是钓叟。
渤海甩下绿绸子，拭得蓝天云悠悠。

## 寄师母吴翔

吾师已远去，品学仰弥高。
一如珠峰秀，众山皆滔滔。
义似松柏翠，万里耸妖娆。
师母应笑慰，军歌响云霄。

注：吴翔，吾师公木先生之遗孀。此为 2009 年春节寄她的贺卡诗。

## 夕照风流是世宗

负笈长春识君名，五十年后读三红。
诗友相思不须寄，健笔凌云已闻声。
激情依旧三江水，豪情更似九天风。
日边栽花又植柳，夕照风流是世宗。

注：2011 年，诗人胡世宗在《人民日报》发表组诗《三红歌》，我致信祝贺，写了这首诗。

## 静悄悄
——耳聋者语

一

静悄悄
不仅仅是黎明

每一寸光阴都失去了声音
任何惊涛骇浪都沉默着、
连风也停止了呼吸

如同，深深的井干枯了
大地失去了耳朵

二

我在听
听月、听山、听
一轮太阳冉冉升起
听遥远的故乡的童年
走在上学的路上
浑身都是庄稼
拔节的声音

遥远的很近
眼前的很远

## 三

在同泊洼
一次诗歌朗诵会上
因为刚刚从承德丰宁
诗人郭小川的家乡回来
即兴写了首小诗
朗诵给团泊洼听

团泊洼
因为燕山一条小溪的加入
而增加了高度
小溪的苦难
成就了一湖蒹葭的荣耀
从此这里秋天不再萧瑟

朗诵完了
我看见湖水在涌动
但不知道有没有涛声
有没有涛声
我不会介意

## 四

听一个人演讲
别人是左耳朵进右耳朵出
我两耳竖起无形的铁门
屏蔽他煽情的蛊惑

保存方寸的寂静
然后掏出内心的秘密
任意把玩、咀嚼
多么有趣

别人问，他讲了些什么
我说，只要看他做了些什么
就知道了人的话语
从来没有足迹深刻
真理的泡沫常常将
真相掩盖

## 五

临街的家
汽车的潮声包围的孤岛
妻不堪其扰我却自得其乐

感谢上帝让我闹中取静
并给予我一种特权
睡得好，吃得香
无忧无虑写文章

天堂啊
耳聋者独享

## 六

我打开书籍报刊

聆听历史深处的声音
聆听风雷在远处激荡
甚至听到梦的飞翔

有时居然笑出声来
有时又暗自落泪和悲伤
这种幸福是文字给予的
从初识至今
我没白疼它们

七

一群人，我感到孤独
谁愿意跟听不进话语的人
说话呢

独处的时候
我感到充实
随意找几位诗人、作家、学者
读他们的寂寞文字
我竟一点也不寂寞了

而当我发现自己的愚笨
和不合时宜。连
烦恼也烟消云散

八

为什么我能听到春天的脚步

因为它合着祖国前进的节拍

尹　贤

## 特好的运气（十四行体）

老来竟有如此好的运气，
荣获似诺贝尔奖的提名。
来函为瑞典皇家某学院，
通知我经考核业已评定：

我当选年度二十位艺术人物，
将入编世界艺神或艺魂艺圣。
宝典将广送各国文博馆珍藏，
这将是中瑞两国友谊的见证。

我真是一下飞升平步青云，
可与那莎士比亚同书齐名。
回想起古人终生勤写苦读，
哪能比现代自有天降馅饼。

我无喜无惊好似老僧入定，
任天地云来云去潮起潮平。

## 如此高智商（十四行体）

我佩服他不凡的高级智商，
他深知人的软肋是喜好名望。

我赞叹他灵活的与时俱进,
不断地变换新奇诱人的花样。
你遗憾应征诗总是如沉大海,
他就送喜报你荣获大赛金奖;
不多久又发来百杰十佳的桂冠,
还有单位聘你当院士名誉院长。

看中华当代诗神已不稀奇,
换世界全球艺圣名更响亮。

金灿灿的奖杯镌刻上你的姓字,
砖头厚的典籍永留存你的华章。

工程大耗资巨当然我独家难扛,
请先生汇款买书买杯附送奖状。

## 写在母亲诞辰 120 周年

妈,今年丙申是您第二轮花甲,
儿现有闲暇和您唠嗑家常话。

儿愿听您讲父亲攒钱多吝啬,
儿能陪您走亲戚街上又乡下。
大孙子可推车送您去滨河路看风景,
玄孙女照菜谱给您做夹沙肉虫草鸭。

妈,远离我们已经二十七年了,
庆大寿该能梦见您笑着回家?

张继鹏

## 习总书记包子铺午餐有感

包子铺中同进餐,遵规排队自交钱。
亲民随俗堪垂范,平易近人众品传。

## 赞羽毛球冠军林丹

神州九亿赞林丹,为国争光年复年。
要问金牌何以得,天天汗水湿衣衫。

## 浪淘沙·盼祖国统一

　　春暖喜冰开,港澳归来。炎黄儿女贵和谐。寄语台湾诸手足,捐弃疑猜。　　亲友总萦怀,骨肉相乖。潮流民意莫相违,一统江山迟早事,望勿徘徊。

## 蝶恋花·庆贺三峡截流成功

　　滚滚江流今截断,大坝横空,制服狂蛟患。万顷碧波听使唤,为民造福遂人愿。　　特色堪称前景绚,众志成城,高峡平湖瀚。三代宏图终实现,千秋万代皆称赞。

## 瓜 农

如婴儿躁动于母体之腹
果实成熟
可以敲打出金石之声
我获得丰收的满足

瓤是红的
心是红的
不图特价而沽
想甜润人海干涩
想消除高温盛暑
这一种爱的至诚
风会悄悄地收录

## 牧鹅女

掐朵野花插鬓角
一对秀眸藏羞赧
牧竿一挥
水面绽开了朵朵白莲

披晨晖出发
踏晚霞归来
赶一群欢乐进院
生活又香又甜

## 矿 工

插上理想的羽翼
不上飞向蓝天
而是投入一种封闭

远离太阳
远离人间的七情六欲
只带着亲人的目光和祖国的目光
直扑地底

乌金和热血一起流淌
人类在温饱之余
能不感到你馈赠的高歌一曲

朱贤成

## 果 农

果结枝头首自昂，细挑满意捧霞光。
货真自有香飘远，日照新鲜任袋装。

## 花 农

根系乡泥枝系风，清香四溢润乡容。
满车花木往来俏，装点生活处处红。

## 换 牛

苦了黄牛换铁牛,牧歌唱罢唱机修。
爱心争谱耕耘曲,昔喂草粮今喂油。

## 乡土诗

诗从泥土里扣出来,
就浸透了泥土的气脉。
爽朗朗,有庄稼的风姿,
气昂昂,有农民的神态。

汉字是种子长出的清新,
词语是肥料撒下的精彩,
节奏是锄锹松动的和谐,
音韵是渠水排灌的轻快。

任风雨一次次洗礼,
任阳光一遍遍烤晒。
远望庄稼一垅垅,
近看诗句一排排。

念一念,眉头会展,
哼一哼,心花会开。
句句合泥腿汉的口味,
首首壮庄稼人的情怀。

一根烟,可看二三首,
分分秒秒没一点阻碍。
一登上丰收的金山银山,
还想与城市赛一赛!

## 乡 亲

虽然双腿沾着泥尘,
虽然双袖裹着叶茎。
看着他,就特别顺眼,
品味家乡的芳芬。

虽然手上堆着厚茧,
虽然脸上挂着汗晶。
看着他,就特别舒爽,
感受家乡的清醇。

虽然额上少了光泽,
虽然头上多了霜鬓。
看着他,就特别开朗,
体验家乡的率真。

虽然笑里有点土气,
虽然话里有点野性。
看着他,就特别欢快,
欣赏家乡的单纯。

这就是乡村的主人,
这就是我的父老乡亲。
在一起,目光就是亲切,
在一起,话语就是温馨。

## 团　圆

农历翻开最后一页跋，
团圆二字像两朵花。
开在年的门口，
映红初一的朝霞。

三十的团年很丰盛，
餐桌上笑语喧哗。
油水炒出的菜很鲜，
外是甘甜，内是酸辣。

在家操劳很辛苦，
在外打工也尴尬。
泪水凝成的线很长，
左是思念，右是牵挂。

日子会越过越好，
家庭会越勤越发。
汗水浇灌的春很美，
前是诗歌，后是图画。

潇　虹

## 爱月遐思

屡因爱月夜眠迟，惟愿冰轮解我痴。
把盏邀君君未语，铺宣弄墨绘清姿。

## 题画墨荷

墨点荷开雅韵真，游鱼自在信如神。
画风潇洒融诗意，只显高洁不染尘。

## 后　海

湖边垂柳舞婆娑，碧水飞舟浪漫歌。
香棹烟融堪入画，多情圆月卧清波。

## 端　午

浴兰菖蒲香，除秽饮雄黄。
米粽骚魂唤，龙舟竞渡忙。

## 潇潇雨

昨夜潇潇雨，淋漓上笔端。
情思随墨润，清雅化琅玕。

杨子忱

## 阅兵感怀

又是一年大阅兵，今朝不与往昔同。
晨钟响亮九三日，礼炮轰鸣七十声。
步履铿锵屏众岳，胸膛坦阔列长城。
国强民壮结方阵，喜看东方起巨龙。

## 弈 谣

四四方方一座城，两骠兵马里头行。
输赢不问问公秤，胜负无求求准星。
国共交锋何论定，黑红对峙自分明。
归终末了看天下，得道多兴寡道空。

# 曲汗青

## 对南方朋友笑谈东北大雪

儿时玩耍冷为常，每日黄昏聚一帮。
骗走更倌偷料豆①，摛拿家雀使激光②。
爬犁越野轻如燕，冰嘎着鞭稳似桩。
棉袄空心风灌领，草鞋无盖雪填舱。
厚麻花被医流感，红辣椒汤洗冻疮。
警报今闻堪笑止，曾经沧海看河浜。

注：①料豆，马料豆。生产队饲养员煮盐黄豆喂马，我们时常偷一把来吃，饲养员看到了是要骂的。②激光，手电筒光束。东北的冬季，晚上麻雀栖于檐下，手电一照，便一动不动，任人捉拿。

## 过猴年想到孙大圣

天播地养美猴王，苦难修熬为鼎扛。
八卦炉烧金法眼，五行山锻铁脊梁。
征程险峻妖横路，战棍神奇念领航①。
但取真经行大道，讴歌诅咒尽无妨。

注：①《阿毗达磨俱舍论》："念，谓于缘明记不忘。"

## 又说微信

尽是低头看手族，魔砖一块魅何如。
催生社会杂思考，带动国民浅阅读。
小巷流闻犹爆炒，高端密事怎安伏。
当年瓦特玩蒸汽，翻转全球始料无？

## 谒官塘村烈士纪念园

小小官塘英烈多，二十八宿耿星河①。
三番战雨当头洗，一杆红旗立地活。
岂靠深山林护佑，全凭勇者命拼搏。
如村唯感民情善。更解佛陀胜恶魔②。

注：①官塘村，隶属海南琼海市，在土地革命战争、抗日战争和解放战争中，先后有28位村民战死沙场。②公元前574年，佛陀在阿拉毗的原始森林中坐静，遭遇了可怕的食人夜叉阿拉毗克。佛陀以智慧和无畏降服了阿拉毗克，使之皈依了佛教，森林也因此得到了宁静。

苏电西

## 在难民营，有一位老者

我悠然地看着国际新闻，
屏幕上弥漫着饥饿与贫困，
倏然间划过一位老者，
虽然一闪即逝，
但却刺疼了我的心！

你的目光
在迷茫中逡巡，
似乎还闪烁着
昨天偷渡的惊魂。

对家国的眷顾，
已经刻进了
你满脸的皱纹；
你身边的人啊，
是你的子孙
还是你的乡里乡亲？

你满脸的阴云，
是牵挂故土，
还是惦念
深陷战火的亲人？

假如我们的家国，
也被人搞得一片战火，
也被人搅得一片混沌，
假如我也像他一样，
背井离乡，只求生存？

这不仅仅是"假如"，
这也许会成真！
君不见，
日本鬼子欲卷土重来，
它是那样仗势欺人！
君不见，
唯一的超级大国，
正重兵压境，
南海上空布满战云！

好端端的和平生活，
也许被战火侵吞？
和谐幸福的日子，
也许不得不面对
"全球鹰"和"里根"？

幸亏我们还有
"中华神盾"和"火箭军"！
幸亏我们还有
习总来凝聚人心！
幸亏他把大老虎
行将打尽！

若不然，我们
将束手被擒；

若不然，我们
将沦落难民，
筚路蓝缕，
茹苦含辛，
上天无路，
入地无门……

## 强　国

## 另类娲音

鲜若桃花光陆离，柔赛乳胳味丰腴。
胴体藕白蕴其间，自诩难觅之珍奇。
原为红肿一痈疽，幻化为奇傍丘居。
云霞蒸腾催醉生，锈斑珠破尽外溢。
孑孓花蚊争相戏，蛤蛙鼓囊伴和曲。
魔化尽显天外功，病诟瞬间化奇靡。
西洋学者见此景，眼花缭乱嗟称奇。
东方瑰宝唯此物，人性彰显靓无疑。
桂冠大奖接踵至①，东学西化尽飘移。
不知另类跻正统，还是腐朽化神奇。

注：①近闻某君获诺奖，欣喜之余，及觅其大作拜读，结果令人大失所望。其文虽工，但旨偏谬，实不敢恭维。故以几行短句表达一己之见及愤憾之情。

## 愤怒的海浪能否告诉我

豪华游艇上燕舞莺歌，
迷人的乐曲一刻不曾停歇。
包厢的客人在悠闲地谈天，
主管催促侍者：
请快拿来水菜和冰水，
舱里太喧太热。

在游艇左舷不远的海面，
有只满载难民的小船在风浪中颠簸。
一个脸呈菜色的孱弱男童，
偎依在蓬头垢面的母亲怀里瑟瑟发抖，
他略带沙哑的嗓音不停地喊着：
"我饿！我饿！"

同样的海面，
同样的月色，
为什么命运如此迥异？
愤怒的海浪啊，
你能否告诉我，
是谁造成两个截然不同的世界？

于浚赋

## 题詹天佑铜像

啊！一尊闪光的铜像，
詹天佑站在长城的身旁，
风尘仆仆，凝思远望……
长城，铜像；铜像，长城，
展示着中华民族的脊梁！
实现中国梦，全靠正能量，
上帝不会显灵，
外人岂能恩赏？
只能靠我们自己，
从青铜的脊梁上，
生出翱翔的翅膀。

## 题李叔同（弘一大师）玉照

大师可谓真完人，玉洁声名万代臻。
心静常如天在水，才高不负气凌云。
可上九天揽月桂，可下五洋捋蛟鳞。
音乐书画创戏剧，无不精湛建奇勋。
引商刻羽《送别歌》，经久传唱最销魂。
朴拙圆满浑天成[①]，便引书魂启后昆。
教书育人迥无伦，剃度为憎苦悦心。
胸次从无俗念侵，敬人从来礼意殷。
每思懿范发深省，灵辉历历一代尊。
叩经念佛禅悟静，椎鼓鸣钟意态新。

神州几多英雄谱，百代王侯俱化尘。
特立独行千秋影，羞煞瑶台众鬼神。

注：①其墨宝号称"朴拙圆满，浑若天成"，夏丏尊语。

刘松林

## 渔　村

绿槐新道两边栽，别墅凌波花正开。
雨后游鱼天上挤，蛙声抬出彩虹来。

## 谒白居易墓

琵琶峰上乐天坟，林自幽幽草自芬。
诗杰先行难遇我，书生后起总怀君。
词章辉映千秋月，伊水波翻万里云。
谁道圣贤皆寂寞，满园香火正氤氲。

林星煌

## 踵武东坡
——写于《寻访东坡踪迹》（三版）
首发之际

寻访　寻访
从古郡的北门江

溯洄从之
走过　灯红酒绿
跋涉　山高水长
裁剪泉亭喜雨亭的云彩
蘸绘沧桑的萧散和斑斓的生动
结茞含英
走进鲜活的仰止
擎举薪传的火红

寻访　寻访
从南国的载酒亭
频频举杯
邀眉山的明月
袂赤壁的清风
掬黄州惠州的云水
酿制融入血脉的中华醇釅
一路斟酌
细品人生的百种况味
吟成婵娟的千里相共

## 侍述清

### 十年（三十首选八）

十年独坐若寒窗，看惯封神事几桩。
残梦千回香雪海，前程一路黑龙江。
从来世事多新局，逝去青春仍旧腔。
万泪不经双眼淌，盈肩风雨自家扛。

深知平地有江湖，看惯红尘大小巫。
仗剑犹嫌三尺短，论情所幸一身孤。
沉浮不算天欺我，编辑权当鬼画符。
最是欲闲闲不得，阿猫阿狗又烦吾。

踏遍青山路未迷，一生头不向天低。
曾经客梦怜鸡肋，也遇春风快马蹄。
岁月近于红叶晚，情怀老过夕阳西。
兴来且喜童心在，犹把狂诗到处题。

半生不是自由身，错在于情太认真。
块垒浇除唯烈酒，油盐消费靠工薪。
文章著就凭谁识？儿女长成愧我贫。
爱己及人还似旧，冬天过尽满园春。

暂抛稼穑且为文，撞见流氓一大群。
谈爱于斯真故事，捕风到处假新闻。
蝇头追逐纷如蚁，腥味驱驰竟似蚊。
我幸平生三不管，何妨镇日醉醺醺。

得失焉能辨豆瓜？方今世相乱如麻。
闲情唯剩三更酒，薄俸难持半个家。
梦里前程窗外月，心头往事镜中花。
新闻见惯荒唐事，笑饮床边隔夜茶。

记得当年年少狂，何堪弹指满头霜。
仰观窗外之新月，难补心中的旧伤。
昔日江湖曾信马，于今庭院正亡羊。
悠悠天地非吾念，收拾余暇赋远航。

又老无为十个秋,人生几见月当头?
算来富贵风牛马,阅遍沧桑爱恨仇。
极目还舒千里眼,放怀欲上万花楼。
精钢百炼成追忆,化作今朝绕指柔。

陈宗辉

## 乡 思

横山岭下朝阳地,萧飒村中蓬荜生。
一地蛙声云外落,几弯犁镜月边耕。
弄窗鸟唱三春画,出户花开九族情。
最是悠悠东去水,重山总向梦中迎。

## 棘胸蛙

一只棘胸蛙从崖洞出来
悠悠划过清清的小瀑潭
一个迅速的三级跳
水花在空中缀成优美的珠线

它蹲伏在高处的石头上
眯着那双突出的大眼
突然腾空而起
飞蛾不知不觉闯到温暖的深渊

它张张嘴转了个方向
瞥一眼碧波荡漾的水潭

它长长的后腿一蹬
跃上光点斑驳的树间

在从容的一伸一缩之间
停在高空飞行者的祭坛
它翻身仰卧酣然入梦
天籁声声　山光雾岚

一只大鸟俯身轻轻而下
啄着黑白相间的美味糕点
它前脚一拥纵身一跳
水潭上早已水花四溅

伍锡学

## 问屈子

是你选择多雨的季节投江,
还是天公因你而大雨击浪?
是你生就长饮不醉的酒量,
还是渔夫为醺你而投放雄黄?
你当左徒、令尹不忍仗剑见楚王卑躯,
所以愿身首分离而吟啸诗章?
你当三闾大夫不忍坐车见百姓爬行,
所以愿跳进楚潭去学习划桨?
道路本来不那么悠悠险隘,
因你上下求索而变得漫长?
江水本来不那么混浊污秽,

因你唏嘘流涕而变得浑黄？
历史上如果没有你，也许
历史上会没有佞臣与昏王？
世界上如果没有你，也许
世界上会没有贤圣与忠良？
人民要年年端午节划龙舟，
来悼念你，也是为记住他们美好的向往！

毕彩云

## 浣溪沙·寻觅

归雁结盟我独行，红尘滚滚此心清。苦寻仁爱与真诚。　　泪水常随河水淌，梦痕亦伴树痕生。只身何处共嘤鸣。

## 布谷鸟

一声声呼唤春天的来临，
空旷的荒野上不忍倾听你的声音。
是谁给你留下了永久的伤痛，
树林中的袅袅微风
抹不掉你泣血的啼痕。

凄婉悲切得让大地颤抖，
却不知望帝能否推开久远的蜀门？
你千古不变的"不如归去"，
唤醒了多少诗人沉睡的灵魂。

梦幻般的缠绵悱恻，
感动着茫然无助的李商隐，
年复一年的"此情可待成追忆"，
使一颗迷惘的心变得无法深沉。
多想让你美丽的精灵变成一个童话，
你的故事会在我的梦中更加清新。
天地之间借助你忧怨的翅膀，
有一种信念不会在伤感中沉沦。

江　山

## 游井冈山

圣地亲临悟赤诚，罗霄草木正葱茏。
弹痕累累双红井，雾霭重重五指峰。
千岭苍岩曾壁垒，万沟青竹更刀弓。
杜鹃底事花如火，寸土当年血染成。

## 村　路

村路
当年只有
两条辙印和
中间的马道
三条平光光

两边长满了
车轱辘草
小笤帚草毛茸茸
辅平村头大道
乡路跑的是马车牛车
汽车可跑不了
（那时也没有汽车）
笔直通向村外
那是我们儿时
最好的跑道
赛跑摔趴下了
膝盖也不会破
因为细草和软土
柔柔地接着
我们的童年
村路是我们
冲向社会的起跑线

## 炊　烟

炊烟从各家各户的烟囱里
袅袅娜娜冒出的时候
饭菜的香气
和烟气一起氤氲在村街上
飘飘荡荡中
谁的妈妈在喊
娃子——吃饭喽
中断了我们在村路上的
乱窜疯跑

弥漫着炊烟的村子
大街上奔跑一伙快活的小鸟
吆喝牵着我们
和鸡鸭一起归巢
颠颠地回到自己的窝里
一桌喷香的农家饭菜
大碴粥　小葱　豆腐　辣椒酱
水灵灵的
摆满小炕桌
香甜着农家的平常日子


李同振

## 蜜蜂谣

花丛碌碌采芬芳，酝酿甘甜余味长。
不怨主人曾转卖，主人犹比蜜蜂忙。

## 恩施大峡谷畅怀

漫言雍正赐恩施，休叹天崩地裂迟。
若许桑田沉大海，几多峡谷展奇姿。
女娲欲补无从也，精卫思填何所之。
我愿化身成石柱，甘陪峭壁共支持！

诗园·两栖诗人

## 星光大道之歌（歌词）

星光大道在何方？
在田野，在厂房。
闪亮登场泥腿子，
才艺比拼茧手掌。
百姓歌坛百姓唱呀，
社区里飞出了金凤凰！

星光大道在何方？
在城镇，在村庄。
长城内外家乡美，
大河上下圆梦想。
百姓舞台百姓演呀，
新明星展现在金殿堂！

旭 宇

## 今 夜

今夜石门月，青光已胜前。
遥升渤海外，西上太行巅。
思绪如云渺，诗心似欲燃。
知君天一方，举目亦浩然。

李牧童

## 励 行

厚德每从诚与信，丰功端赖志和勤。
吾侪莫畏多磨砺，大道之行本日新。

## 述 怀

望眼云遮月自圆，人生何处不修禅。
一从洗净尘心后，斗室之中别有天。

## 乙未七夕遇雨

自古情人羡鹊桥，何曾牛女乐今朝？
终年要洒几多泪，才得匆匆聚一宵。

姜公醉

## 颂贪官

清正为官
权钱交易作杠杆

养廉防腐
国产干部进口车

任劳任怨
吃喝嫖赌在外面

埋头苦干
空调餐厅不流汗

公而忘私
首先忘掉糟糠妻

不辞劳累
通宵蹲点夜总会

五好家庭
维护婚姻养情人

当代包公
工程承包款捞空

明镜高悬
人情法治更沾连

光明磊落
拿钱能买死人活

大义灭亲
杀人灭口除祸根

视死如归
不齿人类狗屎堆

周如松

## 人间女神

女神——
云游到了大地。
她胴体青春，
线条分明。
她邂逅了寒流滚滚，
驱冷的是一条飘柔颈项的红色围巾；
她领略了热风阵阵，
消暑的是一袭波动的府绸上衣和轻纱长裙。

女神——
喜看戏在水里的海豚，
心向飞去家乡的彩云，
好走田野幽静的小径，
眼朝翱翔天空的雄鹰。

女神——
抛出了比翼齐飞的春情，
响亮起风华正茂的歌声，
播放开春天的追求，
笔舞着心灵胡吟咏

女神——
盘桓在那人间，
她展示出白净玉润的颜质，

荡漾起一双秋水汪汪的眼睛。
她面向芸芸众生，
嘴角边推出了一丝庄重的笑纹，
她走上婚姻舞台，
那形形色色的物华顷刻间被她有风韵吸引。

被她吸引的首先是人——
能打开女神心扉的不是地位，
更不是高富帅的混混；
被她吸引的其次是钱——
能得到女神亲近的不是美钞，
更不是股票债券金条银锭；
被她吸引的再次是物——
能得到女神欢喜的不是别墅、宠物，
更不是珠宝、海味、古玩、山珍；
被她吸引的最后是名——
能得到女神青睐不是高贵的尊称，
更不是各种类型挂冠的明星。

女神——
她不重地位
她最重人品。
她远离了太多虚情假意的光棍，
她婉拒了不少幸运儿的求婚。
她爱上了一个一身正气的老百姓，
那是一个能文能武拥有品位的读书人。
她爱他知书达理仗义重情；
她爱他待人诚恳言而有信，
她爱他心系祖国忧国忧民，
她爱他舍生取义冲锋陷阵。

女神——
她升华妇道德性，
专一不二，
虔诚爱情；
始终清纯，
永远忠贞。

女神——
静心细察人间的一切，
用正义的双足跨越了所有的火坑，
她对行恶者以仁劝其归正，
她对摹善者竭诚报以崇敬。

女神——
她在年少时寄人篱下，
孤苦伶仃；
她在青春时迎接解放，
参加革命。
她敬业勤奋，
轻利让名；
她心正言真，
饱受诟病。
她随着读书人，
历经了苦难，
跋涉了艰辛。
她遭受过歧视，

被捎去贫困的偏僻山村，
体验阶级斗争；
她负屈而无恨，
行医、济助贫民，
受到农民群众的好评；

她失去了应有的社会价值，
从未乞求怜悯，
沉默，并不消沉；
她在沉浮的职场，
与好运毫无缘分，
她仍然坚持洁身自好清白做人。
她任凭风吹浪打，
在惊涛中平静，
在压力下坚韧，
不变颜色，
寒竹常青。

女神——
有幸走进了夕阳佳境，
脸面肌肤依旧玉润，
体态容颜相对年轻，
她被一群活跃在情场上的高位猎手，
视为"天鹅"、"百灵"，
咄咄示爱，
拳拳殷勤，
甚至巧设圈套，
幻想事成。
她对这些想入非非之徒好言劝导，
借力权柄曝光了他们追求镜花水月的
花心，
她打消了他们背叛道德文明的邪念，
她挽救了这些人的家庭。

女神——
一个人间的女神，在风火大地穿越岁月，
她以 89 岁高龄，
在和煦的阳光下走完了人生。
她走得形神安祥，
她托起了苦乐不由他人安排的历程。
她自由逍遥了，
将着意潜心修行。
她回归自然了，
将长伴日月星辰。

女神——
一个人间的女神，
在依恋中告别了亲人。
她的灵魂飞去了天庭，
她遗言让骨灰安息在海波下的碑林。

女神——
她云游大地，
为大地奉献了一道——
独特、罕见、可诗、入画的风景。

女神——
她盘桓人间，
在人间留下了一个——
淑雅、温存、仁慈、娴静的身影。

## ·民歌谣曲·

### 甘肃会宁民歌

马克选（主编）雷永珍（参编）

青石头青来蓝石头蓝，
白石头开下个牡丹；
为下个尕花儿常不见，
金盆里养鱼是枉然。

大豆开花尖对尖，
胡麻开花是宝蓝；
尕妹出来门前站，
好像刚开的牡丹。

白马下了个青骡子，
吃不到有草的埂上；
尕花儿好比金镯子，
戴不到哥哥的手上。

上得高山沟底里看，
沟里长了个野牡丹；
我有心下山折牡丹，
手软着拔了根马莲。

天爷下雨河涨了，
日子越多越想了；

肝花想成核桃了，
肠子想成皮条了。

葫芦河畔花正开。
蜜蜂千里寻花来；
花儿不开蜂不采，
妹不逗郎郎不来。

铁匠无铁空打锤，
火塘无柴枉自吹；
有心只要话一句，
无心哪怕话成堆。

石榴开花慢慢红，
冰糖下水慢慢溶；
只要阿哥有心等，
总有一天心相逢。

结识私情隔条河，
手把杨柳望哥哥；
娘问女儿啥好看，
河里鱼儿成双多。

别人瞅了我半天，
我的心神没不安；
你只瞧了我一眼，
我心就像烈火煎。

别人唱了歌半天，

我连一句没听见：
你只唱了歌一遍，
像用刀子刻心间。

妹在半山把花栽，
哥从山脚担水来；
你爱桃花勤浇水，
桃花一定为你开。

尕妹担水扁担长，
双手拉着桶梁梁；
屋里还有半缸水，
假装担水望情郎。

娘家门前一棵桃，
手扶桃枝把郎瞧；
娘问女儿看什么，
数数结了几个桃。

哥在对岸把水挑，
妹在房中把手招；
娘问女儿做什么，
纺完棉花伸懒腰。

哥是喜鹊天上飞，
妹是山中一枝梅；
喜鹊落在梅树上，
石头打来也不飞。

脚踩板凳手扒墙，
两眼睁睁望情郎；
昨日为郎挨了打，
情愿挨打不丢郎。

前门挨打哭哀哀，
后门招手喊哥来；
好花不怕霜雪打，
霜雪越打花越开。

五更鸡娃叫连连，
送哥送到大门前；
三年还有两头闰，
为何不闰五更天？

月亮上来暗昏昏，
我把石头当情人；
抱住石头亲了个嘴，
又失笑来又后悔。

太阳上来照石崖，
石崖上有个莲花台；
风不摆来花不开，
你不招手我不来。

出门爬坡高又高，
爬到半坡跌一跤；
不是路滑才跌倒，
想起尕妹脚打飘。

桥上来往人如梭,
别人不服妹跟哥;
这个世上人眼浅,
架桥人少拆桥多。

大路立块指路牌,
哥哥出门几时来;
路上野花不要采,
家中芙蓉正在开。

牡丹开花是半卯开,
把你的脸脑转过来。
我的脸脑我不转,
把你哥哥的心操烂。
不是把我的心操烂,
只为了把你看一眼。

## 巴山情歌（三十首选十六首）

谢克强

### 招待不周哥莫怪

清早阿哥过河来,
不年不节咋招待？
一杯清茶权当酒,
几样野果且作菜。
招待不周哥莫怪。

### 要与茶妹歌对歌

采茶姑娘上山坡,
开口就唱采茶歌。
引来对岸小伙望,
打声口哨飞过河。
要与茶妹歌对歌。

### 妹不爱哥莫强求

天上下雨地上流,
缘分真得几世修。
强扭瓜儿瓜不甜,
牛不喝水莫按头。
妹不爱哥莫强求。

### 哪怕狂风恶浪多

渡口相逢要过河。
哥邀妹来妹邀哥。
野渡无人前世缘,
哥撑篙来妹掌舵。
哪怕狂风恶浪多。

### 细咀慢嚼韵味长

五月端阳枇杷黄,
摘颗枇杷喂情郎。
有了果子莫贪吃,

一口一口慢慢尝。
细咀慢嚼韵味长。

### 带包蚕种好发家

树长高了要分杈，
妹儿大了要出嫁。
娘问女儿要啥子，
女指桑园把话答：
带包蚕种好发家。

### 再过几天花要败

春满巴山花正开，
花开映红女儿腮。
唱句山歌丢过河，
问哥过来不过来？
再过几天花要败。

### 劝哥莫踏两只船

小小船儿两头尖，
阿哥嘴甜心不甜；
好似露珠滚荷叶，
这边散了那边圆。
劝哥莫踏两只船。

### 要想连妹用心连

要想砍柴得上山，
要想穿衣就种棉。
光扯雷电不下雨，
杜鹃泣血也枉然。
要想连妹用心连。

### 心一打野脚发飘

妹在山上挖红苕，
哥在坡下偷偷瞄。
边瞄边朝坡上走，
走到半坡跌一跤。
心一打野脚发飘。

### 落花流水谁人怜

桃花流水碧如天，
对对鸳鸯戏水欢。
妹从鸳鸯河边过，
鸳鸯成双妹耍单。
落花流水谁人怜？

### 丝长那有情意长

春满巴山趁春光，
妹喂蚕儿哥采桑。
待到满架蚕初熟，

喜看蚕儿吐丝忙。
丝长哪有情意长。

## 万般相思诉与谁

望夫山下相思泪,
早盼晚盼哥不归。
真悔当初送哥走,
空房守得人憔悴,
万般相思诉与谁?

## 莫作薄情寡义汉

攀哥送到大路边,
妹有话儿对哥言:
外面世界诱惑多,
阿哥早去早回还。
莫作薄情寡义汉。

## 要来哥就夜里来

约妹约到小村外,
阿妹不来哥莫怪。
妹是夜来香一朵
日里含羞夜里开。
要来哥就夜里来。

## 泪洒相思何处寄

阿哥一走无消息,
几多离愁不堪忆。
梦里相欢纵风流,
醒来床上无人依。
泪洒相思何处寄?

·诗论卷

# 也谈"虚"与"实"

袁忠岳

如何把握与运用虚实关系，确实是创作中极为重要的课题之一。其所以重要，是因为它与诗词创作中的想象过程、意境生成，休戚相关；对一首诗（或一首词）的艺术生命和审美品位起着决定作用。

可是，从萧征山先生的《虚实略谈》一文中，我们却体会不到这些。萧先生主要是从修辞学的角度来解释虚实关系、未能把它放到整个创作心理机制的高度予以考察。如把虚实看作虚词、实词的运用（"用字的虚实"），或典故生熟、大小的处理（"用事的虚实"），即使关注到诗中整体形象的创造，也仅着眼于景物的描写是夸张还是如实（"情景的虚实"）等等。这些虽然也是诗词创作中会遇到的问题，却并不决定一首诗（或一首词）的成败。

那么，应该如何理解虚实之道呢？我认为必须把它与中国传统美学中两个诗学范畴挂起钩来，从诗词创作的心理机制出发进行探讨才是正道。那两个诗学范畴就是"形神说"和"象外说"。前者从纵的层面来分虚实，"形"为实，"神"为虚；后者从横的层面来分虚实，"象内"为实，"象外"为虚。

先看"形神说"。"形"是可以触摸的事物表层，故为"实"；"神"是无法触摸的事物深层，故为"虚"。不过"神"不可触摸，却可以通过"形"来体会、感悟，这就叫以"形"传"神"。"神"离"形"无法存在，"形"离"神"则死，"虚"与"实"就是这样结合起来的。我们看到有些诗词只求表面的逼真，罗列景物，穷形极相，似则似矣，却无生命。正如钟嵘在其《诗品》中批评谢灵运的那样"寓目辄书，内无乏思，外无遗物，其繁富宜哉！"这就是虚实没有处理好，只知实写，有形无神，堵塞了读者的想象空间之故也。如同样写鸟鸣，谢灵运这样写："鸟鸣识夜栖，叶落知风发"（《石门岩上宿》），从人人皆知的事物外在因果关系来写，缺乏诗人独特的感觉体验，形不传神，实中无虚，故没有意境。而孙觌的《宿善法寺》中的"鸟鸣空院静，人语夜堂深"就不同了，它蕴含诗人的真切体验，致使形中有神，实中有虚，境界全出，读后如闻其声，如见其景。至于是用夸张还是不用夸张倒与虚实无关。王维的名句"大漠孤烟直，长河落日圆"，正如《红楼梦》中香菱所体会到的那样，"想来烟如何直？日自然是圆的。这直字似无理，圆字似太俗。合上书一想，倒像是见了这景的"。"似无理"就是夸张写法，"似太俗"就是如实写法，二者并非一"虚"一"实"，而是均为"实"，但由于传了神，写了诗人的感觉、体会，而都达到实中有虚，引发读者想象的效果，意境就是这样生成的。

再看"象外说"。写到诗中的象（物象、景象）是可见的，自然为"实"；未写到诗中的象是不可见的，自然为"虚"。但象外之象虽不可见，却应能引发读者去想象，使他们如若见了似的，这就叫"超以象外，得其环中"，"不着一字，尽得风流"（司空图《诗品》）。这是虚实结合的又一妙法。如沈约的《石塘濑听猿》：

嗷嗷夜猿鸣，溶溶晨雾合。

不知声远近，惟见山重迭。

既欢东岭唱，复伫西岩答。

山中景色被晨雾笼罩，只露出重重叠叠的山峦，但从猿的远近，读者可以想见山谷之幽深，景色之苍茫，生灵之活跃。该诗与贾岛的"松下问童子，言师采药去。只在此山中，云深不知处"（《寻隐者不遇》），有异曲同工之趣。所以我们说，意境理论虽成熟于唐代，而意境创作在齐梁已见端倪。那时的诗人如沈约、王籍、范云、吴均、庾信、阴铿等已知运用象外之象、虚实结合的方法来创造意境了。

总结这纵横两种虚实之道，我们可以发现这样一个心理机制，即诗人在创作时，不能只考虑写什么（"实"），还必须考虑写到诗中的"实"能在读者的想象中引发什么（"虚"）。用龙作譬，"实"如王世贞所说的"云中露一爪一鳞"，"虚"如赵执信所说的"龙之首尾完好，故宛然在也"（《谈龙录》）。前者是诗人写到诗词中的"实"，后者是读者想象的"虚"。只有具备引发力的"实"，才能出"虚"，激发读者的想象力，才能产生意境，这首诗词也才能成为有生命力的好诗词。过去我们对意境理解仅限于情景交融，太肤浅了。它只说明构成意境的成分是情与景相加，而无法解释意境生成的心理机制，并不是既写景又写情而且二者结合的诗就都有意境。意境的生成还有赖于读者的想象，故在情景交融之外，还需虚实相生。这是新时期意境研究的新成果，诗人们不可忽视而弃之不用。

诗人写诗,不可能把什么都写到诗里去,总是有舍("虚")有取("实"),舍什么,取什么,以及所取景象如何组合,均以能否引起读者想象为准则,引发力的强弱决定着诗词品位的高下。为什么江为的"竹影横斜水清浅,桂香浮动月黄昏"无人知晓,而林逋的"疏影横斜水清浅,暗香浮动月黄昏"就脍炙人口?为什么庾信的"春旗与杨柳一色,落花与芝盖齐飞"默默无闻,王勃的"落霞与孤鹜齐飞,秋水共长天一色"就响彻云霄?道理就在于此。虚实之道是诗人与读者之间的情感体验沟通的桥梁,它是建立在接受美学基础上的重要的创作心理机制,精通它对于提高诗艺有着不可估量的作用。以上所说不知当否,敬请萧先生和各位行家指正。

## 民歌妙用

### 王同书

我自从接触民歌以来,深为倾到。我认为民歌在诗天地中,真正是"天下第一"。它是民众心声,诗之精华。众所周知,两千多年前,我国就有民歌汇编《诗经》,锦章佳篇,荡人心魄。当我们读到:"昔我往矣,杨柳依依。今我来思,雨雪霏霏。""蒹葭苍苍,白露为霜。所谓伊人,在水一方。溯洄从之,道阻且长。溯游从之,宛在水中央。""于嗟女兮,无与士耽!士之耽兮,犹可说也;女之耽兮,不可说也!""将仲子兮!无逾我园!无折我树檀!岂敢爱之,畏人之多言。仲可怀也,人之多言,亦可畏也。""我心匪石,不可转也。我心匪席,不可卷也。""不稼不穑,胡取禾三百廛兮?不狩不猎,胡瞻尔庭有县貆兮?彼君子兮,不素餐兮!""硕鼠,硕鼠,无食我黍!……逝将去女,适彼乐土;乐土,乐土,爰得我所。""岂曰无衣,与子同袍。王于兴师,修我戈矛,与子同仇。"……我们内心喜怒哀乐之火,能不为之点燃!能不为之黯然神伤,汗涔涔,泪潸潸。能不为之愤然不平!能不为之振臂奋起,投笔从戎……

这些鼎惊天地的佳作,培育了、催生了多少伟人杰作?屈原、宋玉、李白、杜甫、苏轼、陆游、关汉卿、王实甫、王渔洋、郑板桥、鲁迅、郭沫若、朱自清、闻一多……直到毛泽东、臧克家等等，各位妙作都可化验出（或浓或淡）民歌血脉。屈、宋的《楚辞》就是民歌体，换新词；李白的"代寄情楚辞体"、杜甫的"同谷七歌"都是标准的骚体。苏轼、陆游亦复如此。既有骚体之作，又或明或暗汲取民歌为己创新。至于元曲，亦如楚辞，本体即民歌（曲）的独唱（小令）、联唱（套曲、杂剧），都是民歌"宗族"。明清以降到当今大家妙作，无不如此，例子随手可得。所以说民歌培育了代代大诗人，催生了无数锦绣篇章。

民歌是龙，龙子龙孙催生了漫天的彩云时雨。值得我们深思和开发的是这些"龙"和龙的后代"彩云""时雨"，究竟妙在何处？我粗浅体会，至少有下列四方面：

一是真善美的楷模。这仅从本文前所引述的八例，即可知我"所言非谬"，若再细品屈、宋、李、杜直至当今代表作家作品，更当肯定小论非妄。所以这一点无庸多说，一点即明。

二是想象联想奇特。我曾在《想象与联想》一文中谈到：想象和联想是诗人能翱翔环宇的双翼，是评判诗人才能高低的标尺，是诗人能否写出传世妙作的风向标，李白之所以被尊为诗仙，仙就仙在诗中的想象、联想奇特："花间一壶酒，独酌无相亲"，村学之语；可是"举杯邀明月，对影成三人"等等，则是烟花怒放，靓照天地。这种奇特想象与联想，超凡惊俗、不可端倪的匪夷所思，真是仙风仙骨，无人能及。如果我们深究一下，这种"奇特"正是民歌之特长。仍以写"月"来说，李白的"月下飞天镜，云生结海楼"，"夜悬明镜秋天上，独照长门宫里人"，是写月妙品，可是如果与"天边月，遥望似一团银，夜久更阑风更紧，为奴吹散月边云，照见负心人"这首敦煌民歌，比较一下，品味一下，就会脱口而出说这首民歌胜出。再如写爱的坚定执着，有何诗人诗作能和"冬雷震震，夏雨雪，天地合，乃敢与君绝"相比坚定？再如写欢乐相聚，可是良夜易尽，怎样表达"相见时难别亦难"？唐诗有："一叶叶一声声，空阶滴到明"，示一夜未眠，煎熬可见。清初蒲松龄《惜余春慢·春怨》有妙作；明清民歌有出众者："因恨成痴，转思作想，日日为情颠倒。海棠带醉，杨柳伤春，另是一般怀抱。甚得新愁旧愁，刻尽还生，便如青草。自别离，则在奈何天里，度将昏晓！""今日个，蹙损春山，望穿秋水，道弃已拚弃了！芳衾妒梦，玉漏惊魂，要睡何能睡好？漫说长宵似午，侬视一年，比更犹少。——过三更已是三年，更有何人不老！"（蒲松龄：《惜余春慢·春怨》）"喜只喜今宵夜，愁只愁明日难别，今夜晚鸳鸯揉碎梅花卸，谯楼上鼓打三更交半夜，月照纱窗影儿西斜，恨不能双手托定天边月。恨不能，双手托住天边月！怨老天，为何闰月不闰夜？"（明清民歌）细品上述这些民歌和文人佳作，双手托月，祈求闰夜，古今仅见，不由不为民歌神龙腾挪无法追踪的想象、联想的奇特拍案称绝。

三是趣理飘渺幽深。民歌的情趣、哲理，是民歌最精彩的最值得诗人们望尘膜拜的。或许有人说，民歌多出自下里巴人，能有多少情趣、多少哲人之思？现举人们熟知的一首民歌："泥人儿／好一似咱两个／捻一个你／塑一个我／（看）两下里如何／将他来揉合了重新做／重捻一个你／再塑一个我／我身上有你也／你身上有了我。"（《老民谣》江苏古籍2001版）。本来这是记述儿童玩泥巴的游戏。两个小孩在捏各自的泥人儿，后来高起兴来，将各自泥人打碎和在一起重新捏起泥人儿。这样，你的泥人儿里有我的份子，我的泥人儿里有你的份儿，大家分不开了；谁高谁下，谁好谁差，就不要说了，也说不清了。可是后来人们却用之于夫妻、情侣海誓山盟，血脉永连如胶似漆，将词儿演化为："我侬两个，忒煞情多！譬如将一块泥儿，捏一个你，塑一个我。忽然欢喜啊，将它来都打破。重新下水，再团再炼再调和。再捏一个你，再塑一个我。那其间，那其间，我身子里也有了你，你身子里也有了我，《我侬词》就变成男女偕老永续的演示。合情合理，奇情奇理。可是现在还有人将这首民歌比作世界人民面临的新机遇新情况新局面：人类同住地球村，都是血肉相连，共存共荣，只有力求共赢，才能真的顺应和平发展形势，这叫形势比人强。这一"放大"，是原意不可想象的！可谓是"奇特"的"三级跳"！这似乎只是开发其社会意涵，是古为今用的又一实践。类似例子很多，如以"草枯鹰眼疾，雪尽马蹄轻"之喻形势新好，友人履新将有大作为。如以"沉舟侧畔千帆过，病树前头万木春"喻时势大好，长江后浪推前浪，人才青出于蓝。如此等等，可谓趣理飘渺，不可囿限。

可是还有另类理趣超妙者，《红旗歌谣》有一首民歌："田里秧苗绿成行，阳雀才叫快插秧。自己落后不检讨,得意洋洋唱旧腔。"书中这首民歌,明里讽阳雀,暗中是敦促管农官员和广大农民要及时耕种,不误农时,是民间的农业宪法。务农者要时刻关注和实践。可是,从另一角度看,这后两句不也是对"保守""故步自封"者的当头棒喝和振聋发聩的"严重警告"与"警世钟声"么!

其中的情趣早已溢出人之常情,世之常态,其中的哲理也是飘渺幽深、奥妙无穷的!

四是促变"创造新体"。民歌还有个重大的独有的效应:对诗体的革新起了极大的推动作用。

第一首多种形式(体裁)可供选用,例如前举的《诗经》八例,只是多节录散句,也许难窥全豹,现再举些整首民歌:

"巴东三峡巫峡长,猿鸣三声泪沾裳。"(《巴东三峡歌》)"啼著曙,泪落枕将浮,身沉被流去。"(《华山畿》)"月子弯弯照九州,几家欢乐几家愁,几家夫妇同罗帐,几个飘零在他州。"(明清民歌)

"叵耐灵鹊多谩语,送喜何曾有凭据?几度飞来活捉取,锁上金笼休共语。比拟好心来送喜,谁知锁我在金笼里。欲他征夫早归来,腾身却放我向青云里。"(《敦煌曲子词·鹊踏枝》)

从以上例子可见民歌新体有多种自由,每句字数有二、三、四、五等,每首节数句式也较自由,或二或三或四等皆可,篇幅长短也不拘多少。《关雎》短章,《氓》长篇。楚辞(骚体)更是大解放、大自由(句数、行数也灵活,"兮"字助尾),篇幅、韵脚更是灵活自如。以后的唐诗、宋词、元曲等皆可说是民歌演变而成的"新体式"。这样,诗人创作时选体,就有了多样范本。

第二,值得深思庆幸的是以上所举(及未举的)"新体式"都不是昙花一现式,而是"各领风骚数百年",并且有数百年以后的持续芳香,壮人心魄,启发、鼓舞、敦促"体式"探索者,大胆往前走,锦绣在前头。诗史实践也是这样。历代大诗人佳作多与民歌血脉相连,李、杜等情况,已如前述。郑板桥还创作了《道琴》组歌,盛传于世,类似后代的"莲花落"、"小放牛"等民歌小唱,长盛不衰。这种传承,直至现当代的贺敬之、李季用的"蓝花花、树叶叶"等都是当时令人耳目一新的新体。乃至毛泽东也受其影响,其《十六字令》就是学用民歌而成。大名鼎鼎的于右任的《望大陆》就是楚骚体。至于民间更有逸趣横生的新民歌："庄稼人爱庄稼人，不爱白脸假斯文。""爹娘盘算的是银和金，姑娘盘算的是人和心。""想你想得眼儿花，门神贴得头朝下。"

第三，这些新歌新体像火矩，像灯塔，给后来者指示了方向、道路。这一点，只要我们对这些例子细味细品，就会体悟，无庸多说。总之，民歌显示了无限鲜活的绿意葱茏的生命力，也为新体变革展示了不可阻挡的推动力。

可见妙用民歌、民歌妙用，有开发不尽的精彩与辉煌！

袁枚论诗说："夕阳芳草寻常物，解用都成绝妙词"；我仿之曰：民歌本是草根绿，妙用顿成景天红。

# 旁门词话

## 薛赐夫

主编兄：近好！

京城一别，三月有余，在美陪读生活除每日照顾孩子衣食住行之外，余皆乏善可陈了，惟略感空寂。

闲来无事，便写字消遣，两个多月，忙闲不辍，终得手书行楷《宋词三百首》全卷（疆村选本），甚喜！此举亦博得旅美侨美之国人钦赞，竟有求字者数位，恳切再三，令我感动。我便也不揣浅陋，有求必应，以满足远离家国的游子对中华传统文化亲切认同的拳拳之情。

每日书写，陶醉于宋贤的美文之中，受益匪浅，感想颇多。兹择一二私见，权作旁门词话，博兄一笑并指正。

我喜欢宋词，觉得在汉语言中最机智、最铿锵、最优美、最温暖的文学载体就是宋词。它比诗多些灵活，"诗文不可道者，皆以词出之"，又较曲多些规制。它或香软艳丽，曲折隐微，柔媚到极处；或雄放慷慨，撼人心魄，豪放到极处。大美！宋词，只有一个崇文浪漫的时代，才能产生绝美的艺术。

宋朝从唐末五代十国的战乱中开国，在人们过往的印象中，宋朝是个平弱的朝代。其实宋朝在政治、经济、文化、科技和社会发展方面，都是有很大贡献的朝代。宋太祖是一代明君，殿前都点检出身，不缺文治武功；在历朝宣武崇文兼用的治国大道中，他选择了沉潜向内文治靖国的国策，虽致外患频仍、竟蒙靖康之耻，但在对内文治方面却相当有建树。专制皇权有一定的消减，出现各种思想活跃兼容并蓄的开明宽松的局面。朝堂之上，文臣可各抒己见，甚至和皇上争辩，也不担心获罪。太祖不杀文臣的训谕一直在奉行着。虽贬谪不断，但重新起用甚至重用也成常态。

这种政治风气下，出现了如王安石这样伟大的改革家，产生了如《资治通鉴》《太平御览》《开宝大藏经》等之鸿篇巨制，有活字印刷术、指南针、火药重大发明……有史家称："宋朝人在他们的超迈之间，创造了无与伦比的物质文化和精神文化，拓展了自身的生活意境，更多地求得了人性化的生活。"宋词当属"无与伦比的精神文化"之一，它写爱写恨写悦写愁，情至深，性至真。这些人性化光辉，正烛照千秋！

词三百，豪放词甚少，婉约词居多。整天书写这种卿卿我我、离愁别恨婉约调调，有时都腻歪了。有评家说宋词的主要成就是婉约词，此评当然不足信。有词为证："老夫聊发少年狂……西北望，射天狼。""大江东去，浪淘尽，千古风流人物。""金戈铁马，气吞万里如虎。""醉里挑灯看剑，梦回吹角连营。"这些豪放的千古名篇，谁敢说不是宋词的座座高峰！

然而，书罢词三百，冷静了些。词三百中这样豪放者不足十之一，况未入选词三百的词可谓浩如烟海。史家考证说："宋时许多文人入不了朝堂，便去作行吟诗人，其中写到万首诗词之多的不在少数"。宋词数量之多可以想象。而数量少得可怜的豪放词之所以没被"词海"淹没，就是因为它内容豪放，在古今传颂中不逊婉约。这样看来，宋词的主要形态是婉约的，说宋词的主要成就是婉约词，也有些道理，毕竟人家是主流嘛。

宋文人写词成为一种时尚，互相激励、酬答。当然，这些词多是波渺渺柳依依的香软之声。且统治集团高层带头兴风，比如德高望重的宰相寇准，与佳人长亭惜别，令佳人望穿秋水。他也牵肠挂肚，却忙于政务一时不得抽身，他万般不忍："江南春尽离肠断，蘋满汀洲人未归。"写得香软婉转，柔情似水，难怪有人说这"与居庙堂之高，决澶渊之策的寇相不相合，盖人之难知如此"。其实忙于战事，忙于谈判的大国相，忙里偷闲，期会情人，再感慨写成词，乃平常事，不足为奇。

宰相若此，皇上亦如此，风气

也。太宗、神宗、仁宗、高宗都颇有文采浪漫之情，徽宗尤甚。

宋徽宗虽不是政治家皇帝，却是天赋甚高的艺术家，书画自成一格，史上有名；作诗填词也是乐事，造诣很高。风流皇上韵事多，三宫六院腻了，便与野花玩偷情。某日，狎幸名妓李师师，苦了在场的大词家周邦彦，避之不及，狼狈中藏于床下，在啼笑皆非的煎熬之际，竟写成一首词，把这事给抖露出来。后来师师唱给了皇上听，皇上大怒，命人把周逐出官场，逐出汴京。说实话，此事若换成其他朝代，至少可找个借口、定个罪名，把周斩了也未可知；宋还是宽厚的。又某日皇上又狎幸师师，等了半晌，师师方回，皇上怒道："你上哪里去了？"

"知道周邦彦得罪离京，赶去跟他喝杯道别酒。不知道皇上来，奴家该死。"

皇上讥道："可又写词了？"

"写了一首《兰陵王》。"

"唱唱看！"

"好！皇上您喝酒，我唱来让您消消气，高兴高兴。"

不知为什么，皇上听完大喜，复召回周彦邦，封为大晟乐正的官职。皇上玩得任性开心。

宋朝君臣狎妓的风流韵事，在官场上心照不宣，彼此彼此。抱负远大的范仲淹，大改革家王安石，大学者欧阳修等均与歌妓保持一定的友情，许多官员都在青楼觅得知音。"执手相看泪眼，竟无语凝噎。"婉约派代表人物柳永，道出了他与妓女们的深情。婉约的另一代表人物秦观，是苏轼的高足；老师善写豪情，弟子善写愁情："山抹微云，天黏衰草，画角声断谯门。……香囊暗解，罗带轻分"，伤感缠绵，清韵深远；苏轼直赞他为"山抹微云秦学士"。他的才气使他艳事不离身，是猎艳高手、写词大家。例如，一次他在扬州刘太尉处作客。有一姬弹筌篌佐酒，姿色、艺技俱佳。他趁主人更衣之际，前去把弄筌篌，姬会意，急与秦观相亲："今日为学士瘦了一半！"秦得仓促之欢，牵动了诗情，便赋词："这好事，今日有……花带雨，冰肌香透……断肠时，今日依旧。"聚而散，散而想，想而愁。宋词中这种故事数不胜数，写不尽离愁别恨。男人写离愁，思念佳人，多是婚外情。只有女词人李清照"怎一个愁字了得"，她写的愁，才是与丈夫的爱情。当然，也有例外："十年生死两茫茫，不思量，自难忘，千里孤坟，无处话凄凉。"这是东坡悼亡妻的,沉痛至深,声泪俱下,读之无不为之动容。除了少量例外,可以说婉约之词多写男女私情。古今中外写与妓女恋情的文学名著举不胜举;而一种文学样式、一个艺术流派多写这种恋情,世上恐怕唯有宋词为然,且名篇名句流芳千古。

宋词对女人美的发现和礼赞,是史上一个新高度,对女人从外到内从精神到肉体的赞美无所不至。而女人的内外美,主要是通过男人的感受和视角反映出来的。女人的美好,让男人爱得魂不守舍、魂魄欲焚。"清尊未洗,梦不湿行云,漫沾残泪。"与情人离别十年了,她用过的杯子我都原封不动保存至今,不忍清洗。可见这女人在男人心中的分量,值得男人如此珍惜!

"何须《渭城》,歌声未尽处,先泪零。"想到当年她为自己送行时唱那首知音曲:"劝君更尽一杯酒,西出阳关无故人。"她还没唱完,自己热泪已难抑了。作品写尽了红颜知己的深情和知音。

这些香软幽隐,细腻感人的词作,包括许多名人绵绵切切的名篇,真切道出了宋人的开放和浪漫。"论槛买花,盈车载酒,百千金邀妓"。与更有甚者,就直接在外"养小三、包二奶"了,"从此锦书休寄,画楼云雨无凭"。当然这是极少数,大多数还是热衷于上青楼。

在这一点上,唐人则规矩得多,连狂放的李白也只写喝酒,不写也没发现有狎妓的记录。宋人如此开放和浪漫,应该是社会发展的产物。有研究指出宋词的发展与妓业的兴盛有千丝万缕的联系。道理很简单:男女之情能激发出无穷的灵感,而社会为此情提供了可能条件。

宋代商业的繁荣,使市井文化发展很快,青楼等服务性行业随之兴盛。其消费群体主要是官员和文人。在供需关系中,这个需求群体有着权势的背景,大大地激发了供方有恃无恐的发展;二者互相激发成"良性循环",无意中竟成就了宋词的发展。

宋代的官员都是文人,多是精英。词三百中只收一首词的除皇上赵佶之外,另一位叫时彦,经检索也是个大官,进士出身,开封尹,礼部尚书。可见宋代官员文化素质甚高,甚至是大文人。令人莫名的是他们把狎妓、劈腿、出轨等行为写出来,还互相酬答,难道他们认为是光彩的事吗?!中外写与妓女恋情的名著,那是塑造典型环境中的典型人物,并非作者本人;而宋词写的却是赤裸裸的作者本人的情和事。对这些行为，社会亦不加谴责，那时是公开的秘密，不必转入地下，比今天尤甚！

宋词在艺术上，无疑是一座高峰，它写人是真实的人，写爱是纯真的爱，即或是妓女也没有玩弄的意思，而是对红颜知己的珍爱，爱得死去活来！想得肝肠寸断！

文学是人学。宋词在写人的层面，包括对人的真实性和复杂性的展示，是真善美的；而在社会人伦层面，确实写了许多不该发生的故事。这是很值得研究的问题。

## 古今遐迩贯珍书
——李元洛增订新版《诗美学》序

### 黄维樑（香港）

中国有"诗之国度"的雅称，西方哲人主张"诗意地栖居"。诗是什么，好诗好在哪里，从孔子到刘勰到钱锺书，从亚里士多德（Aristotle）到阿诺德（M.Arnold）到艾布拉姆斯（M.H.Abrams），都有清谈或者热议；"喧议竞起，准的无依"的情形常有，"说到口味吗，无可争辩"的话语不乏。唐朝的一本重要诗选《河岳英灵集》选王维、李白，不选杜甫，子美苦吟的作品被认为不美，他大叹"百年歌自苦，未见有知音"；到了韩愈，这位诗宗文杰，却大赞"李杜文章在，光焰万丈长"。济慈（John Keats）的诗集，出版后几无好评；后来在英国文学史上，他的地位显赫。诗如此，画也是：读西方美术史的人，大概都知道凡·高生前只卖出过一张画；死后名声才渐渐大起来；数十年后，他的《向日葵》等拍卖价傲视古今，其画成为众所崇拜的太阳。这真是如诗如画。文学艺术的评价，标准何在？文学艺术的美，如何鉴定？审美，怎样"审"？

### 元气淋漓贯古今

读诗、爱诗、析诗、评诗、明诗的李元洛先生，才情横溢，累积了数十年的"阅历"（阅读的经历），撰成大著《诗美学》，就上述的问题提供了他的答案。简单的问题，而答案殊不简单。《诗美学》初版于1987年，我有幸是它的首批读者；现在增订新版将由人民文学出版社推出，我阅读校对稿，温故且知新，如目睹美人新添了风韵,我该怎样描述欣喜以至惊喜的感觉呢?本书第十二章李先生提到一位诗学教授的著作,用"体大思精,胜义纷呈"来称美,我想可以加重语气地用这八字来美言《诗美学》;但这不够,至少还应该加上"文采斐然"。如何文采斐然,下文有分说。

"体大思精"是龙学学者对《文心雕龙》的一个形容词,思路一开,我跟着想到《文心雕龙》的"积学储宝""剖情析采""弥纶群言,而研精一理"等论写作与批评的话语。李先生修订《诗美学》时,年纪早过七旬,他的腹笥里,可说"积学逾花甲,储宝兼古今"——"储宝"指储藏诗歌之宝。本书征引大量古今中外的诗篇和诗论,弥纶(组织)成一体系,或用大刀,或用小匕,解牛与割鸡,游刃于篇章的情采之间,诗美之道明矣。如此这般,我可以用"弥纶群言成体系,剖情析采说美诗"来称道这本力作;不过,这两句平仄不对,可以改为"弥纶群说成宏构,剖析情辞释美诗"。

诗是文学的四种体裁之一,诗要美,而诗美包括对偶之美,诗中的律诗就规定有一双对偶句。循着这条思路,我可以这样来称许宏构的《诗美学》:"元气淋漓诗美学,洛阳遐迩贯珍书"。且听我道其原委。刘勰"齿在逾立",也就是三十岁刚过,执笔写其文学理论——也可以说是"文美"之书《文心雕龙》,五六年后成书,写作时正当作者青壮之年;李元洛四十七岁(1984年)动笔写《诗美学》,五十岁完稿,随后出书,正当壮盛之年。奎元洛毕业于北京师范大学中文系,青少年时期已饱读诗书;1985年他初访香港,返回内地时,以其篮球健将的体魄,力扛大箱,登车北上,箱中多为港台和外国的诗集和诗论。回到长沙家里,在中国改革开放的政治社会文化新气候中,以开阔的视野,继续博学审问慎思明辨,弥纶群言,畅抒己见,而成其宏构。这本书有其个人与新时代的淋漓元气,与前此很多艺术文学论著的浓厚"政治正确"色彩甚为不同。改革开放初期的一般家庭,没有经济条件装设冷气机,当年元洛兄在书信中告诉我,电风扇不足以驱赶酷热,他是在大汗淋漓中大力笔耕的。这可说是联语里"淋漓"的另类注释。当然,"元气"与王安石所说"吾观少陵诗,谓与元气侔;力能排天斡九地,壮颜毅色不可求"的"元气",所指相同。

我向有"华年"说,把人生五十岁以后的岁月称为华年。元洛兄对此十分认同。七旬后增订此书，是在华年，腹笥中诗书更多，识力更超卓，因而"气"更"华"；所以，现在他淋漓的，至少是充沛的，应该是"华气"了。《诗美学》征引大量古今中西的诗篇和诗论，这些都应该是人类文化的珍宝。洛阳是我国古都。对我国读书人来说，以空间论，古"都"为迩，西方为遐；引申作时间论，"古"都为遐，今天为迩。《诗美学》把古今中西的珍宝，包括他自己的胜义俊言，都贯穿起来、贯通起来。洛阳这古都，正是元洛兄的出生地，《诗美学》1987年在内地出版后，屡获佳评，加以修订后又于1990年推出了台湾版，且一版再版，这是相当程度的"洛阳纸贵"；眼前这个增订版面世后，我当然希望它继续贵重。称美的话，我就以"元气淋漓诗美学，洛阳遐迩贯珍书"为定稿①，因为它正好嵌上了元洛兄的大名。

---

① "遐迩贯珍"有出处。《遐迩贯珍》（月刊）在1853年创刊，是香港第一份中文报刊，也是鸦片战争后我国第一份报刊，主事者华人西人都有，吸收众家之长办此报纸。

## 弥纶群说成宏构

这本美名的宏构，其具体内容为何？它怎样评审诗之美？以下是元洛兄的关键论述：

我心目中的诗乃至好诗，至少应该符合如下的基本条件：一是应有基于真善美之普世准则的对人生（生命、自然、社会、历史、宇宙）之新的感悟与新的发现；二是应有合乎诗的基本美学规范（鲜活的意象、巧妙的构思、完美的结构、精妙的语言、和谐的韵律）的新的艺术表现；三是应有激发读者主动积极参与作品的艺术再创造的刺激性（作家完成作品是初创造或一度创造，读者的非功利的主动欣赏是再创造或二度创造，任何真正的佳作，都是作者与读者乃至时间与历史共同创造的产物）。

"心生而言立，言立而文明"（《文心雕龙·原道》语）；核心已生，架构辞旨建立，《诗美学》的内容乃明晰呈现。以上面的关键论述为"三纲"，我把这本大著的架构作如下的搭建：

（一）"应有基于真善美之普世准则的对人生（生命、自然、社会、历史、宇宙）之新的感悟与新的发现"：本书首三章即"诗人的美学素质——论诗的审美主体之美""如星如日的光芒——论诗的思想美""五彩的喷泉神圣的火焰——论诗的感情美"析论之。

（二）"应有合乎诗的基本美学规范（鲜活的意象、巧妙的构思、完美的结构、精妙的语言、和谐的韵律）的新的艺术表现"：其中的"鲜活的意象"，本书第四、第五章即"诗国天空缤纷的礼花——论诗的意象美…'如花怒放、光景常新——论诗的意境美"析论之；其中的"巧妙的构思"，本书第六章即"云想衣裳花想容——论诗的想象美"析论之；其中的"完美的结构"，本书第十二章即"严谨整饬、变化多姿——论诗的形式美"析论之；其中的"精妙的语言""和谐的韵律"，本书第十一章即"语言的炼金术——论诗的语言美"析论之。

（三）"应有激发读者主动积极参与作品的艺术再创造的刺激性（作家完成作品是初创造或一度创造，读者的非功利的主动欣赏是再创造或二度创造，任何真正的佳作，都是作者与读者乃至时间与历史共同创造的产物）"：本书第九和第十五章即"尊重读者是一门艺术——论诗的含蓄美"和"作者与读者的盟约——论诗的创作与鉴赏的美学"析论之。

《诗美学》目录的十五章中，十一章已各列其位，余下的四章，可以如下解说安排。诗篇由词、句（长的诗还有节段）构成，整篇作品表现某种风格，本书第八章"白马秋风塞上、杏花春雨江南——论诗的阳刚美与阴柔美"即为风格论，阳刚与阴柔是由古到今甚至从东方到西方备受重视的二分法。本书第七章为"观古今于须臾，抚四海于一瞬——论诗的时空美"，诗篇的时间与空间，涉及作品的结构布局，和风格论一样，说的是诗篇的整体。本书第十三章"高山流水、写照传神——论诗中的自然美"，所论和山水田园有关；山水诗和田园诗，是中外诗歌的一种"次文类"，本章所论，也是诗篇的整体。元洛兄在大著里不特别标榜以历史、人物、艺术、花鸟、建筑为吟咏对象的诗篇，而独际自然之美，有其深刻的时代意义。20和21世纪科技工业发达的结果，是大面积的江海陆地天空发乌发黑发臭；我们东海西海大陆欧陆亚洲美洲的人类，都应该力抗污染，保护环境，爱惜大自然的清新美丽。文学艺术强调创新、有变化，创新可以继承、借镜与集成为基础，加上作者本身的才华，而努力达到，《文心雕龙·通变》的主题即在此。本书第十四章题为"以中为主、中西合璧——论诗艺的中西交融之美",论的正和继承、借镜与集成相关。顺便略说一个大问题:第十五章"论诗的创作与鉴赏的美学"。诗是什么?好诗好在哪里?诗美的秘密揭示了,我们知道鉴赏的标准是什么了,"准的"有"依"了,"喧议竞起"的情形还常有吗?元洛兄正确地指出,读者(鉴赏者)的"鉴赏能力"和"鉴赏趣味"影响了评价。一如其他各章,他引经据典,雄辩滔滔,说辞令人叹服。在鉴赏能力方面,他认为鉴赏者应该像《文心雕龙》说的"积学以储宝";在鉴赏趣味方面呢,我忍不住要补充《文心雕龙·知音》举出的"蕴藉者""慷慨者""浮慧者""爱奇者"等类型读者的不同趣味说,以解释评价不一、喧议仍在的原因。

## 胜义纷呈细说诗

以上解说《诗美学》的"体大";它的"思精"呢,我指的是议论精到、精彩,也就是上面曾经提过的"胜义纷呈"的"胜义",而这些精思胜义,我都能认同。精思胜义可能是老生常谈,正因为是老生常谈,才具有普遍性、恒久性;元洛兄在理论方面不作惊人吓人的奇诡之谈。他论诗的感情思想,强调的是具普世价值的真善美,是仁义崇高:"真正优秀的作品,必然具有高尚的道德感和高度的美学价值,但同时也必然具有独到的认识意义,是真、善、美三者的统一体。"他列举屈原、李白、杜甫、陆游、闻一多、郭小川以至当代的余光中、流沙河等等,以及西方的莎士比亚、普希金、惠特曼等等的大量作品,加以反复论证;对宫体诗以至现代顾城的一些作品,则加以贬抑。例如,他写道:顾城的"《弧线》,仅有一些片断的意象……缺乏理性的融铸和升华,不可能有多高的美学价值;那些辩之者尽管巧舌如簧,我想经不起时间这位最公平严峻的评论家的评判。"我认为文学不能被特定去载某一种道;然而,只要是作者认同的正道,"载道说"却永远不会落伍,刘勰的"经纬区宇""炳耀仁孝"说有不朽的价值。元洛兄和我是同道。

《文心雕龙·情采》说的"情",是文学作品的感情思想;"采"则为作品的语言、形式、技巧。"剖情"之外,"析采"是《诗美学》本书更重要的内容。诗文如果"繁采寡情",极可能像《文心雕龙·情采》说的"味之必厌"。这是指文学作品本身的情采而言。本书不是哲学、伦理、社会、政治的书，而是美学的书，"析采"当然是其要务，是其主体。文学是形象的思维，文学中的诗歌尤其如此；这是从古到今、从东到西的不刊之论。本书的泰半内容，都属于"析采"，属于对形象性的种种讨论，其理在此。

"形象性"包涵意象、象征、意境、比喻、通感、含蓄等概念，都离不开"象"这个大范畴。盲人摸象，固然只能瞎说，明眼人观大象，也难免会遗漏细节细处。元洛兄明察秋毫，古今中外诗歌金库的库存、诗歌理论的玉屑，都由他来列举、明辨，以揭示"诗美的秘密"（本书第一章表述"探寻诗美的秘密"为写作动机）。史诗诗人荷马的《伊利亚特》，形象性充沛，如"像知了坐在森林中的一棵树上，倾泻下百合花也似的声音"之句，诚然如倾泻一样，俯拾即是，元洛兄捡而拾之；抒情诗人李贺同样形象性饱满，其《雁门太守行》"黑云压城城欲摧，甲光向日金鳞开"等，金光闪烁，元洛兄同样珍而重之。连同如李商隐《锦瑟》"锦瑟无端五十弦，一弦一柱思华年。庄生晓梦迷蝴蝶，望帝春心托杜鹃。沧海月明珠有泪，蓝田日暖玉生烟。此情可待成追忆，只是当时已惘然"那样锦绣斑斓的形象性语言，都是贯串起来的金片玉屑，弥纶起来，以说明他的通达理论。

关于"意象新鲜"的诗，他说这样的诗"一入眼就可以激发读者的新鲜感与惊奇感这两种特殊的审美感情，使他们在诗的审美活动中获得四月天一般的生机蓬勃的喜悦，而意象陈旧的诗，则丝毫也不能刺激读者的艺术感受力，如同万物萧索的冬日引不起春意葱茏的想象，只能使读者望而生厌"。关于比喻，元洛兄说它"不仅是一种辞格或一种诗艺，而且是想象之美的一种十分重要的表现形态，是诗美的一个重要范畴"。关于含蓄：它"是充满生命力的含苞待放的花蕾，它洋溢着春天的生机和潜力，（它）刺激读者丰富的审美想象。……真正的含蓄，是对读者的理解和尊重，是诗人对读者发出的请求共同创造的邀请书"。可谓三语中的。

元洛兄在本书第二章中感叹：一章一节地写作本书，日日夜夜"继续诗美学艰难而没有终点的征途"。初稿、修订、再修订，目前全书五十多万字，真是月月年年辛苦不寻常。我要道出数十万言大著的"胜义纷呈"，也走上一条浓缩版的"艰难而没有终点的征途"。这里姑且随意抽样,就以第九章论含蓄美的一节作为例子,说明如何"胜义纷呈";并从"纷呈"进一步说明作者所积之学、所储之宝,以及因此而成为本书所聚汇、所贯串之珍,有多大的数量。

这一章分为四节,首节介绍中西古代重视诗歌含蓄、重视言外之意的多种说法,兼及一些现代的理论,次节重点在引述现代关于含蓄的理论,用"接受美学"观点帮助阐释;第三节列述几种含蓄的方式;第四节分辨含蓄与晦涩,并解释何为"真正的含蓄"。我主要对第三节加以解说。元洛兄指出,含蓄的方式有:(1)"从侧面落笔点染,力避正面直言说破,用意十分,下语三分,使言外含蕴无限。"(2)"诗中留白,为读者留下联想与想象的天地。"(3)"言尽而意不绝的诗的结句,和含蓄结下了不解之缘。"

这里只能就"留白"引述一个"胜义":假如戏剧中满台人欢马叫,绘画中满纸烟云不留余地,音乐中一首乐曲全为急管繁弦,小说中一篇全是直叙加议论,那不仅是单调和贫乏的表现,而且也违反了读者审美心理的规律。直正的"空白",是"充实"的同义语,它不是空洞与空虚,不是空空如也,而是引入联想的丰富,是"浅、露、直"的克星。作品的审美意义与审美价值,与读者的欣赏这一审美活动分不开。因此,正如德国"接受美学"的创始人沃尔夫冈·伊塞尔所说的那样……

序言不宜太长,我只能"留白"而不再引述了。元洛兄因为"留白"而创制的两个名词"意象空白"和"结构空白"也不能在此申说。

这一节约有五千字,作者征引之道,一以贯之,就是博采而旁及。为了解释李商隐《锦瑟》的含蓄,他征召了元遗山、朱彝尊、汪师韩、王渔洋、张尔田、何焯以至今人张淑香等的诗话或学术论文,众星拱月地烘托出此诗的柔光。杜甫的"意惬关飞动,篇终接混茫"能为言尽而意不绝的诗篇结句作证,元洛兄这位"律师",再引录晁以道、洪迈、王嗣奭、浦起龙、吴瞻泰的滔滔陈词,在诗美的法庭上,把说服力推向高峰。诗贵含蓄,论文重证据,常常要铺陈。这一节为含蓄论证的,上述之外,还有杜甫("意惬关飞动,篇终接混茫"句之外的其他诗)、李商隐(《锦瑟》之外的其他诗)、苏东坡、李煜、马致远、虞集、郑仲贤、臧克家、牛汉、流沙河等的诗,有方东树、吴乔、艾略特、沃尔夫冈·伊塞尔、张隆溪等的议论。

## 针砭时弊　斐然文采

《诗美学》表扬古典之美，也针砭现代之弊。这一章的第四节评论现代诗，认为有含蓄之美的少，而有晦涩之弊者甚多。上面我提过元洛兄"真正的含蓄"一语，这里继续引录他的观点。他以某某的写作为例，病其晦涩，跟着说：含蓄，使人产生艺术的联想，加深对于生活的感悟和理解，获得多方面的丰富的美的享受；晦涩，却只能让人胡猜，除了那猜不透的谜语之外，什么也得不到。……谜语非诗，胡语非诗，吃语非诗，……真正的含蓄，是与晦涩无缘的。……晦涩，是空虚与封闭的同义语，是作茧自缚，是一塌糊涂的泥潭，是诗歌创作的歧途末路。

现代主义的诗啊，小说啊，电影啊，以至文学理论啊，晦涩难懂的东西触目皆是（撰写这篇序言时，堂奥深不可测、得西方大奖的电影《刺客聂隐娘》，是小圈子里的公众话题），而往往博得声名甚至盛名。元洛兄与我对此不惜奋然作堂吉诃德式的抨击。在我文学评论的生涯里，就写过多篇檄文，文章里，《文心雕龙·定势》的"反正""诡巧"说常常成为我助阵的武器。论晦涩这里，他引了我几句温和的话："新诗应该明朗而耐读：明朗则不会艰深晦涩。耐读则不致浅露无味。好的新诗（古体诗亦然）当明亮如光亮的珍珠，且应多姿耐看如面面生辉的钻石。"在本书论语言美那一章，他所引我的话，就较为激烈了。我曾这样批评某些现代"诗人"的写作："文字要扭曲，想象要离奇，题旨要隐晦，结果是超现实和潜意识的魑魅魍魉，四出惊人吓人惑人。"为了爱护缪斯（Muse），我在诗坛论坛树了不少敌人。顺便一提，他和我一样，也向来反对盲目生吞西方理论、诘屈聱牙的所谓学术论文。

我与元洛兄是同道且是同"文"：他的诗歌评论，向来写得文采斐然，我也力求有质而不木。读者从本序言所引的句段，如刚刚出现的"晦涩，是空虚与封闭的同义语，是作茧自缚，是一塌糊涂的泥潭"，如前面论"意象新鲜"的几句，是文采之蝴蝶、之孔雀的一些斑斓。比喻是文采最重要的手段、身段，手段巧不巧、身段美不美，比喻负最大的责任。本书每一章的开首段落，作为纲领或导引之用的，都特别讲究文采，读者可把它当作那一章的"得胜头回"。《诗美学》论诗美，而本身文美。

## 《诗美学》力臻美善

《诗美学》尽善尽美了吗？有我认为不美的地方吗？说说管见。第十二章题为"严谨整饬、变化多姿——论诗的形式美"，元洛兄指出"形式"就是秩序与结构。此章内容非常丰富，中国古典诗词和新诗，以及西方诗歌，都涉及，还旁及绘画、音乐、舞蹈诸种艺术的形式。在肯定新诗的成就之余，恳切建议新诗作者向传统诗歌汲取营养。这一章在我看来，论点通达精彩之余，分类似不明确，脉络有欠清晰。这二章对形式是有分类的，而且我认为分得很好：那就是"外形式"（或"外部形式"）即"显形式"，以及"内形式"（或"内部形式"）即"隐形式"。但元洛兄没有就此两大类展开论述。如果由我来尝试，我会把"外形式"界定为诗的体裁，而诗的体裁分为两大类，即格律诗和非格律诗。格律诗包括绝句、律诗、词（有不同的词牌）、曲（有不同的曲牌）、sonnet（十四行诗）、无韵体（blankverse）、limerick（一种五行的英国诗体）等等；非格律诗包括古风、新诗中的自由诗、freeverse（自由诗）等等。换言之，"外形式"指字词（包括其声调的平仄或"抑扬"）、诗句（或诗行即 line）、节段（stanza）长短多寡的安排组合的外在式样，这些都是明显可见的；把"内形式"界定为诗篇内容意义的起承转合的安排变化、时间空间长短大小等的安排变化，这些都有迹可循，却非明显可见。

可以商榷的，还有第十一章"语言的炼金术——论诗的语言美"；我关心的是本章在书中的位置，以及本章内容与其他章节内容的重叠问题。我们都知道，诗（和其他文学的体裁）可界定为语言的艺术。本书所论的诗美，共有十五种：（一）诗的审美主体之美；（二）诗的思想美；（三）诗的感情美；（四）诗的意象美；（五）诗的意境美；（六）诗的想像美；（七）诗的时空美；（九）诗的阳刚美与阴柔美；（九）诗的含蓄美；（十）诗的通感美；（十一）诗的语言美；（十二）诗的形式美；（十三）诗中的自然美；（十四）诗艺的中西交融之美；（十五）诗的创作与鉴赏的美学。

每一章或多或少，都与语言的艺术相关；（四）至（十三）包括（十一）"语言美"各章，尤其如此。这第十一章所论，分为"具象美""密度美""弹性美"、"音乐美"四个部分，其中"具象美"部分与（四）"意象美"的关系密不可分，"弹性美"部分则包括（九）"含蓄美"的一些内容，"音乐美"部分包括对晦涩诗的批判，而这也与（九）"含蓄美"的一个论题重叠。

诗的种种问题，正如人文学科以至社会科学以至自然科学的种种问题，往往环环相扣，甚至纠缠不清，所以，"诗的语言美"的内容与别的章节有所重复，无可厚非，甚至难以避免。我认为应该考虑的，是（十一）"语言美"这一章在全书中的位置。把它放在第四章，以为原来（四）至（十三）的统领，或者放在第十三章，以为原来（四）至（十三）的总结，是否比较适当？还有一个做法，就是根本取消这一章的题目及其在本书内的存在，而把其内容酌量纳入其他各章之内。这里讨论的，自然是"兹事体大"的架构问题。

还有一个大问题。《诗美学》的内容，古今中西的诗篇和诗论都包罗（而以古以中为多）。读此书，其许多论点，常可与我认同的钱钟书"东海西海，心理攸同"说互相印证。元洛兄也有中西之辨，在论含蓄美那一章，他说：

西方民族是性格比较外向的民族，也是长于逻辑思维的民族，西方民族的民族精神、思维特点和行动方式，对他们诗歌的风格当然有直接的影响，所以西方诗歌特别是浪漫主义诗歌，大都追求抒情的激烈奔进，酣畅淋漓，诗人们直抒胸臆，揭示心灵的活动与隐秘，一般不（像中国诗那样）讲求委婉曲折，含吐不露。

中国地大物博人多历史悠久，西方也是这样。这里所引虽然用了"比较""大都""一般"等词以为修饰，但其所说仍然可以继续谈论。

如上面所言，这篇序的写作，是浓缩版的"艰难而没有终点的征途"。《诗美学》胜义纷呈、文采飞扬，我怎样引述、介绍、称赞，都没有终点。《诗美学》（原版）、《写给缪斯的情书——台港与海外新诗欣赏》、《唐诗之旅》、《宋词之旅》、《元曲之旅》、《绝唱千秋》、《唐诗三百首新编今读》等等大著之后，在好评迭至、作品赢得"诗文化散文"（喻大翔教授语）令誉之后[①]，这本体大思精的《诗美学》（新版），是元洛兄最具标志性的著作。如此篇幅繁浩的宏构，是个诗学的大金库、大百宝箱。它又是个金银大岛，莅临游览的，难以一窥到底、一览无遗。也许需要一张寻宝地图。这部大书，应该有详细的索引，而编索引这颇大的工程，国内的出版界，一般不积极从事。退而求其次，本书应该编列一个极为明细的目录：每个章节的大标题、小标题之外，还有其内容要点的摄要。

当今是读图时代，在"短信""微信"成为众多少年、青年以至中年甚至老年（我所说的华年）重要阅读方式的今天，成为他们最"信"赖的媒体的今天，有多少读者会把五十万言的《诗美学》一次或者数次细细读完呢？这种读者难求，这本聚珍贯珍的大书，如果有了刚才说的索引或者明细目录，当今读者如要"分题阅读"和"各取所需"时，就更加方便了。出版社甚至可考虑全书的十五章，以每册两章甚至每册一章的方式，分册印行。元洛兄嘱咐我写序，我深感荣宠，对此书珍之爱之，衷心而大力推荐予爱文学包括爱诗的青中老读者；珍爱之余，自觉有责任让它赢得更多的读者，因此有上述的建议。"元气淋漓诗美学，洛阳遐迩贯珍书"；在评论性、学术性书籍难以畅销的"图腾"（图像喧腾）时代，我依然有这洛阳纸贵的祝愿。

注：我写过多篇文章或序言，表述李元洛作品的优胜丰美处；最近又在拙作《"言资悦怿"：中国现代文学批评的一种书写风格——兼论宇文所安的"Entenain. anIdea"文体》中，析论钱钟书、余光中、李元洛、黄国彬四人的文学批评文章，以为佐证，李元洛为其一。此文为华东师范大学中文系、《学术月刊》合办"中国新文学：语言与话语"国际学术研讨会（2015年6月12—14日）论文；此文即将发表。

## ·诗体探讨·

### 诗词创新刍议
——浅谈新古体诗的现实意义

赵安民

国运昌明诗运兴。我国自改革开放以来，随着全国经济水平的提高和社会发展的进步，诗国的传统诗词文化由复苏走向复兴，现已初见繁荣景象。全国各地诗词创作队伍迅速壮大，各级诗词组织纷纷创立，编书办刊，组织活动，红火热闹，形势喜人。对于当代诗词创作继承与创新关系的理论研究，其中有一支主张新古体诗的队伍（或曰流派），其创作实践与理论探讨均取得一定的成果，是当前诗词改革与创新的可喜现象。本文试从三个方面论述，以表示对新古体诗流派的肯定与支持。

**一、中国诗歌艺术形式从来就是多姿多彩并不断发展的。**

党的文艺百花齐放政策，既包括思想内容的百花齐放，又包括文艺形式的百花齐放（参见《贺敬之文集》第6卷《风雨答问录》。百花齐放是文艺存在与发展的客观现实，百花齐放政策是建立在文艺发展规律的认识基础之上的。诗歌艺术形式当然毫不例外。汉诗艺术体裁形式自古以来就不是单一独行的。近体格律形式形成于唐代（初唐前后），唐代以前有风体、骚体、古风、歌行、乐府等多种形式。唐代出现并盛行近体格律形式的同时，唐以前出现的其他各体并行不废。李白对于古风、歌行的发展贡献卓著，创作了大量至今脍炙人口的古风、歌行体的作品；白居易等倡导的新乐府运动亦产生了大量优秀作品。唐代以后也不只是近体格律诗一统天下，而是与众多形式并驾齐驱。尤其是宋词和元曲更是独辟新径，长盛不衰，直至现当代，毛泽东的词作开创了一个新的时代。随着五四新文化运动的兴起，西学东渐的中西文化交流，中国诗歌艺术形式出现了一种前所未有的新形式——白话文自由体新诗。从诗歌艺术历史长河的角度来看，作为中外文化激烈交锋新时期出现的新文化变革的必然产物，这种新体诗对于汉诗艺术的变革创新作用将是意义极其重大的。而当前新古体诗的推行，以古为新，借古开新，开辟新道路,是有利于当前诗歌艺术发展的有益尝试。

**二、当代著名诗人大胆尝试新古体诗,并且硕果累累。**

历代诗人的古体诗佳作这里就不详细列举;当代诗人的创作实践中,也有大量的好作品和好经验。

(1)陈毅元帅对新古体诗的倡导和创作。陈毅是著名的元帅诗人,他是较早提倡写古体诗的。他写的五言诗、七言诗,有的不符合近体诗律的要求,但完全符合古体诗的要求,例如:"大雪压青松,青松挺且直。要知松高洁,待到雪化时。"(《冬夜杂咏·青松》)1962年陈毅元帅在诗刊社举办的春节座谈会上指出:"五四以来的新文学革命运动,提倡诗文口语化,要写白话文,作白话诗,这条路是正确的。但是不是还有一条路?即:不按照近体诗五律七律,而写五古七古,四言五言六句,又参照民歌来写,完全用口语,但又加韵脚,写这样的自由诗、白话诗,跟民歌差不多,也有些不同,这条路是否走得通?""我写诗,就想在中国的旧体诗和新诗中取其所长,弃其所短,使自己的诗能有进步。"(《诗座谈记盛》,《诗刊》1962年第3期)

(2)著名诗人贺敬之对新古体诗的倡导和创作。贺敬之在1996年中国文联出版公司出版的《贺敬之诗书集·自序》中比较详尽地阐述了他尝试新古体诗创作的经历和经验:"旧体诗固然有文字过雅、格律过严,致使形式束缚内容的一面;但如果不过分拘泥于旧律而略有放宽的话,它对表现新的生活内容还是有一定适应性的。不仅如此,对某些特定题材或某些特定的写作条件来说,还是有其优越的一面。前者例如,从现实生活中引发历史感和民族感的某些人、事、景、物之类;后者例如,在某些场合,特别需要发挥形式的反作用,即选用合适较塾固定的形式!以便轻易地凝聚诗情并较快地出句成章。所谓合适的较固定的体式,对我来说,就是这个集子里用的这种或长或短、或五言或七言的基本属于古体歌行的体式,而不是近体的律诗或绝句。这样,自然无须严格遵守近体诗关于对、黏,特别是平仄声律的某些规定,这是不言自明的。但于人们往往不区分古体与近体,特别是对四句或八句的古体和近体不加区分,一概按近体的律诗或绝句的格律来要求;为此,我曾几次借集内某诗发表之机说明是不合旧律,甚至还说过无律。其实这原可不必,并且这样说也是不够准确的。因为，这些诗不仅都是节拍（字）整齐，严格押韵（用现代汉语标准语音），同时还有部分律句、律联。就平仄声律要求来说，绝大多数对句的韵脚都押平声（不避三平），除首句以外的出句尾字大都是仄声（不避上尾），因此，至少和古代的古体诗一样，不能说它是无律即无任何格律，只不过不同于近体诗的严律而属于宽律罢了。"贺老所尝试的新古体诗既包括齐言体诗，也包括杂言体诗。上述《贺敬之诗书集》是对贺老1962年至1994年间所作新古体诗的选集，主要反映了贺老尝试齐言新古体诗的成果。2004年底作家出版社出版六卷本《贺敬之文集》中的第二卷《新古体诗书卷》包括《贺敬之诗书集》和《贺敬之诗书二集》两个部分，后者则反映了1994年以后贺老尝试齐言和杂言两种新古体诗的成绩。贺老在《贺敬之诗书二集·自序》中说明了这个意思："前一本所有各篇都是采用整齐的五、七言（个别有四言）句式，按传统说法是归于'诗'的体裁范围。而这一本却有几篇是采用长短句，即按传统说法应属于'词'或'曲'的一类。其中如《咏南湖船》《怀海涅》两首篇幅较长，接近古之所谓'长调'。不过，不论篇幅大小，都不是'填词'即按古词牌或曲牌的格式填写，而是仿效古人'自度曲（词）'和今人'自由曲（词）'的写法，即自由地变换字数、灵活地运用长短句式，同时也不受篇幅长短的限制。对于这样做，诗友们认为按照传统的诗、词、曲的分类，已不宜于再叫它'新古体诗'而应称之为'新古体词（曲）'了。但照我个人想来，这二者都是我不成熟的尝试，实在当不起赋予什么正式'称号'的。我之所以想这样写，主要还是内容的需要。由于感到词、曲这一形式，除去它的自由度较大外，还在于它易于造成某种特殊的语感、节奏、气氛和情势，有利于表现具有某种特殊意味的某些特定的内容。而从艺术本质上说，这二者都应属于诗的一类。"

贺敬之1962年以来身体力行，创作了大量的新古体诗。这些新古体诗题材极其广泛，或抒怀、述物、咏史，或写景、叙事，抒情，或说理论政、评述时事，取得了可贵的丰硕成果。尤其是作为著名新诗人的贺老建立在大量新古体诗创作实践基础上的上述认识，是极为中肯允当的。

（3）台湾范光陵倡导的新古诗，起先单指齐言古体诗，后来他也扩大到杂言新古诗。他在《有中国特色的新诗体——新古诗》一文中说："每首四行，每句均两个字，或均三、四、五、六、七、八字的古诗形式，也是新古诗的基本形式。但是做惯了以后，就可以更上层楼地加以变化，如成两个四行之联诗、三个四行之联诗、四个四行之联诗，并无不可。进而把其中一行变成多二个字之变体亦无不可。再进而形成新古词、新古曲均可，总之变化之妙，存乎一心。"（见 2011 年第三卷《诗国》，华龄出版社）

（4）丁芒、顾浩、王国钦的自由词（曲，或曰自度词），霍松林的六言诗，刘征、樊希安的新古诗等，有许多著名诗人做了大量的尝试并取得丰硕成果。

（5）丁国成主编《诗国》丛刊，一直倡导新古体诗的诗体探索，《诗国》辟有《新古体诗》专栏，所选刊的众多新古体诗，既有齐言诗，也有杂言诗，甚至较整齐的骈体赋文也放在这个"新古体诗"栏目，从 2008 年出版以来一直坚持，取得了极其可贵的成绩。从今年 2016 年开始，《诗国》由原来合作关系变为由中国书籍出版社自主编辑出版，仍然由丁国成老师主持编辑工作。我们继续坚持《诗国》一直奉行的多种诗体兼容并包的风格，仍然坚持新诗体探索。

新古体诗自陈毅提出并实践，尤其近 30 年以来新时期所取得的新收获是有目共睹的。

### 三、新古体诗的现实意义刍议

（1）符合毛泽东先生当年的设想。毛泽东对于诗歌形式发表过多次意见，如他说："旧诗可以写一些，但是不宜在青年中提倡，因为这种体裁束缚思想，又不易学。"（《致臧克家》，见《毛泽东书信选集》）这里所说的"旧诗"应该主要指的是典型的格律诗和词曲，又说："律诗是一种少数人吟赏的艺术，难于普及，不宜提倡。唯用民间言语七字成句，有韵的非律的诗，即兄所指的民间歌谣体裁，尚是有用的。"（《致蒋竹如》，见《毛泽东书信选集》）这里明确说的是律诗难于普及，不宜提倡；又说"新诗应该精炼，大体整齐，押大致相同的韵。也就是说在古典诗歌、民歌的基础上发展新诗"（臧克家：《毛泽东同志与诗》）。这里提出了明确的诗歌主张，对于诗歌体裁的要求和发展方法提出了具体的设想。不敢说新古体诗就是毛所说的"新诗"，至少是符合这种要求的有益尝试。从体裁上来说，这种新古体诗比严格的格律诗词相对容易写一些。

（2）符合先写起来的观点。如曹雪芹借林黛玉之口发表过这个观点，刘征先生也说过这一观点："我的说法是写诗你就写，把那诗词格律大概看一看，不要犯大规则，写熟了你就觉得这样是不合适的，那样就合适的了，把你一腔所要说的话、感情，都喷出来，这样才是诗，否则倒过来呢，就不大行了。"（《诗歌要把表达的需要放在第一位》，见易行编著《诗词通变新论》，线装书局2011年3月版）大体合律的新古体诗正符合这个先写起来的要求。

（3）是当前值得提倡、推广的诗歌体裁。马凯先生认为新古体诗是一种易于写作、便于推广的诗体。他说："这种'新古体诗'作起来相对容易，便于推广，作为一种诗体，也有其优点，在中华诗词百花园中应有其地位。"（《再谈格律诗的"求正容变"》，见易行编著《诗词通变新论》，线装书局2011年3月版）易行先生在《新古体诗向何处去》一文中把正体格律诗（包括词曲）比做"美声唱法"，把民歌比做"民族唱法"，把新古诗比做"通俗唱法"，并说："由于新古诗的'通俗唱法'比较自由灵活、易学、好掌握、宜普及，可以大众化，理应成为中国诗歌的主流、主体。"（易行著《远望集：易行格律诗作诗论选》，线装书局2011年1月版）

（4）矫枉而不过正。丁国成先生说："是否可以说，规律决定艺术品质，规则决定艺术体裁？合乎艺术规则，未必能成为艺术；合乎艺术规律，则必定就是艺术。例如诗的体裁：严守诗词格律的，是格律体（旧体诗）；诗词格律不严的，是新古体；完全不讲格律的，是自由体；如同散文一般的，是散文诗体……规则不同，体裁有别，但却都是诗的一种形式。"（《也说规律与规则（代序）》，见《新古体诗论稿》，线装书局2010年8月版）丁国成先生这段话中、并且在整个这篇序言中并没有说新古体诗是超出各种体裁的最佳形式，只是认为它是诸多体裁的一种而已。

笔者认为，格律古体诗（指近体或谓正体格律诗）在体裁上有过于保守而死板的倾向——多用文言词句，格律过严（固定的字数、句数，固定的平仄、黏对，固定的对仗，固定的押韵甚至必须用平水韵）。自由体新诗（指白话自由诗）则创新走过了头——打破一切旧有的格律形式：以白话代替文言，取消所有格律

（不论字数句数，不拘平仄，不须押韵）。新古体诗则是试图走的一条中间道路——所谓新古体，是古今结合的道路，是既继承又创新的道路，是将格律体古诗和自由体新诗古今结合，博采二者之长，折中而形成的新诗体。新古体之古指的主要是诗的形式，可以分为齐言押韵体和杂言押韵体两种形式（古已有之，前者典型的有五古、七古等；后者典型者即古风、歌行和新乐府等）。所谓齐言押韵体，是指上述范光陵先生所说的，每句字数相等，每首四句或者多个四句联诗，偶数句的末字押大致相同的韵；杂言新古体诗，是指当今有人实践过的所谓自由词和自由曲。而新古体之新指的主要是用新的语言入诗、用新的现代汉语押韵，写新的题材、新的意境、新的感情，取消对仗、平仄格律的严格固定要求（即放宽对仗和平仄格律要求）。我这里还想到一种新古体的形式，就是将齐言新古体和杂言新古体自由组合起来的新型新古体。比如我曾经写过一首《岑参天山放歌》，整体来看是杂言押韵新古体，其中又含有五绝和七绝在内。总之，可以根据具体内容表情达意的需要来采用诗词体裁形式，不过总得尽量发挥汉语独体单音等特点，体裁形式上做到毛泽东所说的三点：精炼，大体整齐，押大致相同的韵；语言风格则吸取中外历代诗词和民歌二者的优长；内容风格则是现实主义和浪漫主义相结合。

借此机会，我提出一个不成熟的新观点向大家求教：作为中华诗词的创作者，也就是说作为古体诗词的作者，其一生的创作实践，应该大体可以分为三个阶段——第一阶段是从新古体入门的诗词创作初期阶段；第二阶段是进入格律诗词创作的中期阶段；第三阶段是跳出格律诗词局限，进而上升到兼融格律诗词与新古体的自由阶段，也就是最后进入诗词创作的自由王国。

新古体诗是我国古体诗在新时期的新发展，也可以看成是我国传统诗歌长河流进新时代涌起的新浪潮，是当代中国诗歌创作与研究的新动向，也许表现了中国诗歌发展的新趋势。这里我不敢预测当前状态的新古体诗就是当代中国诗词体裁的新生代，但是我敢说，在此趋势的发展下，这种新生代是必然出现并指日可待的。

新古体诗作为众多诗词形式的一种，对于丰富诗词文化有益；它可以吸收其他形式的营养发展自己；也可以向其他形式转化，包括由新古体诗入门然后向学习格律诗的创作的转化。我甚至认为：但有诗情入句时，新风旧体两由之。但是我更加期待着新古体诗所带动的诗词创新浪潮，进而能够推进中华诗词总结吸收古今中外诗歌艺术的经验和营养，创作出无愧于新时代的新作品来。

在当前中华文化复兴的新时期，中华诗词文化处于"青黄相接"、"承亡继绝"的关头，新古体诗的提倡符合中华诗词民族化、大众化、现代化的要求；对于鼓励广大青少年学习创作中华诗词、培养大量的诗歌新人来说，尤其具有较大的现实意义。

附录：
**《心船歌集：贺敬之新古体诗选》品读**

一

写罢新诗写旧诗，新风旧体妙合时。
心船歌唱心中曲，守望家山护醒狮。

二

一卷琳琅创意多，换新古体作新歌。
东风劲鼓心潮涌，一样江河别样波。

（附录二诗见《诗刊》2014年6月上半月刊。另见《毛泽东诗词研究》2014年第2期）

## 新古体诗　学写心得

### 胡佐文

"新古体"到底什么样式，还没有人作过完整的描述。根据台湾范光陵先生的"主张"及《诗国》近几年的入选作品看，主要是指以古典格律诗词为参照，但又不完全合乎格律要求的那一类，再推及非格律的古体，是新古体的"正宗"。"不完全合乎"的情形，是指声韵（平仄）不合，或体式（基本结构、句式）不合，或二者皆不合，共同点是句数及每句的言数不变。大约是因为丁芒先生有"彻底抛开原来的诗词体式"的说法，这次《中国新古体诗选》的入选要求，放宽到自由曲、自度曲。这样一来，丁国成、樊希安两位先生又释放出一个讯号："新古体"这个族群要大发展，而自由曲作为"过渡体"，具有"彻底抛开"的特性，其发展空间，有可能更大。

由于自由曲的加入，新古体"体式"的形成，就不仅仅是与古典诗词有关了，似乎对新诗、民歌、歌诗，乃至古今所有韵文皆有所参照、借鉴。其实，在我的心里，各种诗的形体，很难说有优劣、美丑之分，关键是看用了什么语言材料、表现手法，表达出什么思想内容。这与好人不以古今、族群、肤色、男女、高矮、胖瘦、服饰、贫富、尊卑分一样，心性、行为是关键。所以，我不大喜欢对着古典诗词说长道短，更无"背叛"的意思。格律诗形体很美，不能得心应手地为我所用，那是因为我的笨拙，绝不可吃不上葡萄就说葡萄酸。当代新诗的情形复杂一些。臧克家、贺敬之、郭小川等等元老辈的新诗，少长句，大致整齐，押韵，可朗朗上口，不能说与中国古典诗、词、曲无关吧。近二三十年来，新诗出现了一个很大的"另类"，但还有刘章、梁上泉、雷抒雁等等纵横其间。"还乡见新坟，一见一揪心！煤窑年年出事故，夺命小村第二人，哭声遏行云！还乡见新坟，一见一寒噤！纸钱买走活人命，矿主几个不黑心？少寡怕黄昏！"这是刘章的《还乡见新坟》。"长城高，千山小。塞上白云多，去来拦飞鸟。铁壁万里长，屹立到今朝。风风雨雨两千年，巍然摧不倒……"这是梁上泉的《长城内外》。"三杯酒，催落一掬老泪。曾经长虹饮海，慢说这小小瓷杯。君莫笑，不是醉。叹岁月磨人，酒还新，人已陈，哪堪匹配！欲说一声：拿剑来！为君舞一回。偏筋生炎症，千年功夫都全废……不是度数不够，是千重少年心事，于今都似一江秋水，纵倾尽一壶原酿百度，也难勾兑！"这是雷抒雁的《对酒哭泣》。上所举，在诗歌刊物或专集中，都是与"当代新诗"同伍的，其形体不美么？看上去与"自由曲"又有什么不同呢？于是我想到了丁芒先生"成为新诗体的某些成分"的预见，"欣慰与振奋"再次油然而生。

我在学写"新古体"时，大致有两种情况：一是有固定的参照体，即林平先生所说的"抓挠"，句数及每句的言数不变，原有的"格"还在，但原有的"律"有所变化。二是无具体的参照体，"言"和"句"及"声韵"的或平或仄，皆有点儿随心所欲的样子。也就是说，"格"与"律"基本上是"自由"的。但不用过长的句子，前后节大致保持整齐，尽可能破了原"格"而立新"格"。我想，自由应该是相对的，自由得无边了，规律、法则也就讲不成了。所以，我追求自由，但往往又对它进行限制，不知这是不是自相矛盾呢？我写了一首《浴足吟》，是《卜算子》的蝉联。

朋友说这不属"大改大革"的那一类,是走的"回头路"。我说:"《卜算子》三句五言,间一七言,很合符国人的吟诵习惯,习惯得自由也。'彻底抛开'是一种最大限度的自由,不抛开或不完全抛开未必就失去了自由。如果用最地道、最鲜活的当代白话写成格律诗词,而且能像聂绀弩那样,达到得心应手、十分娴熟的程度,应该说是在镣铐下获得了最生动的自由,与某些'大改大革'的比,功夫更为到家。功夫到家了,也就获得自由了。"这是在朋友之间讲的话,信口雌黄,没考虑是否妥帖。

因为是"学写",就少不了"探索";因为是"探索",就难免胡思乱想,甚至走偏路子,因此私下自拟了一些新古体的学写"基本要求"。比如:(1)用现代汉语及其语法写作,尽可能多地使用常用语和口语,但不回避现代汉语中本来就有的文言成分;(2)不用生僻的字词,少用成语典故,规范地运用各种修辞及表现手法,合乎国人的语言习惯;(3)较灵活地选择体式,不排斥运用或模拟古典诗词的体式;(4)大致整齐,形成几种或多种基本体式,字数、句数、分节等不必有过于严格的限定;(5)为便于记诵,不用过长的句子,尽可能考虑到大多数人喜欢三、四、五、六、七字句的习惯,可以是字数相同的整齐句式,也可以是长短参差的句式;(6)用好介词、助词,丰富句子成分,使定语、状语得以显示,改变古典诗词多为简单的主谓结构和省略了主语的动宾结构的面貌;(7)大致押韵,使用新韵,不须一韵到底;(8)无严格的平仄限制,朗诵时有抑扬顿挫的声音效果即可……提出这些基本要求,用以"自律",或许未能完备,目前不一定都能运用到位,但至少可以用来限制自由主义。再一个好处是,有了这些要求,不必每诗都有具体的古诗词作参照,把原有固定的"死体"变成比较灵活的"活体",否则很累人,免除了照猫画虎的麻烦。我学写"新古体",没有具体参照体的情况居多,因此比较地自由。但又怕自由过了头,所以才自拟了"学写基本要求"。

(一)着眼点尽可能超前一些,在"中间体"、"过渡体"前方的延长线上,确立出"中国当代诗歌的改革与发展"这一较宽远的角度,心里尽可能装着未来的"新体诗",哪怕是有几分模糊也不要紧。这样就不会死盯在古典诗词的"大改大革"上了,因为当代新诗、新老民歌、新老歌诗，都在学习、借鉴之列。比如自由曲的体式，你说它是脱胎于古词、曲，我也可以说与新老民歌、新老歌诗，乃至"当代新诗的借鉴、改革"不无关系。

（二）可操作性尽可能要强一些，多用"指令性"或"描述性"语言，与一般的"经验总结"或"体会"不同，力求通过这些操作，以便为我们所觅求的那种新体诗"塑身造型"。

（三）尽可能要突出一个"新"字：与古风比，语言新了；与近体比，语言及声韵新了；与词曲比，语言、声韵、样式都新了。当然，这里所说的"新"，有其相对性，比如"无严格的平仄限制"，是针对格律诗词平仄限制过严说的，如果要求宽松一些，平声字与仄声字交错起来使用，声音的抑扬效果则会更强，所以有人写散文也讲平仄。至于"反映新生活、新思想"，关系到塑造什么样的诗魂，但那是对所有文学样式的要求，属于"共性"的东西，自在其中。

（四）就目前的写作实践状况而言，也尽可能超前一点。比如，"用现代汉语写作"，大约一步难以到位，需要一个较长的循序渐进的过程。这是一个三言两语说不清的问题，所以下面有必要多说几句。

按理说，从形貌上讲，"新古体"的"新"，主要应该体现在语言材料的"新"上，即用当代白话写作。现在的人交流，为了易懂、顺畅，都用白话。诗歌也是用来交流的，没有理由不用白话。是用文言写呢还是用白话，应该是"古体"与"新体"的重要标志。范光陵先生主张"用现代的词"，就是要求用白话写，而现在的"新古体"，用文言者不是少数，所以称之为"古体"，名副其实。出现这种情况大致有两个方面的原因，一是"新古体"是沿着古典诗词的"河床"顺流而下的，用文言写是习惯及其惯性使然；二是现代汉语中，不少的文言成分（含古成语），还很有生命力，继续在沿用着，所以即便是用白话写，文言成分也是很难免的。我学写的大部分"新古体"这两方面的影响都有，习惯及其惯性的影响更大一些。要求用现代汉语写，并不排除现代汉语中本来就有的文言成分。不能搞绝对化，有些文言，本来就属于现代汉语的基本成分，可使现代汉语更为简洁、生动，为何非得要排除呢？

还有，从用语角度讲，不仅仅是用现代汉语写就可以了，因为无论是古汉语还是现代汉语，都有深奥与浅易的差别，而我们需要的是"通俗化"。语言的民族化和大众化虽然是两个概念，但与通俗化都有关系。提倡语言的民族化，旨在避免现代汉语的欧化倾向，这与大众化旨在解决通俗化的问题是一致的，因为欧化倾向破坏了我们民族的语言习惯，使现代汉语比起中、上古文言来，还要艰涩难懂。不仅是许多当代新诗、诗论如此，政论文也开始"邯郸学步"了，把读者引入云山雾海。因此，用现代汉语写，只是个大方向的要求；还要尽可能使现代汉语的常用语、口语入诗，而且要力避欧化，才可以做到通俗化才越是浅易越是难，但我仍不相信"此路不通"；即便现在有些阻碍，将来也一定有行得通的时候。吕叔湘、朱德熙、王力等语言大师，古文功底都很深厚，但他们的大文章，讲的是大道理，读起来却很轻松，因为他们用的多是通俗化了的大白话。文能如此，诗却不能，岂不怪哉！

"新古体"的"新"，除语言、声韵、体式外，"反映新生活、新思想"应该居于首位，否则就真的纯是"因诗而诗"了。涉及诗体与诗魂的关系，我以为美体与美魂的结合才算"好诗"。

近些年来，我们在"诗体建设"方面，针对新旧诗的研究或争论，很舍得花力气，围绕"新古体"亦然。贺敬之前辈似不同，他的《贺敬之诗书集·自序》，大约一半是讲"体式"的，与"新古体"相关；下半部分，以"首要的问题还在于内容"一转，就转到"来自真实"、"出自真心"、"真情实感"上来了。我很希望我们的"新古体"或者"未来新体诗"，是美体与美魂的融合，在我们的社会、民族面前，也能做到"见诗才，亦见胆识，见使命感，亦见责任感"，尤其要力避谀世媚俗的"咿咿呀呀、哼哼唧唧"之声。

现在回过头来细看，关于"新古体"或者"未来新体诗"，似仍未解除疑惑的困扰，大约是"没有形成完备的理论系统"（樊希安语）的原因。但今天参与进来，不是奔着"完善理论"去的，而是在迷茫之中，为了请诗坛大家或同辈诗友释惑解困才发言的。困惑出文章，之后是期待。中国当代诗歌的改革与发展，希望能有从迷茫中走出一条路来的一天。

# 《中国新古体诗选》的编选缘由

## 丁国成

我于1976年4月初,应国家出版总局局长徐光霄之命,到复刊不久的《诗刊》(尚属人民文学出版社)当评论编辑。1999年1月,又应时任主编的杨金亭之邀,到《中华诗词》做评论编审,在新、旧两个诗坛混迹40年,深感贯彻"百家争鸣"不易,实行"百花齐放"更难。比如新古体诗,"它因讲究部分格律,而被自由体新诗当作弃儿遗落路旁;它又因判逆格律,而被格律体旧诗视为逆子遭到排斥。"(2009.1《诗国·新古体诗特辑·小引》)它在新诗、旧体两边都不讨好。诸如此类,还有评论,批评性质文章,不同观点文论,几乎不见容于所有文学报刊——至今仍然如此。为着补弊救偏、真正执行"双百方针",我和朱先树、旭宇在2008年创办《诗国》,开辟"新古体诗"和"针砭诗弊"专栏,专发被人贬弃的新古体诗和批评文章,一直坚持到现在。自然,中间也遇到不少挫折和干扰。为了促进新古体诗的创作实践和流派形成,2010年8月,我们编出一本诗论集《新古体诗论稿(丁国成、王海峰主编,线装书局出版);2011年6月,经诗人、原江苏省委副书记顾浩同志倡议和筹资百万、并且得到诗坛泰斗贺敬之以及许多文明诗友尤其是两个诗坛的一批名家的大力支持,在江苏南通举办了纯属民间、专门研讨诗体创新的"南通诗会",会后编出《创建中国特色新诗体——南通诗会诗文集》。

总而言之,《诗国》始终为新古体诗的创作、研究、完善和发展在做具体工作。2012年10月,在《诗国》的新古体诗作者、时任三联书店总编辑樊希安倡议下,即行开编《中国新古体诗选》,历时将近一年,"诗选"终于编成,出版碰到困难,这时,得到现代教育出版社的鼎力支持,始能出版,乃至今天又办首发式和研讨会;否则,这些全都无从谈起!因此,我们非常感谢现代教育出版社!!他们有眼光,肯付出,确为中国诗坛做了一件好事!!!

追本溯源,新古体诗当是源于古风,唐代以前不讲平仄、不大合律的诗,被人称为"古诗",又叫"古体诗",与讲平仄、合格律的"今体诗"、又叫"近体诗",相对应。现代人写的这类诗词称之为"新古体"或"新古体诗",是极其自然的。新古体诗大概肇始于20世纪初期的"白屋诗人"吴芳吉。似乎可以说,吴芳吉最早"努力追求旧体诗的现代化,既在内容上力求时代性,又在语言上适当采纳白话口语,照顾现代人的语法习惯与阅读习惯。其诗以歌行体居多……"(胡迎建《民国旧体诗史稿》)。吴芳吉的"《婉容词》以哀艳著称于世,写的是一位纯洁善良、忠于爱情的青年女子被出国留学的丈夫遗弃,愤而投江自尽。这在当时具有较典型的社会意义,字里行间透露出他对家庭道德观念衰落沦丧的惋惜之情。在形式上是旧体诗的改良,活用了词曲乃至散文的句式,长短不齐,随其自然,具有声韵铿锵的旋律美,语言上融入了大量现代口语词汇,乃是文白夹杂的古风。"(同上)称吴芳吉为新古体诗的开创者,似无问题。遗憾的是至今未找到《婉容词》,未能收入书中。到了1962年春节,"将军诗人"陈毅同志在《诗刊》举办的诗歌座谈会上首倡新古体诗。他说"不按照近体诗五律七律,而写五古七古,四言五言六言,又参照民歌来写,完全用口语,但又加韵脚,写这样的自由诗、白话诗,跟民歌差不多,也有些不同,这条路是否走得通?"(闻山《诗座谈记盛》,1962.3《诗刊》)随后,1962年3月贺敬之即创作出《南国春早》两首新古体诗。1963年11月至1964年11月赵朴初创作出《某公三哭》三首自度曲,亦属新古体诗,得到毛泽东同志的大力肯定,并且亲自改题、推荐发表。毛泽东的《八连颂》也写于1963年,称为"杂言诗";毛泽东的《挽易昌陶》写得更早:1915年5月,标为"五古",实际都属新古体诗。后一诗虽比《婉容词》写得早,但发表晚(1990年7月);而且,毛泽东当时未像吴芳吉那样有自己的诗论主张,更无那么大影响。1960年代后,《诗刊》编辑部主任丁力、副主任闻山等,力倡"解放体",与陈老总主张相近。尽管吴芳吉和陈老总未用"新古体诗"的名目,但其实质都是相通的。由于陈毅、贺敬之、赵朴初以及台湾诗人范光陵等一大批诗人在创作实践与理论探讨上取得了丰硕成果,已故诗坛泰斗臧克家认为诗坛有个"新古诗派"(《关于诗的一封信》,见《臧克家全集》第十卷),代表诗人"主要有贺敬之同志,台湾的范光陵先生"。我们完全赞同诗人马凯同志《再谈格律诗的"求正容变"》文章中的看法:"这种'新古体诗'作起来相对容易,便于推广,作为一种诗体,也有其优点,在中华诗词百花园中应有其地位。但必须明确不应'混名'……"无论"新古体诗派",还是"新古体诗体",都仍处于萌芽阶段,还很稚嫩,亟须雨露浇灌和众力扶植。

## 我的新古体诗观及其他

### 石 英

提前一个月我就收到了《中国新古体诗选》一本,在这个过程中,我已读完这本从内容到选题都有新意的书。我言其新,是此前极罕见的集中收入了"新古体诗",是被认为比较接近"新古体诗"的诗作,也可以说是一种最实际的展现;另一个"新"的意思是:编选者不拘诗作者的身份、地位、年龄乃至普通意义上的成就大小,可说是比较一视同仁,尽最大可能地进行搜寻与编造,此种做法应该说是开当代诗文编选风格之先河,不敢说是唯一,至少也是很不多见的。

当然,更要着眼于作品的质量,总体来说,这是一本很好的诗集,一本很有创意、很有教益的好书,我觉得这是首先应予以肯定的。

"新古体诗"这个概念的鲜明提出,本身就是有极大现实意义的贡献。因为,当前无论是新诗还是古体诗(即当代人古体诗)都存在或多或少值得思考和探讨的问题,而新古体诗的提倡与实践在一定程度上或可能分解诗坛之忧,在某种意义上使一种比较新鲜的文学形态拓宽了相对滞涩的诗路,为中国的诗歌注入了新的活力,这也许是我一种高估的企望,但如果实践比较成功,推动比较得力,其预期效果也并非没有可能的。

关键是这个"新古体诗"的确定性和优势性尚待推琢与有效显现,就目前本集中彰显的诗作来看,不严格拘泥传统古体诗的一切格律这一点是达到了,但走得多远,突破的程度多大,还没有形成约定俗成公认的规定性。当然地可以说毋须要求一样,却也不宜"宽大无边",至少不能在句式上自由到与新诗相差无几,在思维序列与意韵味道上与快板唱词相近,还是要有相对的规矩,虽然不能像绝对古体诗那么刻板，但从框架、格局到句式上还是要有一定约束。这一点，一是要形成于实践的时间验证，二是有识者和专家们认真研究后积极合理的推行。

但无论如何，"新古体诗"是一种良性的突破，一种中国诗的新出路，是毋须质疑的。我深知，一些传统古体诗的酷爱者的应予体恤的心情，爱之过切则"爱屋及乌"，但"绝对的古体诗"的自设障碍是显而易见的。据我考察所知，许多总体上喜欢中国古体诗的中青年，当他们试着学写古体诗时，绝对坚守派老师对他们要求过苛，不仅平仄、对仗必须毫无差池，就连押韵也要用古音，结果使其中的多数人知难而退，甚至减弱了原来对古典诗的热爱程度。看来，对于有感情、有基础的"雅派"的坚守者，我觉得应持尊重态度。而且，我还希望能够读到这些诗友们写出不逊于古人创作的古诗体作品那样的佳作。我认为这也是一种原汁原味的传承，从美学角度上看，应是一种基础扎实、古意古音的标本式的美。而另一方面，古体诗是顺应社会发展潮流和诗歌创作规律应运而生的"产儿"。也就是说，不是任何人一时心血来潮所致，也不是一种时尚化的口号，至于其达到完善与成功的过程，应是动态的，而不是静态的；应是实践与理论互动，以此形成一种"战略性"的影响力，一种超越"流派"而带有趋势性的影响力。

最后，再回来说说当年臧克家先生提到的今日旧体诗坛的三派：即所谓的雅派，即传统派；改革派；新古体诗派。其中传统派和新古体诗派的阐述是比较明确的，而所谓"改革派"似乎是带权宜性的，这里可以不谈。我的理想期望是：传统派除有小部分原封不动以用作传承标志和美学遗存外，亦最好适度灵活松动向新古体诗靠拢（并且应以当下公众使用的普通话为基础，忍痛舍弃运用熟练的古音）；而新古体诗的先遣示范者以比较稳妥的方式，即不再遵守固有的格律与平仄（包括律诗对仗的严格），但有一点，在韵脚上还是要严格押韵，而且用字是普通话的规范字音，避免古音的拗奥和地方口音的歧异。这样一是增强了对后学者的影响力；二是也使传统派易于接受便于向新古体诗靠拢。如此，当可期望在某个时间段，新古体诗不只是一个流派，而是古体诗和整个诗坛的一个最具有前瞻性的趋势。这里还有一个并非技术性的小问题，新古体诗的潮头健儿亦应比较通古体诗应持的要件，懂得并能使用那一套格律（当然不是完全的古体），如此才能避免一种不必要的口实：即不是因为不会或畏难才走捷径。

至于新诗的乱象等问题，那与新古体诗的发展与完善关联不大，只有作为另一个大的专门问题来研讨，古体诗和新古体诗都救不了它。

归结我个人的观点，可以用两句话概括：新古体诗的"修正主义"，而非彻底的"革命派"；古体诗的"妥协主义"，而非雷打不动的"坚守派"。

## "有格少律"谓之新古体诗
——在《中国新古体诗选》首发式暨新古诗创作研讨会上的发言

### 岳宣义

很高兴参加今天的《中国新古体诗选》首发式暨新古体诗创作研讨会，很荣幸见到诗歌界的老朋友。首先，要诚挚地祝贺《中国新古体诗选》出版。它是一部集新古体诗大全的选本，丰富了中国诗歌宝库。对于新古体诗的发展和繁荣必将起到重要的推动作用。我们感谢樊希安、丁国成二位同志的重要贡献。刚才听了丁国成主编对新古体诗发展历程的介绍，很开眼界。下边还要聆听朋友们的高见。所以，这是一次我向大家学习的好机会。

2007年，我拟出版新诗词集。我把稿子呈贺敬之老审查，贺老看后又交给丁国成主编审查。丁主编看后给我写封信，说我的一些诗"反映出新古诗的典型特征"，并要我写点文章，谈谈创作体会。按照他的意见我写了《中国诗歌发展的新方向》一文。2010年，线装书局出版的由丁国成等同志主编的《新古体诗论稿》收入了我这篇文章。今天首发的《中国新古体诗选》作为附录，又收入了这篇拙作，我深感荣幸，并对樊总经理、丁主编的抬爱表示感谢！

什么叫新古诗呢？我认为有格少律的诗可称之为新古诗。所谓有格，是说按照格律诗词的格式，包括五绝、七绝、五律、七律和古绝、古风以及模拟词曲的格式或自度曲来写。所谓少律，是说有律句，但不完全是律句。律句由四律组成：声律，指平仄；韵律，指押韵；仗律，指对仗；黏对律，指黏和对。新古诗的格是不能少的，少了就成了自由诗；律是不会都有的，都有便成了格律诗。所以，有格少律是新古诗最显著的特征。这是第一。

第二，新古诗是一个新的诗体。它扬弃了格律诗"带着脚镣手拷跳舞"的弊端，保留了它抑扬顿挫、韵律优美的特质；扬弃了白话诗自由散慢的弊端，保留了它活泼灵动、长于驰骋的优点，形成了诗歌的一个新的流派。从体制和形式上讲，目前诗歌有四大流派：旧体诗，新体诗，新古诗，民歌。打个跛脚的比喻，新古诗是旧诗和新诗结合，生下的一个孩子。这个孩子有父母的基因，但却是另外一个人了。

第三，在探索中前进。新古诗"初出茅庐"，立足未稳，还没有得到社会的公认。这种情况下，要努力探索，在探索中前进。探索要从理论和实践两个方面进行。理论方面，要为新古诗摇旗呐喊，大造舆论，取得话语权。比如，今天这种新书首发暨创作研讨会。可否一年开一次，至少两年开一次。通过研讨，对创作实践进行"去粗取精，去伪存真，由此及彼，由表及里"的概括提练，从现象到本质，从感性到理性。这样，既达到了"飞跃"的目的，又相互促进提高，还可吸引社会眼球。又如，新古诗在形式上要不要规范，需要商榷。我以为至少应把握两点：一是格，就是前面说到的绝、律、古风等；二是韵，一定要有韵，不管新韵古韵、平韵仄韵，且一般而雷押平声韵。总之，在形式上新古诗还是要讲点规矩，就是贺敬之老主张的"合适的较固定的体式：实践方面，要用作品说话，用作品立论。任何时候实践都走理论前面，新古诗亦然，因为人的正确思想不是从天上掉下来的，而是从实践中来的。要发动更多的人，特别是中青年诗人写新古诗。浏览了一下《中国新古体诗选》，似乎大多是"老家伙"的作品，说明新古诗很有深入到中青年中的必要。

第四，要在意境和境界上胜出。几千年的历史说明，诗歌之所以能够感动人，就是因为有"意"和"境"：诗歌的最高境界就是"意"和"境"的浑然一体。意境主要指客观事物作用于诗人的主观感受，属于艺术层面；境界主要指诗人表现出来的人生境界属于道德层面。"意境好的诗，境界不见得就一定高，但境界高的诗，意境一定是好的。意境好的诗多，境界好的诗少。"有人这样说，我是赞同这种观点的。新古诗要有所作为，独领风骚，就要在意境和境界尤其在境界上下功夫。

第五，坚持以人民为中心的创作导向。近四十年来，文艺包括诗歌，从宏观上讲是进步的，但乱象也是不容回避的。低俗、庸俗、媚俗的东西受到一些人的吹捧和追捧，严重污染了社会风气，毒化了人们的心灵，引起了公愤。新古诗一定要切实贯彻习近平总书记在京文艺座谈会重要讲话精神，高扬以人民为中心的创作旗帜，坚决摒弃"三俗"，创作出无愧于人民、无愧于社会、无愧于时代的作品，以超凡脱俗的崭新形象，出现在世人的面前。

记得是2013年，中央文献研究室召开了贺敬之老的《心船歌集》研讨会。贺老在20多年时间里，身体力行，创作了200多首新古诗。他的新古诗达到了思想性和艺术性、内容和形式的高度统一，为新古诗的创作翻开了新的一页，提供了新的模板，我们要认真学习和借鉴。

## 关于中国新古体诗的确立与发展

朱先树

诗歌是人类进步与发展的一种精神表现。但诗歌作为艺术表达形式，它是世界的，更是民族的。在某种意义上，鲁迅曾说过："越是民族的东西，才越有世界性。"从这一点看，樊希安、丁国成二位编选的《中国新古体诗选》，我认为它的意义很值得我们认真关注。

以汉民族为主的中国诗歌，应当说已有数千年历史了。但从表达形式的变化，虽然漫长，却已有了丰富多样的结果。就从我们所熟知的四言、五言、以及杂言等，直到唐代形成的，以四言八句为主的近体诗，一般所谓格律诗，之后又有词、曲等多种形式。直到近代移植过来的外国自由体新诗（我们也俗称白话诗），在中国的土地上生根与成长，已有近百年的历史了。这一切都只有等待专家们去研究和总结。这中间有时代、生活变化的原因，也有语言和艺术变化与需要的不同。这些在这里就不一一去说了。

所谓"中国新古体诗",当然是指中华民族、以汉民族为主的古体形式的诗作。这样的诗,首先包含着古典诗歌的传统与发展变化,无论四言、五言、七言,以及杂言和词、曲等形式,只要在今天能用的、或有人在用的,都可以纳入古体诗的范畴。但这类诗又不似在某种阶段,从语言形式的角度,加以严格限制。这个选本,只是近现代一些著名诗人,无论从事什么职业、以及职位高低,只要有可取处,都一并收录。从中我们还可以看到,有的诗在当时还产生过十分重大的社会影响。如赵朴初的《某公三哭》,以及毛泽东、周恩来、叶剑英、陈毅、彭德怀等,都有作品入选。还有革命烈士如:吉鸿昌、夏明翰,以及"天安门诗抄"中的有些作品;从诗人看,有现代著名的如贺敬之、公木、王亚平、吕剑,以及刘征、丁芒等,还有以民歌成名的刘章、陈有才等,也包括港台著名的诗人学者如范光陵、蔡丽双、张诗剑等。这个选本所选作品之多,人数之众,似乎从中可以看到中国古体诗,不但影响深远,历史已十分悠久了。虽然也还有一些不同的声音,但这种存在却是一个不争的事实。现在把这些作品集中起来,其意义是不可估量的。

中国新古体诗,从形式上看,它更接近于历代诗歌的各种样式。因此,它是具有传统意义的,是民族的。但任何形式一旦形成,走向巅峰,也就到了尽头了。随着现实生活的发展,形式被突破也就是自然的了。而中国古体诗则是取其存在的形式,而不是被限制定格后的一切规律法则。它没有具体的某种诗歌形式的规矩定律束缚;但又是传统的形式利用。它不像现代自由诗虽然自由,但显得散漫、没有规范。如毛泽东的《六言诗·给彭德怀同志》:"山高路远坑深,大军纵横驰奔。谁敢横刀立马,唯我彭大将军。"把彭德怀的英勇无畏表现得淋漓尽致,既遵传统,又不拘于传统规矩,从而显现出一种气势来。说它是旧体,不是;说它是自由新体,也不是。它应当既有民族传统的文化艺术表达,又是在传统基础上的突破与发展。这类作品,在这个选本中还是很多的。

中国新古体诗,我以为既重视在民族艺术传统基础上,对一切形式都是包容的,借鉴或者自度都可以,但重在"新"字。而新的基础首先是内容。一个人具体生活在一定时间和环境中,虽然每个人的学识经历不同,眼界不同,可能有超越自己的生存范围，但最终仍是自己的生存感悟作为创作依据。如樊希安的《小车牛肉谣》，写自己童年的经历及对母亲的爱，虽然感情都是人类共有的，但经历却很有自我特点，读来就会感到真实与新鲜。而范围更大的，或带有某种政治意义的生活，也能写得具体，让我们产生许多想象。如温祥的《今昔巨贪比异同·拟和珅独白》，这首诗写今天的反腐倡廉，说有的高官成为巨贪的过程，最后只能逃往国外避暂时之祸。中间有这样的描写："难怪百姓说，寻古董和珅／往电视里瞧。／查当代和珅，到国外去找。"而吃亏的还是普通老百姓。这首诗写得自由、调皮，读来却让人深思，关心的是国家大事，用的是老百姓的语言，亲切而真实。说它是自由体新诗，也是完全可以的。但它与散文化的自由新诗则不相同。

关于中国古体诗的定位问题，我同意这样的意见，即新古体诗既不是旧诗（某种形式如格律诗），但它又是民族的和历史的。它继承了中华民族诗歌的优秀传统，有着民族传统所共同有的美感，为大众所喜闻乐见。但它又不同于自由体新诗，没有照搬外国的痕迹，自由但不散漫。它的确

是新诗，为当今多数人所喜欢。另外，它的内容可以包罗万象。但重要的是要为今天的社会现实生活服务。就是说要以社会现实生活内容为主，抒发的是当代人的感情和情绪，既没有旧的语言的生涩，也没有自由诗的散漫，主要是取其深刻与精致。如陈毅的："大雪压青松，青松挺且直。要知松高洁，待到雪化时。"谁都能懂这样的诗，但又包含着诗的韵味。从语言形式上看，它是古典的，但又是现代的。我认为这就是新古体诗的主要特点。这类诗作，相信会得到更多人喜欢的。

## 中国新古体诗有光明前途

### 成志伟

新古体诗的概念，目前已被相当多的诗人所接受，也出现了不少佳作。樊希安、丁国成同志主编的《中国新古体诗选》一书问世，确是适时之作。书中收入的各家作品，虽不是件件精品，但大多数是优秀和上乘佳品，足以显现当前中国新古体诗创作

的杰出成就。可见樊、丁两位在选择作品编入本书时十分认真精心。这种强烈的责任心目前已不多见，真的难能可贵。

中国古代格律诗是个好东西，千余年来涌现巨量优秀作品，至今流传，深入人心。随着时代变迁，诗歌创作在格式上有了变化，出现了自由体，不受格律限制，任凭诗人自由驰骋，也出现不少好诗。然而，自由不可能无限放大，完全无规矩也难出好诗。新古体诗正是借鉴古代格律诗的成功格式，突破了平仄、对仗方面的过多拘束，开创一种易学易用的新诗体，为爱诗写诗的人们打开了创作的大门，吸引更多的诗歌爱好者投入到诗歌创作的宏大队伍中来，对今天和未来中国诗歌创作的普及与提高、推广与创新，提供了更为方便的路径。可以预见，这种中国诗歌创作形式，会有强大生命力，会被越来越多的诗人所采用。

我相信，只要积极提倡，真诚扶植，严格要求，不断规范，中国新古体诗一定会在健康发展的道路上高歌猛进，取得越来越大的骄人成就。

新古体诗解除了古诗体对诗者创作时在思想和格式上的束缚，可以极大地解放作者原有的思想观念和创作潜力，不必拘泥于格律上的苛严要求。这样，用词遣句可以充分考虑自己的思路和表达需要，不需要为了切合平仄对仗，而选择不能真实表达自己心声的字词句式，结果是创作更加顺畅快乐、自由奔放，好作品也就源源流出。因格律限制而以文害意，最后变成词不达意，作品也难以感人。当然，既然还叫古体诗，尤其是按照五律、七律格式来写的那种，在字数上不能随便增减，对仗也应尽可能使用，平仄则可不拘，但双数句末那个字要押韵。这就要培养自己用词造句的深厚功力，在艺术上有更高的创新追求。

我以为，写诗的格式、方法是重要的，但诗者的思想境界、人生追求更为关键；这是诗歌创作成败的决定因素。

首先，诗人应该是凡人。他（她）是千万大众中的一员，与基层群众同命运共患难，懂民心知民意，而不是不食人间烟火、高高在上的"超人"。否则，他的诗不可能表达真实的民情民声，也不会受到民众喜好与欢迎。

其次，诗人应该是善人。他毕生以真善美爱为己任，热爱祖国、民族和劳苦大众。真善美是人生的最崇高目标，应该也必须是诗人的终身信仰。有了这种信念，作品中才会充满正能量，才能代表大多数人的利益，为人民大众而歌咏，才能感动读者和大众。只爱自己而无病呻吟的低劣诗歌，读者没有兴趣，不会有赏者和粉丝。

再次，诗人应该是智人。没有智慧，少创作才能，写不出好诗。因此，诗人要努力向古今中外的各类作家与作品，特别是经典作家与作品学习，去伪存真、去粗取精、集思广益、独立创造，不断提高自己的艺术修养，磨练自己的写作技巧，做一个聪明的、睿智的、创新的诗人。

当然，诗人也要有个性，作品有独特风格与特色，属于"这一个"。缺乏鲜明个性，作品亦难传之久远。不过，过度摆弄奇特，也未必好。个性应融入人民性和时代性，为大众所承认和肯定，才能成正果。

中国新古体诗目前正值黄金发展期。当下光怪陆离、鱼龙混杂、无奇不有的世界，虽然混乱无序，倒也给文艺创作提供了取之不尽的新鲜素材。只要站在维护大多数人民利益的正确立场上，用自己精心打造的作品，歌咏正义、光明和进步，鞭挞掠夺、黑暗与倒退。倡导群众勤奋劳动创造属于自己的物质与精神财富，打扫一切吸血鬼、害人虫。这样的作品，奏响的就是人民的心声和时代的强音；这样的诗人，就是人民和时代急需的高尚人类灵魂工程师。

## 贺《中国新古体诗选》首发式

### 刘 征

千古诗骚一脉传，红牙铁板唱新天。
春潮卷起连云雪，不息长河滚滚前。

## 《中国新古体诗选》首发式和研讨会开幕致贺

### 欧阳鹤

仙乐凤飘飞满天，诗骚重振正当年。
新裁别体频翻出，改革春潮直向前。

## 丁国成君见告新古体诗研讨会举办得句求正

### 沈 鹏

诗歌之作，体以代变。
抒情言志，各任己见。
商周古朴，楚骚流绚。
汉魏六朝，乐府革面。
五七杂言，律绝相传。
多元并举，美刺皆善。
浩浩乎如江河万古，
巍巍乎若珠峰穿云。
贵在出新，不以新眩奇。
尊爱旧制，不以旧稳便。
我以我手写吾口，
至可贵者在至真。
八股文，台阁体，
苦心孤诣夜兼晨。
无奈失却自家魂。
乾坤皇帝四万首有馀，
不及樵夫农妇俚语陈。

## 贺诗一首

### 高洪波

新词旧曲皆需情，勉强赋诗飘渺中。
脚下无根难行远，勿负时代弄潮名。

## 题新古体诗研讨会

### 雷海基

京城今日论高台，宾客纷纷玉口来。
且莫小看新古体，栋梁皆自幼苗来。

## 读《中国新古体诗选》感作

纵览洋洋华夏诗，历经千载几更规。
今朝正趁天时好，古体新生又一枝。

## 贺新古诗创作研讨会召开

张脉峰

瑰宝经年日日新，金凤玉梦倍精神。
清音妙韵连绵起，共绘诗国百代春。

## 诗讯：出新不眩奇，尊制不泥古
——探讨诗歌流派及诗体的繁荣与发展

8月30日上午，《中国新古体诗选》（樊希安、丁国成主编）首发式暨新古体诗创作研讨会在北京举行。《中国新古体诗选》由现代教育出版社出版。这是我国第一本正式出版的新古体诗选。共收集190位诗人的470首作品，可谓我国近代以来新古体诗作品集大成者。改革开放以来，我国诗坛百花齐放，新古体诗以大体遵守旧体诗形制，又不过于拘泥格律的创作理念，逐步形成一个诗歌创作流派。《中国新古体诗选》的出版受到诗界关注，并引发关于新古体诗创作的热烈讨论。

现代教育出版社副社长陈琦主持首发式，并介绍诗选出版情况。《诗选》主编之一原中华诗词学会副会长、《诗刊》常务副主编丁国成主持研讨会。国务院参事、中国出版集团党组成员、中国出版传媒股份有限公司副总经理樊希安宣读贺诗、贺信。92岁高龄的诗坛泰斗贺敬之打来电话表示祝贺。90高龄老诗人刘征为会议发来贺诗书法："千古诗骚一脉传，红牙铁板唱新天。春潮卷起连云雪，不息长河滚滚前。"老诗人欧阳鹤，高龄诗人、书法家沈鹏专为会议发来贺诗。全国人大华侨委员会副主任令狐安发来贺信。发来贺信贺诗的还有中国作协副主席、《诗刊》原主编高洪波，中国社科院原副院长朱佳木，"两栖诗人"叶晓山、颜石等。出席会议的专家、学者、诗人有：原中央办公厅副主任、国家行政学院党委书记、常务院长、十一届全国政协常委陈福今，原司法部纪检组长、少将岳如萱，全国政协委员、书画家、诗人汪国新，原《人民日报》文艺部副主任石英，中国书籍出版社副总编辑赵安民，《诗国》主编朱先树，原中宣部文艺局副局长、现中国艺术文化普及促进会副会长成志伟，中华诗词研究院执行副院长蔡世平，中华诗词学会副会长、《中华诗词》执行主编高昌，中华诗词学会秘书长、《中华诗词》副主编刘庆霖，北京诗词学会副会长李增山、郑玉伟，中华诗词学会网站编辑何鹤，《诗刊》编辑、子曰诗社秘书长江岚，《诗词之友》主编张脉峰，《新国风》诗刊主编丁慨然等，出席会议的出版界人士有人民文学出版社党委书记张贤明、现代教育出版社副社长仇正伟、中国出版集团团委书记温存等,共计30余人。

新书首发式之后,与会专家、学者、诗人围绕新古体创作展开热烈讨论。关于新古体诗的起源,有的专家认为,这种介于格律诗与自由诗之间的新古体诗源自古风,大概肇始于20世纪初期"白屋诗人"吴芳吉,他最早追求古体诗的现代化。将军诗人陈毅曾做过"解放体"诗的探索。贺敬之、赵朴初以及台湾范光陵等一大批诗人的新古体诗创作实践取得了丰硕成果。已故诗坛泰斗臧克家认为诗坛有个"新古诗派"。与会者完全赞同马凯同志《再谈格律诗的"求正容变"》文章中的看法,认为:"'新古体诗'作起来相对容易,便于推广,作为一种诗体,确有其优点,在中华诗词百花园中应有其地位。"会上宣读的沈鹏先生的贺诗《丁国成君见告新古体诗研讨会举办,得句求正》,反应了与会者的一致心声。贺诗以诗的形式,对新古体诗创作予以肯定:"诗歌之作,体以代变。抒情言志,各任己见。商周古朴,楚骚流绚。汉魏六朝,乐府革面。五七杂言,律绝相传。多元并举,美刺皆善。浩浩乎如江河万古,巍巍乎若珠峰穿云。贵在出新,不以新眩奇。尊爱旧制,不以旧稳便。我以我手写吾口,至可贵者在至真。八股文,台阁体,苦心孤诣夜兼晨。无奈失却自家魂。乾隆皇帝四万首有馀,不及樵夫农妇俚语陈。"大家同时也认为,新古体诗创作尚处萌芽阶段,还很稚嫩,亟须雨露浇灌和众力扶植。更需要诗人们创作大量优秀作品,来丰富和完善这一成长中的诗歌流派。现代教育出版社表示将在出版方面予以支持,多出版新古体诗派的优秀作品。

## ·诗作解读·

## "百折再看高潮来"

——读《贺敬之新古体诗选释》

### 唐德亮

以政治抒情诗与剧作《白毛女》闻名于世的著名诗人、剧作家、文艺理论家贺敬之,出版了一本《贺敬之新古体诗选释》(中央文献出版社)。这是一部有独特价值的诗集。

众所周知,敬贺之的抒情诗《雷锋之歌》、《回延安》、《桂林山水歌》、《十年颂歌》、《中国的十月》等名篇曾影响了几代广大读者。新时期以来,贺敬之政务繁忙,极少写自由诗(新诗),而写了大量的有探索意义的新古体诗。这些新古体诗,有七言、五言、杂言、自度曲、绝句等。这些作品,有古典律诗特点,又不完全按照格律,有点像1950年代毛泽东提倡的"古典加民歌",但贺诗又不像民歌的浅直。这种杂糅,实乃贺敬之对诗体的一种创新与贡献。

诗人1976年12月的《赠诗友》一再就表达了他对诗歌创新的态度:"诗心未负江山债,诗人非属江郎才。历难更开新诗境,黄河九曲诗汛来。"的确,贺敬之不仅在自由诗方面开了新风,其"新古体诗"也开了"新境"。

读贺敬之新古体诗,除了诗体的革新外,感到其突出的特色是超拔的风骨。"风"者,即力的表现和象征,主体内在的情感外化为艺术。《文心雕龙》指出:"诏怅述情,必始乎风","深于风者,述情必显";"骨"者,即"浓吟辅词,莫失于骨,故辞之诗骨,如体树之骸",亦即辞体的躯干,条理严明,精练有力。"风骨"者,就是要求作品内容既具有充沛的思想感染力,表现上也应刚劲、遒健有力。贺敬之的《登岱顶赞泰山》就是颇具"风骨"的诗:

几番沉海底,万古立不移。
岱宗自挥毫,顶天写真诗。

赞的是顶天立地的泰山,抒发的是诗人万古不移的"风骨"。另一首《日观峰上》亦如此:

望岳偏遇望人松,观日却上日观峰。

青松红日对我望，齐报骨坚心透明。

这是对青松红日品格的追求向往，也是青松红日"骨坚心透明"的自况。

1990至1991年，东欧、苏联易帜，国际社会主义运动处于低潮。作为久经战火、血火磨炼的革命老诗人，贺敬之为共产主义事业的前途忧心如焚。他痛斥叛徒："对我遥指云飞处，乌龙战垒影可睹。方腊碧血腾碧浪，梁山易帜后何如？"（《富春江散歌之三》）这是对不肯投降的英雄方腊的赞颂，对叛卖农民革命事业的宋江的鞭笞。写此诗时，贺敬之已离开领导岗位重病初愈，并受到一些别有用心的人的攻击。但他坚持自己的立场与信仰。几年后，他在《怀海涅——纪念海涅诞生200周年》一诗中，进一步表达了对共产主义事业的思考：（节选）

滔滔莱茵水，茫茫昆仑雪。举目八万里风云，回首二百年岁月。地上"天国愿"，人间解放业——不尽征程，号角声声接。青史展新卷，诗史揭新页。《织工曲》，《国际歌》；遥相应，步未歇。革命情怀战士心，为缪斯，树新则，卓卓早行人，浩浩后来者。今何夕？怀先哲。诗人诞，恰逢节。望红旗落处忆举时，往事又重阅。此情此心，能不问海燕，思海涅？！谁叹人迹绝，路难测？观潮起潮落，数星明星灭，正道沧桑固曲折。信有相逢处，江山不负约。曾闻狂言"终结"，咒语"告别"——堪笑一丘愚劣。扶天倾，补地裂。导洪流，警覆辙——自有人心，诗心坚胜铁！唤莱茵春水，踏昆仑溶雪，且看新队列。……

海涅是德国世界级大诗人。他以不朽之作《西里西亚纺织工人》和《德国，一个冬天的童话》等蜚声世界诗坛。海涅与马克思结下了深厚友谊。恩格斯称赞过他的诗篇。海涅晚年表示信仰共产主义。贺敬之把海涅的《西里西亚纺织工人》与《国际歌》并论，呼唤高尔基的"海燕"，表达了在社会主义运动低潮时刻对社会主义前途的信心。正如他在《富春江散歌之六》所写的："壮哉此行偕入海，钱江怒涛抒我怀。一滴敢报江海信，百折再看高潮来！"贺敬之的新古体诗，劲健，骨力如铸，气度恢宏，精神饱满，读来令人振奋。如《访灵渠》："灵渠奇迹两千载，堪与长城共壮怀。振我腾飞十亿翅，马嘶万里踏波来。"十亿人民乘着神马，嘶叫着腾飞而来。这是多么壮美的画卷,多么激昂人心的诗情!

贺敬之新古体诗还有个特色,是情、理、象的融合。贺敬之说真话、抒真情。"夫情动而言形,理发而辞现"。其诗"婉而有味,浑然无迹"。无论歌咏山川风物,还是咏史述怀,都是情动于衷,理寓象内。如《咏老龙头》:"千劫河未殇,万代城不朽。猛志越山海,伟哉老龙头!"借黄河、长城赞颂中华民族的伟大生命力和中华民族的腾飞。特别是"猛志越山海"一句,形象、生动地写出了中华民族的腾飞气势,歌颂了中华民族的伟大精神。又如《珠海市渔女塑像前留影》:"观此渔女美,我思鲛绡泪。珠海展新幅,摄得笑容归。"短短四句歌颂了改革开放给珠海带来的巨变。角度独特,从渔女塑像切入,用对比手法,通过渔女之美写出珠海之美。又如《田园诗·之三》:"秋风未闻寂寞叹,春光自持无媚颜。君怀殷红粒粒籽,剖心待我园中园。"诗人不向"西化"狂潮奴颜媚骨和对共产主义事业的忠诚像榴果中之籽一样的殷红之心,就这样形象、生动地展示在我们面前。

情、理、象的高度融合,使贺敬之的新古体诗读来有情有味,不仅受到精神上思想上的陶冶、震撼、警醒、启迪,同时也得到了优美的艺术享受。

# 《柯岩传》节选

## 丁七玲

### 凝结历史的咏叹调

1975年,贺敬之被发配到首钢劳改。柯岩清楚这是冲着周总理来的,因为总理想开禁一批文学作品,而贺敬之的《放歌集》就是投石问路的首个作品。她深受打击,病倒在床。同事罗英去看她,柯岩忧心忡忡地说:"要是他们把周总理整下去,就真……"一位探望她的小伙子安慰她说:"不,人民是不屈的,还有人民呢!"

周总理的伟大之处就在于他非常关心体贴普通人民群众。柯岩在青艺、儿艺工作时,周总理常跟邓大姐两人跑到青艺售票处,买两张票,坐进来悄悄地看戏,看后座谈、提建议,还会到台上查看演员跳下去的地方危险不危险、会不会摔着、垫子够不够厚等。①

柯岩记得有一次儿童剧《马兰花》演出后，周总理接见演职人员，当时演小松鼠的演员由于尾巴太大卡在了树上，总理发现缺了个人，就说："小松鼠呢，小松鼠怎么不见了？"小松鼠在剧中是个不重要的角色，谁也没想到，总理连她也没落下。这个演员趴在树上激动地流下眼泪说："我在这儿呢！"②

可以说，周总理关心保护了千千万万的人。因此得知总理病重的消息后，大家心里特别沉重。那一天还是来临了。1976年1月8日清晨，收音机传来哀乐，噩耗终于被证实：周总理去世了。柯岩简直觉得天塌地陷一般；她悲痛欲绝，冲破禁令，带着女儿天天去天安门悼念总理。广场上的人群越聚越多，她看到很多感人的场面：

一位小学生将小白花扎在树枝上，喃喃地说，敬爱的周爷爷，请接受我们亲手给您扎的白花；一位身经百战的老将军站在人民英雄纪念碑前行着军礼，手久久地不放下来，哭着不肯离去；解放军拦着群众不让过

---

① 陆华，童欣：《柯岩研究文集》，下。
② 陆华，童欣：《柯岩研究文集》，下。

去，可执勤的解放军战士自己也在哭，简直就是一道哭泣的墙。

柯岩看到有人在花圈上附上自己的纪念诗歌，有人在旁边低声诵读，还有人拿出本子来抄写。感到自己也应该做点什么来"铭记住这历史的疼痛"。她想写首诗，就一边哭一边写，写了很多却总不满意，感到那些都无法表达自己失去总理的痛苦。

这时，诗人的敏感让她注意到，远处有群手挽装祭品竹篮的大娘，她们在儿孙们的搀扶下，不断用手拍着英雄纪念碑，一边哀哭，一边反复向总理念叨、哭诉着。她一下子找到了突破口——对，就用这种民间惯用的哭灵形式写这首诗！

周总理，我们的好总理，
你在哪里呵，你在哪里？
你可知道，我们想念你，
——你的人民想念你！

诗的开篇就痛切直呼，真是摧肝裂胆，喊出了亿万人民的心声。人们到处呼唤、寻找人民的总理，山谷、大地、松涛、大海都做出了回答：

我们对着高山喊：
周总理——

山谷回音：
"他刚离去，他刚离去，
革命征途千万里，
他大步前进不停息！"

我们对着大地喊：
周总理——
大地轰鸣：
"他刚离去，他刚离去，
你不见那沉甸甸的谷穗上，
还闪着他辛勤的汗滴……"

我们对着森林喊：
周总理——
松涛阵阵：
"他刚离去，他刚离去，
宿营地上篝火红呵，
伐木工人正在回忆他亲切的笑语。"

我们对着大海喊：
周总理——
海浪声声：
"他刚离去，他刚离去，
你不见海防战士身上，
他亲手给披的大衣……"

我们找遍整个世界，
呵，总理，
你在革命需要的每一个地方，

辽阔大地
到处是你深深的足迹。

我们回到祖国的心脏，
我们在天安门前深情地呼唤：
周——总——理——
广场回答：
"呵，轻些呀，轻些，
他正在中南海接见外宾，
他正在政治局出席会议……"

总理呵，我们的好总理！
你就在这里呵，就在这里。
——在这里，在这里，
在这里……
你永远和我们在一起
——在一起，在一起，
在一起……

你永远居住在太阳升起的地方，
你永远居住在人民心里。
你的人民世世代代想念你！
想念你呵，想念你
——想——念——你……

1977年1月8日，周总理逝世一周年之际，这首诗刊登在《人民日报》上，和广大读者见面了。人民群众对总理的思念和热爱从这首诗中找

244

到了情感宣泄口，一时间竞相传诵，反应之强烈，实系建国后罕见。可以说，柯岩用诗歌"留住了那个伟大的历史时刻"。1981年6月，该诗被收入初中语文课本第三册。

这首诗深受群众喜爱。柯岩欣慰之余谦虚地说："不是我写得好，是人民群众对总理的感情太真挚、太深沉了。这使我更深刻地认识到，反映人民群众心声的文学作品，是有生命力的。"

1976年10月，"四人帮"被粉碎。10月底，中国话剧团准备了一台节目，叫《沸腾的十月》。柯岩连夜为这台戏创作了长诗《我的爷爷》，方掬芬朗诵了这首诗。诗中满怀激情地歌颂了老一辈革命家，演出时座无虚席，观众们深受感动。

同年，柯岩还创作了诗歌《我站在天安门前》《我俩笑啥你猜猜》。第二年8月，《儿童文学》在北京复刊，柯岩应邀担任编委。

"青山遮不住，毕竟东流去。"历史翻开新的篇章，柯岩也迎来事业的又一高峰。

### "像水晶一样透明"的题画诗

2月的北京依然寒风料峭，煤渣胡同某座旧楼的一间陋室却暖意融融。客厅里一条破烂不堪的长沙发格外显眼，劫后的贺敬之与柯岩肩并肩坐在那里热烈地讨论着，开始了新的创作。这一年是1978年，柯岩被调到中国作协《诗刊》社任副主编。

这一年10月，柯岩参加了庐山儿童读物出版工作座谈会。会上，她看到了世界各地出版的儿童读物，在羡慕国际先进的印刷技术的同时，也为中国的作家、艺术家抱屈，因为"有那么多的好作品被蜷缩在狭小而简陋的外壳里"。另一方面，随着国际交往的扩大，柯岩接触到越来越多的外国朋友。由于"十年浩劫"的影响，他们对中国的了解非常少。他就想着该如何向世界介绍中国文化特别是儿童文学。

一天，有位叫卜维勤的同志找到柯岩，把儿子卜镝从四岁开始的画作拿给她看。那些"天真而又拙朴、调皮又可爱的画作充满了童心的愉悦和奇异的想象"，这些画感动了柯岩。她发现"卜镝的画不同于同龄'小画家'的画，完全看不出师从，毫不规范，也没有任何模仿的痕迹。他的画只是他眼里和心里的世界，是他感情表达的一种形式"。柯岩决定立即着手为这些画题诗。外文出版社的同志认为这个工作是有意义的，他们与柯岩商量，决定就在这一年把这本书赶出来。

为了选画，柯岩"把卜镝的画摆满整个房间，一张张去挖掘它们的意义"。卜镝的画作点燃柯岩的灵感。她说："孩子的天真唤回了我的天真，在孩子的眼里我重又找到了自己童年的梦。"

七岁的卜镝作了一幅钢笔画，题目是《庆祝粉碎"四人帮"》，画面上展现出人民群众冒雨打伞走上街头去庆贺那一难忘的历史时刻。柯岩只用了短短四句诗，就从大自然的雨水转移到人们脸上因欢喜而"泪飞如雨"，巧妙地点出主题。整首诗不仅诗情盎然，而且有丰富的内涵，体现出"题画诗的独立价值"。

哦，伞，千千万万把彩色的伞，
遮住了，千千万万张欢笑的脸。
为什么，雨水明明是洒在伞上，
水珠儿，却打湿了伞下的脸？！

为《春天的消息》这幅画，柯岩题写出充满童真的动人诗句：

不要，不要跑得那么急
你，多心的小狐狸！
没有狮子，也没有老虎，
有的只是我。是我呀——
轻轻的雪，细细的雨，
给你送来了，送来了
春天的消息……

诗人笔下的《初雪》更是诗画交融，是那么纯洁、美丽：

昨天，我做梦了
梦见漫天飞雪
那么急，那么密
可我怎么也抓不到手里
今天，你真的来了
可我一点也不敢碰你
怎么你，你
比梦里更美丽

一次柯岩重病在床暂时无法工作，脑子里却没有停止艺术构思，导致有些失眠。为转移她的注意力，亲友为她找来大量的美术和摄影作品，其中卜镝的一幅画让她目不转睛。"画中的月亮占据了二分之一的画面，下边是皑皑白雪，头上是湛湛蓝天，色调极为明丽的背景前兀立着几间爱斯基摩式的雪屋，雪屋前并立着几个装束各异的孩子。中心部位仍是卜镝和他的妹妹，紧挨着的是两个日本孩子……"孩子眼中的世界让柯岩顿觉神清气爽，她欣然提笔写下《月亮不会搞错》这首诗：

电视里说，日本小朋友
和我们长得差不多。
是这样么，是这样么？
月亮，月亮，你告诉我。
你每天升起来的时候，
是先照他，是先照我？
你每天这样照来照去，
会不会把我们搞错？
月亮，月亮，你告诉我！

卜镝的儿童画激发了柯岩的灵感。不过柯岩也意识到："我的时代和卜镝的时代不同。我也不能仅仅满足于有关儿童生活的长期积累。"更多题画诗体现的是诗人自己对生活的感悟，比如下面这首《焰火》：

我问：世上还有什么
比焰火的颜色更多？
邻居的哥哥说：生活。

柯岩先后创作出100多首题画诗，在1982年由外文出版社以《童画诗情集》为书名结集出版，并翻译成英、法、德、俄、日等语种对外发行。新蕾出版社、人民美术出版社也在1984年分别以《月亮会不会搞错——题画诗百首》《春天的消息——题画诗集》为书名，出版了这一百多首题画诗。这些题画诗中的一小部分，也曾分别被收入人民文学出版社1981年出版的《柯岩儿童诗选》和广东人民出版社1983年出版的《柯岩作品选》等选集。

据诗人徐鲁回忆："在整个80年代里，柯岩的一系列题画诗，是许多读者、尤其是小读者最美丽的阅读回忆之一。"

这些题画诗，诗画交融、简洁优美，不只是对画作的简单图解，每首诗均可独立存在，体现着柯岩的智慧、想象力与浓郁的诗情。正如著名诗人艾青所言，柯岩的这些题画诗"聪明，富有想象，有单纯的美，像水晶一样透明，是最好的诗"。

## 《诗说台湾》序

### 郑伯农

去年初冬，赵国明先生带着自己的著作到我家，自我介绍道：他供职于《北京青年报》，爱好历史和诗词，写了一本关于台湾历史的书，每段文字前面都有一首诗，已于近三年前出版。最近，他把书中的旧体诗抽出来，加上过去和新近写的关于台湾的诗章，共一千多首，打算出一本诗集。临走时，他把诗稿留在我这里，希望我提点意见。

我首先读了他那本《台湾 台湾》，很是惊讶。作者是办报纸的，哪有那么多时间坐冷板凳！不夸张地说，这是我看到的一本关于台湾历史的材料最丰富、叙述最完整细致的著作。从浩如烟海的考古资料、古代典籍、当代报刊书籍中挖掘出有关台湾的材料，加以梳理，进行分析研究，然后构建一部史文并茂的著作，要付出多少汗水！我从这本书中获益多多，它大大丰富了我关于台湾和东南亚的知识。

诗集《诗说台湾》中1060首诗都是绝句、律诗，只是最后附录部分的九首诗中有少量词曲、五古、赋和骚体诗，还有一首新体诗。从内容上看，都是关于台湾的咏史诗。在我国，咏史诗有悠久的传统。《诗三百》中的商颂、周颂，都有关于祖先来源的叙述。左思的咏史诗、杜甫的《咏怀古迹》，更是传颂千古的名篇。这一题材的诗要解决好咏史和咏怀的关系。有的诗人只是拿前朝的事当由头，借古人之事迹，抒胸中之积郁。赵先生走的不是这条路。他十分尊重历史，绵绵诗情都是从悠悠青史之中激发出来的。有以史鉴今之心，无借题发挥之意，是史识和诗情的结合。

在《台湾 台湾》中，赵先生把台湾从远古至今的历史分成七个阶段来阐述。也按这七个阶段来排列。一千多首诗，涉及台湾的历史、现状、经济、政治、文化、自然景物、风土人情……可以说，这是一部诗化了的台湾全景图。据作者介绍，三万年前，台湾海峡远没有今天这么深，有陆径把大陆和台澎连接起来，不时有人从大陆东去狩猎、采集，并在那里定居。怎样用诗的形式反映这段遥远的历史？赵先生的诗既有翔实的历史地理资料为依据，又有很浪漫的想象力：

陆桥逐鹿到台湾，光景自足人未还，
百越延绵南岛进。密了平埔密高山。

三万年前闽越"猿"，游居逐肉到台湾。
菜寮溪畔多繁衍，西垦平原东向山。

无论表现哪一段历史，作者都很

注重刻画人物形象,特别是那些曾为开拓或保卫台湾这块热土做出突出贡献的人物。我们从诗集中可以看到一大串光耀青史的名字:卫温、汪大渊、沈有容、陈第、颜思齐、郭怀一、郑成功、沈光文、施琅、朱一贵、林爽文、姚莹、沈葆桢、刘铭传、丘逢甲、刘永福、徐骧、蔡清琳、余清芳、于右任……作者用澎湃的诗情为他们树碑立传,虽然多是短短的绝句、律诗,却有着丰厚的历史容量。像写郑成功主持复台会议的一首律诗:

> 胡尘三面近,勇者未彷徨。
> 海阔天光满,汀浮剑气张。
> 登高激壮志,归队诉衷肠;
> 明日云帆挂,合围猎海狼。

写丘逢甲那一首,深沉而凝重,写出了这位大英雄、大诗人在民族灾难面前的悲壮与无奈,悲剧之中透出冲天的豪气:

> 携手同仇向蟒龙,飘摇风雨数英雄。
> 黑云染指屠刀举,铁马冲关战剑横。
> 无尽血流溪涧过,不竭怒火海中生。
> 援绝渡海哭明月,夜夜思乡到五更。

集子中唯一的一首白话诗(歌词)——《台湾老兵与布娃娃》,读罢令人潸然泪下。诗的背后有一段真实的故事:"两岸开放探亲后,台湾老兵刘先生决定回故乡定居。就在女儿去台北接他时,发现他已死在自己的屋里。悲痛欲绝的女儿带回几只大箱子,里面装满了布娃娃。原来当初离别时,女儿只有六岁。在孤独飘零的父亲心中,女儿被永远定格在那个喜欢布娃娃的年龄。"作者很会捕捉生活中的美,他不但写了歌词,还以此配了一首乐曲。据作者介绍,此歌曾被中国移动音乐门户网做成手机彩铃上线。

国明先生在台湾这块热土上耕耘得非常执着,为它写历史、赋诗章、谱歌曲。这位"台湾专业户"将来还会冒出什么使人眼睛一亮的新作,我们翘首以待。

## 从"蔡词"到"蔡联"

——《南园楹联》序

### 李元洛

花开并蒂，姊妹同行。虽然开花的季节不同，携手的时间有异，但蔡世平的新词与蔡世平的联语，却都堪称活色生香而彼此辉映。对他个人的创作而言，其词与联乃同一血缘的姊妹行，也是植根于同一泥土的并蒂花。

近些年来，蔡世平以旧体词创作鸣世并名世，成为当代一枝秀出的重要词人，得到学界和社会的广泛关注与推誉。其词被誉为"蔡词"。中国词学研究会会长、武汉大学文学院教授王兆鹏，乃我国当代专门著作甚丰的词学专家，他著文称许其词是"词体复活的标本""为今后词的创作开辟了一个新的方向，建立起一种新的审美范式，展现出词体艺术发展的乐观前景。"弟子不必不如师，师不必贤于弟子。忝为蔡世平曾经传道授业解惑的老师，我当然也深有同感，并与有荣焉。

艺海无边，生也有涯，蔡世平对此有清醒的认识。一个人的一生，能在某一方面卓有建树就已非易事了，故历来就有"宁从一而专攻，毋旁涉而两失"的箴言警语。因此，蔡世平有所不为，即使是他过去素所钟情并初成格调的散文创作，也因词这一热门的新欢而成了置诸冷宫的旧爱。（相对于许多旧体词作者，他实在得益于新文学创作的历练与熏陶）然而，为我所始料不及的是，蔡世平却仍然左右开弓，并出示已整理就绪即将出版的《南园楹联》，嘱我作序。蔡世平雅好联语，其有关创作我过去也略知一二，但前人称词为诗之余，我以为联也不过是他的词之余而已。不意他的楹联创作不仅斐然成章，而且还蔚然成书。和其词创作同以"南园"命名而欲平分秋色。展读数过，涵泳再三，我不禁感叹蔡世平颇具词才竟又颇具联才，难怪有人将其楹联又美称为"蔡联"。众口难调，其词其联不可能众人皆曰好，但吾意独怜才，故乐为之序。

我认为，"楹联"之名虽正式见于明代，但它起源甚早，身世如谜，有人以为起于五代后蜀，有人认为源于晋代，有人甚至远溯到汉朝，然而不论真相与结论究竟如何，经过历代的发展，楹联创作至明清两代臻于鼎盛，成为中国优秀传统文化的一个重要组成部分，成为具有深厚文化内涵与独特艺术魅力的一种文学样式，成为民族性、文学性、实用性三位一体的华夏艺苑奇葩，却是不争的事实。从血缘关系与家族谱系而言，我更以为联系诗词与散文的别裁，更是诗词门庭兴旺的近亲，乃中国诗歌长河的一条浩荡的支流。从上个世纪初叶以来，由于众所周知的原因，这一支流的河床日见萎缩，河声也不再浩荡，直至近些年来始有全面复苏并重振雄风的气象。但是，当代的楹联创作如同当代的旧体诗词创作一样，由于历史的积淀太过深厚，传统的压力过于沉重，而许多作者又缺乏开创新生面的雄心与才力，所以陈陈相因者多，俗腔滥调者不少，而蔡世平的楹联则像我当年初读其词作一样，令我有惊艳之喜。其《南园楹联》，是可以和他的《南园词》媲美的姊妹艺术，是当代楹联创作的重要收获，也同样为当代楹联创作提供了一个新的参照物。

《南园楹联》虽不能说副副花光照眼，篇篇均为上选，其题材领域也尚待进一步开拓，但总而言之，它已经具有如下的鲜明特色，即：时代的精神内涵与人文品格；诗性思维的审美观照与表现方式；外柔内刚的生成状态与个人风格。至于严格遵循联律的基本审美规范，那更是楹联艺术的初阶，是楹联创作应有的却还未能为不少作者掌握的题中应有之义。

楹联与中华诗词一样，是汉语言文字的特殊产物，同样具有平仄格律等具体美学约束，虽然这种约束较之诗词相对宽松，但却绝不可随心所欲置之不顾，否则就会如同不懂格律者所作的所谓诗词，名为传统诗词，实则非驴非马，当代新文学领域有所谓名家与大家，尚不明格律为何物即率尔操觚，并美其名曰"旧体诗"，徒然贻笑大方而已。楹联中有俗云马蹄格、朱氏格、李氏格三种基本格式，而在上、下联皆为四句或四句以上的多句联中，马蹄格则是运用得最多因而也是最常见的一种。《南园楹联》百副作品，均严格遵循上述三种楹联格式的美学规范，没有一首越出雷池一步。换言之，任何活动都有其自身的"游戏规则"，楹联创作作为一种高层次高品位的精神游戏，蔡世平严守规则，这既是作者有自信力的担当，也是于读者有他信力的责任。

楹联格律于习作者乃为必修，于楹联家则系余事。我这里要特为拈出的，是"蔡联"最为引人瞩目的美学特色：

时代的精神内涵与人文品格。一

个时代有一个时代的文学，楹联是一种年深月久的古老的文学形式，但今人之作必须与时俱进，焕发出新的生机、呈现出新的面貌。欲达此境界，关键在于以现代的思想与观念观照和表现新的时代生活，作出合于时代趋势与潮流的审美价值判断，显示当代作家的精神品质与人格操守，也即作为一位真正的作家必具的当下关怀与终极关怀。如《雁栖湖国家会议中心题联之一》："大洋连四海五洲，从来水碧山青，且漫说乾坤锦绣；圆桌聚友邦明主，正是天心月满，好商量世界和平。"今日之世界动荡不安，疮痍满目，地球人的生存环境与生态环境危机四伏，这一联语就表现了作者对维护世界和平、保护自然环境的殷切关注。日出东方凯宾斯酒店位于雁栖湖畔，是与会的国际友人下榻处，蔡世平的《日出东方凯宾斯酒店题联》："日出东方，是谁托起金盘，彩绘河山新面貌；湖飞雁影，由我横吹玉笛，安排大地好歌声。"虽系题咏酒店，从中亦可见蔡世平忧国忧民乃至立足京华心怀天下之心。他还有《雁栖塔题联之三》："塔顶风光宜放眼，民间烟火最熏心。"还有《慕田峪长城题联之一》："眼前是大好河山，莫只看烽火台荒，石城砖老；回首有伤痕岁月，要记取南京血溅，东海波腥。"其忧患意识跃然纸上。可见表现时代精神与人文品格并非作单纯的颂歌，贴程式化的标记，而是要从作品中窥见时代的面影，听到时代的脉跳，感受到作者先忧后乐的怀抱与放眼世界的眼光。

诗性思维的审美观照与表现方式。"形象思维"是一切文学艺术创作所共有的思维方式，而"诗性思维"则是诗词创作中最重要或者说最根本的思维方式，诗才的高下，归根结底与诗性思维的有无与强弱密切相关。多年以来，论者与作者言必称形象思维，而对于诗性思维则不够正视与重视，甚至不甚了了。我在《诗性思维的奇葩异卉——论蔡世平的词》之长文中，对此论之甚详，此处不赘。简言之，诗性思维的特征其一是敏捷的直观性，其二是鲜活的意象性，其三是语言的审美性，其四是生生不已的创造性。蔡世平的词与联之所以不同凡俗，就正是其诗性思维高度活跃的结果。如《紫辰院题联之二》："暂且把几许市声，拴在墙外；好由它一团和气，酝酿心间。"如《紫辰院题联之十二》："种得绿荫留客扫，也栽花影要蜂忙。"从中可见艺术感受的锐敏，意象经营的鲜活，以及语言的雅俗交融与组合方式的陌生化。我也有《题紫辰院花径》一绝:"紫辰院好鸟歌林,花径通幽喜不禁。纵火繁花如美色,岂唯养眼更烧心!"我有违序言的通常体例,不禁在此将拙作拈出,除了以示师生的如切如磋之情,当然也企图表示师有时也不必尽不如弟子。

活跃的高品位的诗性思维,使蔡世平的楹联中佳篇秀句层见叠出,正如俗语所云之"不胜枚举"。如《春雨野花题联》:"春雨敲窗春寂寞,野花带血野苍茫";如《洞庭湖题联》:"草肥眠鸟梦,水阔晒渔歌";如《"三零一"昆明血案题联》:"最难言地老天荒,花谢花残,春城三月凶刀黑;真怕信千秋百代,好山好水,日落黄昏血里红"。或乡野小品,或社会大品,蔡世平之联均表现了他不同流俗不按常理出牌的"诗性"与"诗想"。

外柔内刚的生成状态与个人风格。诗词与联语的创作,最忌流于俗媚与趋时,只有脂粉气与阿谀状,缺乏内在的风骨;也最忌流于套话与叫嚣,只有陈腐气与狂躁状,独无唯美的情韵。《南园楹联》既有时代精神与人文精神的内蕴,又出之以诗性思维的审美观照与表现,所以其中没有习见的大话、狂话、套话、俗话、官话与媚话,外柔而内刚,柔美其形,坚刚其骨,是柔性美与刚性美的联姻。这既是其作品的生成状态,也是其作品的个人风格。如《湘村情题联》:"月下喜谈心,星雨动人春动柳;板桥曾送客,蔓藤牵手草牵衣。"写乡村儿女的爱情,风光旖旎而柔情脉脉。如《南园老屋题联之二》:"百岁虎皮樟,编制繁枝忙鸟影;一弯边地月,携来闲事语西窗。"作者曾从军西北,历经十五年戎马生涯,如今回到江南故里,军旅豪情却不时回荡胸臆,此作刚柔并济,柔而有骨,刚而呈柔,抒写的虽是小日子,呈现的却是人生大情怀。又如他的另一副《慕田峪长城题联之二》:"谁言天下太平,月色正温柔,良夜未央眠好梦;我到慕田峪口,山风仍浩荡,耳边犹近马蹄声。"全联的美学形态是以刚为主,然而却也用"月色""良夜""好梦"以柔补刚,壮怀激烈,情韵深长。

我忝为蔡世平之师长时,他还是小小少年,而我也年方而立。岁月不居,流年似水,而今我已垂垂老矣,而他还正当振羽鹰扬的盛年。老年花似雾中看,我这篇在江城客舍会议间隙中匆匆写成的文字,就聊充他的楹联花展入口处的前言吧。过去,他曾说以遇到我这样的老师为荣,今天,我却要说,我因有他这样大有作为而不忘师泽的学生为慰为幸。

## 白水诗人梁上泉
——序《梁上泉文集·抒情诗卷》

吕 进

如果谈论重庆新诗,大体上应该从吴芳吉开始吧!吴芳吉是站在白话诗和文言诗的交叉点上的重庆诗人,承继清末黄遵宪的诗界革命的主张,他是中国探索现代白话诗的早行人,因自署"白屋吴生",故世称"白屋诗人"。1919年问世的白话诗《婉容词》至今艺术魅力不减,首次在上海《新群》上发表后,就传诵一时。白屋诗人是重庆江津人,1932年去世,享年仅36岁。他留下的600余首诗作极大丰富了白话诗宝库。

吴芳吉之后,在20世纪的30年代,重庆走出了创造社的早期诗人邓均吾,走出了诗人何其芳、杨吉甫,走出了"脱帽志变"(卞之琳语)的方敬,走出了沙鸥,形成强大的新诗文脉。到了20世纪50年代,有一颗诗星出现,这就是梁上泉。

诗人何其芳在1949年10月初写过一首《我们最伟大的节日》,热情欢呼"中华人民共和国在隆隆的雷声里诞生"。新诗也在这"隆隆的雷声里"展开了新时代。站在21世纪的制高点,回望新中国成立初期新诗的足迹,可以看到,那是新诗在新中国的试唱期,这个披满阳光的时期一直延续到1957年上半年。"我们爱五星红旗/像爱自己的心/没有了心/就没有了生命"(艾青《国旗》)。社会生活发生了翻天覆地的变化,20世纪50年代中国新诗掀起了一个高潮,尽管带着历史的局限,但终究还是唱出了新的声音。一大批新人出现了,他们是新中国的儿子,新时代的歌手,在艺术上没有因袭的重负,吟咏新生活对于他们来说可谓如鱼得水。他们的颂歌和战歌给诗坛带来青春、朝气和繁荣。

洪子诚与刘登翰1994年在人民文学出版社出版的《中国当代新诗史》里是这样提到梁上泉的:"一大批青年作者,如公刘、邵燕祥、李瑛、白桦、严阵、梁上泉、雁翼、傅仇等,都是在这个阶段走上诗坛,开始他们富有活力的雄心勃勃的歌唱。"这里提到的"青年作者"后来都成了中国诗坛的领军人物。在国外的著述中,法国巴黎第七大学东亚出版中心出版的《中国当代文学史稿》尤其值得注意,因为它是国外有关我国当代文学史的第一部著作。《史稿》在"梁上泉、白桦与顾工"一节里,称这三位诗人是"在迷人的边疆风光和少数民族多姿多彩的生活情调中培育出诗情的诗人"。

《梁上泉文集·抒情诗卷》收入梁上泉1947—2015年间的1100余首抒情诗作。60多年来,梁上泉行吟于祖国的山山水水。登山则情满于山,观水则意溢于水,披星戴月,足迹遍布,火热的诗情不择地而自出。1982年诗人首访天山时写了《明月出天山》:

那年我到祁连,
长留难忘的梦幻,
无论我离开多远,
总见那白雪灿灿。

今年我到天山,
梦幻重新浮现,
无论我向北向南,
都有那明月作伴。

白雪皎如明月,
月色雪光融一片;

明月洁如白雪,
雪光月色两相恋。

我爱披雪戴月,
歌行瀚海绿原,
追寻着诗的踪迹,
踩下足印串串……

的确,对于50年代的梁上泉,最得心应手的领域是边疆和少数民族的世界。50年代既是成名的岁月,也是硕果累累的记忆,许多至今富有影响的名篇,如《高原牧笛》(1955)、《阿妈的吻》(1955)、《月亮里的声音》(1957)、《望红台》(1961)、《大巴山月》(1961),都是梁上泉50年代及稍后的作品。从诗歌史回望,正是50年代铸就了梁上泉之成为"这一个"的基本艺术个性和诗学要素。《阿妈的吻》和《月亮里的声音》在大多数情况下几乎是各种诗歌选本的梁上泉作品首选:

阿妈哟阿妈。
你为什么不说话?
眼望着新修的医院,
为什么噙着泪花?

问你你不回答,

## 诗作解读

吻着怀里的娃娃,
向医院步步走近,
你到底在想什么?

莫非想起以往的孩子,
没有一个长大?
莫非想起旧日的病痛,
找不着一个门巴?

阿妈,你擦干了眼泪,
是不是要说心里话?
笑脸却亲贴明净的门窗,
像吻着白胖胖的面颊。

啊!你吻吧!吻吧!
你以吻孩子的母爱,
在吻着自己的医院,
在吻着自己的祖国呀!

(《阿妈的吻》)

阿妈在吻着自己的祖国,诗人也在吻着自己的祖国,这是那个时代最普遍的情感。

你的胸怀竟如此宽广,
抱住了一个圆圆的月亮;
你的长裙拖着红霞,
从凉山飞到北京的舞台上。

听着月亮里的声音,

几疑是天上的嫦娥下降;
你用琴弦跟听众谈心,
又分明是个彝族姑娘。

月亮里只有个广寒宫,
月琴里却有你整个家乡,
通过你会说话的手指,
把我引到你放羊的远方。

一曲倾诉着奴隶的苦难,
像山顶郁结着不化的银霜,
森严的寨堡里有娃子在呼号,
一滴热泪燃起一星火光。

一曲庆贺奴隶的解放,
两弦间就是欢腾的金沙江,
雪白的荞花开在两岸,
牧人的舞影跃入水中央。

最后一曲献给山区的未来,
弹得星星落在孩子的书桌上,
惊喜地望着那美丽的现实,
一半像神话,一半像幻想……

掌声的急雨把我催回剧场,
幕布的紫云把你深深掩藏;
归来的路上琴音还很明朗,
正像这深夜里满街的月光。

(《月亮里的声音》)

写这首诗的时候，上泉在北京。他在一个会演中观赏到来自遥远的大凉山的彝族姑娘沙玛乌兹的月琴弹奏，情不自禁，展纸成篇。

两首诗显示了梁上泉抒情诗在其前其后的几十年中的几个常见的美学要素。

首先，诗人认定自己是祖国的儿子，他与时代。同行，与人民同心，他坚守着一个诗人的使命感与崇高感。对于梁上泉，诗歌不是"私歌"，诗歌出自诗人内心，但是最终应该进入读者内心。只钟爱自己，只倾吐个人身世，这是诗人梁上泉所不屑意的。1956年11月17日，诗人与青梅竹马的蒲心玉在四川达县结婚，在新婚夜有一首急就章《情结》：

这样的夜，
圆圆的月，
万点灯火明明灭灭。

心形的镜，
照着我俩，
是再也解不开的情结。

情结难解，
情丝不绝，
要一同编织美丽的事业。

让夜更芬芳，
让月更皎洁，
装扮出一个迷人的世界！

这位新郎就这样把新婚的甜蜜、个人的幸福与"美丽的事业"，与"迷人的世界"融合在一起。其实，这种诗歌美学正是中国传统诗学的核心。中国诗歌历来有关怀民间疾苦、忧患国家命运的以家国为上的传统，自古以来中国诗人就视那种只做自己灵魂的保姆的诗为下品，而是追求第一等襟抱，寻觅广阔的诗的内在视野。吴芳吉就说："三日不书民疾苦，文章辜负苍生多。"

在文学体裁的定位上，中国与西方有很大区别。西方推崇戏剧文学，把戏剧文学视为文学的王冠，而悲剧则是这个王冠上的一颗珍珠。中国是诗的国度，在中国文学看来，诗是文学的王冠，抒情诗则是这个王冠上的一颗珍珠。叙事诗、剧诗在我们民族都会被看作诗的变体。中国散文具有诗的特征——文中常常出现诗句；寻求诗的含蓄简洁与平衡结构——都有对诗魂的追求。而诗魂，正是评价一部散文作品的最高标准。当一部小说，一出戏剧，被称道为"像诗一样"的时候，就是得到了很高评价。

抒情诗就是语言的艺术，在散文未尽之处就出现了抒情诗。

诗不是情感的"露出"，它是情感的"演出"；读诗，其实主要就是读诗的语言。诗人注意传达什么情感，他更注意怎样传达情感，更注意让一种情感如何在一种诗的光环中呈现于读者面前。诗的这种言说方式，宋代诗人王安石就叫"诗家语"——既联系于又区别于散文语言的诗歌语言。梁上泉的诗歌语言流畅明快，清新铿锵，给人一种难言的美感，晦涩、做作的作品在梁上泉这里根本没有立足之地。上泉的语言是诗化的民歌语言，是现代化的古诗语言，民歌和古诗成了他运用现代汉语写诗的两大源泉。《大巴山月》是这样起笔的：

月亮，月亮，
挂在大巴山上；
山上，山上，
多少眼睛张望！

如随口而出，如行云流水，大有"明月出天山，苍茫云海间"的李太白风采。"归来的路上琴声还很明朗，／正像这深夜里满街的月光"，这样的结尾使我们想起许许多多的古诗。

梁上泉的抒情篇什几乎都是"能歌的诗"：音乐性很强。他的诗，就像《阿妈的吻》、《月亮里的声音》一样，讲究节奏，讲究押韵，读起来朗朗上口，听起来优美悦耳。所以，他的作品常常被谱成歌曲，为中国新诗传播方式重建提供了范式。《小白杨》、《我的祖国妈妈》在新世纪为诗人赢得了众多粉丝。记得2006年7月，重庆市文史书画研究会访问团访台，梁上泉和我都随团前往。这是我第三次访问台湾，前两次都是中国作家协会的出访团，这一次我充当了沟通重庆与台湾的使者。访问团从台北到台南的途中，在一家小饭馆就餐，餐毕略作休息，大家建议唱唱卡拉OK，店家拿出歌单，《小白杨》居然赫然在目，而且，台湾诗人个个会唱。现在有些不太读诗的年轻人却知道梁上泉是《小白杨》的词作者。好像上泉只有《小白杨》一样。即如《阿妈的吻》和《月亮里的声音》，每节4行，节奏鲜明，分别押"发花"韵和"江洋"韵，abcb的韵式，如音绕梁，回环往复。这是现在流行的"口水诗"所望尘莫及的。

注重社会关怀，语言明亮，富有音乐之美，这就是抒情诗人梁上泉的风貌。随着时间的推移，随着诗人人生经验的积累，上泉的诗的生命关怀成分也在增加，这就让他的歌唱更加厚重，比如1991年写的《棋盘》：

夜空无际，星斗历历，
一盘永远下不完的棋。
古老的棋子在陨落消失，
人造的棋子又填补上去。
银河虽不是楚河汉界，
却密集着最强的兵力。

这就不止于颂歌和战歌了。这里有深沉的人生体验：世事如弈，刀光剑影，风云奇诡，局局出新。1993年出版的《六弦琴》中有一首《人与鸟》：

笼中鸟，在树上对话，
遛鸟人，在树下对话。
鸟谈的什么，人懂吗？
人谈的什么，鸟懂吗？
我觉得鸟语还好理解，
人语反难解答。

此诗与顾城的《远与近》有异曲同工之妙。人间的复杂，人世的悲凉，人性的扭曲，人际的设防，"却道清凉好个秋"！但是，后来的这些诗篇还是流淌着梁上泉的血脉，我们看到的依然是那个祖国的儿子，那个语言闪光的诗人，那个富有音乐质感的艺术家。即使蒙着诗篇的作者姓名，我们依然可以说出他是谁。

梁上泉的原名是梁上全，所谓"全"，是父亲寄望他能成"人王"。这可不是诗人的向往啊，于是，改"全"为"泉"，"泉"者，"白水"也。"在山泉水清，出山泉水洁"，他要做一个白水一样的纯净诗人。这种故事在那个时代也许不只一个，我就也有类似经历。我的原名是"吕晋"，父亲希望我能不断"晋升"，我也自作主张，在小学时代就自己改名了。

"白水"其实是中国深刻的人生哲学。

日本学者认老子是中国文化和东方文化的代表。其实岂止东方，西方的大人物爱因斯坦、黑格尔、海德格尔对他都推崇备至。尼采说："他像一口永不枯竭的井泉，满装宝物，放入水桶，垂手可得。"《老子》德文译本多达82种。联合国教科文组织调查，现今发行量最大的世界文化名著，除《圣经》外，就是《老子》。在德国，研究老子的著作达700余种。老子的哲学可以说就是水的哲学，老子是白水哲学家。他对于人的修养提出要以水做榜样。他说，最高的善行都具有水一般的品性，所谓

"上善若水"。水是高雅的：无色无味，清明洁净，似动似静。水是生命的源泉，在生命演化中起到了重要作用，它是包括人类在内的所有生命生存的重要资源，也是生物体的重要组成部分。人可以挨一个星期的饿，但是如果没有水，三天都活不下去。水这么重要，却从来不争，所谓"人往高处走，水往低处流"。这不是水没有志气，而是水始终保持谦逊。正因为水处在低下的位置，博大包容，所以才能够成为百川河流汇合的地方，成为浩瀚的大海。"江海所以为百谷王者，以其善下之，故为百谷王。"

我和梁上泉相交近40年，对他的印象就是"白水"，朴素低调，与人为善，虚怀若谷。他担任第七届全国人大代表时，联合30多位代表，提出关怀老人，设"重阳节"为"敬老节"的提案；在一些历史关头，他勇敢地站在正义和真理一边；与人相处，他永远热情助人。从来不想做官，从来不摆名人架子，以诗为生命，寻觅"白水"人生，这就是梁上泉所以获得这么多人敬重的原因。

从"白屋诗人"到"白水诗人"，描画出重庆新诗从初创到成熟的轨迹。在新时期，重庆又出现了傅天琳、李钢。傅、李之后，梯次性地出现了许多年轻诗人，抒情诗的艺术之路正在这里延伸，一座诗歌重镇屹立在中国的西部。

中国新诗正在"立"字上下功夫。重"破"轻"立"，一直是新诗的痼疾。把新诗的"新"误读为不讲诗美规范，没有诗体法则，忽视诗坛秩序，这就形成新诗长期的尴尬局面：诗人难以写出来，读者难以读进去。而梁上泉从他的角度给我们提供了思考"立"的诗学空间，他在重建时代的意义是显而易见的。

## 难得清高境，梦边生白云

### ——《牧云斋吟草》序

### 刘 章

周崎峰兄寄来部分诗作，嘱作序，好犯难！不只因忙，难在不胜任。我知道我是谁，一个从未下功夫认真钻研诗词的"客串"，只不过是个大胆创作、敢于说话的诗词界的傻大胆罢了。诚然，为友人写过序。为青年人写过序，不过是谈人品、谈友情、喊加油而已，从不曾为名家写序。我所以答应下来，意在品味、学习。这是实话实说，并非故作谦虚。

周崎峰兄的名字我很熟悉，如一颗星闪耀在中华盛世诗国的天空。但因以前没有交往，诗和名字对不上号。我打开《中华诗词十年作品选》，找到他的名字。对了，是他的《春乡小景》曾经照亮我的眼睛啊。"田似声毡岭若霞，榆黄桐紫艳桃花"，形象密度大，色彩丰富。"村姑浣罢牵溪去，一串鹅歌追进家"，多么机智，多么形象，高手也！读这样诗，我得出的印象：这位诗人，绝不是像有些诗人那样，走马观花，回去坐在屋子里，翻韵书，凭语言作诗的诗人，是面对外部世界，仔细观察，认真思索、感悟，入乎物内，出乎物外，认认真真寻诗的诗人。

读了他部分诗稿，证实了我的感觉。崎峰兄，性爱山水和名胜古迹。但是他不像我和一些诗友那样，写出的诗文字顺畅，平仄也合，除了证明"到此一游"，新意不多。我观有些诗，诗人不到那里也可以写的，好像早写在标签上，到那里一贴。崎峰兄诗，是身临其境，写出新意，写出诗味。如《洛阳白居易墓》，我4月曾到那里，因天色太晚，自称"乐天卒"的我，只表了一个态："我为平民生与死，荣枯无悔在荒原。"而他却写出了："浔阳江畔琵琶泪，滴向伊川浪不平！"时空在韵，即此莫彼。红军长征过湘江，四万男儿赴死，不乏诗人凭吊。他的《湘江凭吊》句："四万忠魂风雨祭，湘江泪卷洞庭波。"让人心头洞庭波涌。有些诗写此事，只限湘江水；崎峰兄情感飞动，飞向洞庭波。咏汉妾辞宫，古今好诗甚多。他的《昭君墓》句："归魂似认家乡客，冢草躬身拜向南。"北风频吹，青冢夕阳，野草躬身南向，无限凄美！一般诗人对山水名胜浅尝辄止，往往写说明词。成熟诗人或名家用心灵击石取火，掘地生泉，因此见魂，如岚气氤氲，如篝火熊熊。

通过诗稿后百字简介，得知崎峰兄是河北献县人，生于1954年，长我五岁。他有古今沧州人的豪放性格。他的诗以豪放雄浑为主调。绝句《寄远》："南雁空啼五十秋，遥天长写几行愁。流年逝水无情篦，梳尽青丝剩白头。"很有李白的"白发三千丈"之慨声。《驿宿嘉峪关》："风摇大漠枕边流，月挂长城西尽头。夜半一闻关岭雁，梦生多少古人愁？"颇有诗家天子王昌龄的韵味。诗人的风格由诗人性情决定主调，也因客观世界物象不同而多样；成熟诗人，莫不如是。峙峰兄有"千秋标竖凌霄笔，饱蘸风云写大唐"（《大雁塔》）和"千峰竞蘸夕阳血，壮写关山万世雄"（《登八达岭长城》）的大气、奔放，也有"白云同作客，醉挟夕阳归"（《春山访友》）的高古，有"紫风摇落韵，绿雨递新声（《梧桐吟友》）和"峦影醉阳随客至，闲云无约自飘来"（《郊野寻故》）的空灵，有"归牛漫吻溪边草，蹄蘸清流进栅门"（《游湘西武陵源白云村》）的闲适，有"良宵裁妙句，邀月过邻墙"（《村居》）的精炼、疏野……品诗，不同品桃李，而是品桃中各味，难以很准。我的说法，不一定对，只证明诗人风格多样，观花看草，笔墨不同，如此而已。品得欠妥，请峙峰兄和诗家指谬。

我最近在诗友里一再狂言：中华诗词，已进入繁荣昌盛时期；诗人队伍绝对超唐。有此佳作，也无逊唐人。不足的是，一是对当代好诗宣传、播扬不够；二是与诗词创作相比，评论相对滞后。商品大潮下，生活节奏紧张，人心都有些浮躁，与唐人较，似乎少人们面对自然所得"野旷天低树，江清月近人"、"大漠孤烟直，长河落日圆"那样天籁之句。在峙峰兄诗里有"长鞭拴落日，万马滚流云"（《草原》），"半截篱笆难隔月，一鸡啼破两家晨"（《诗邻》）和"离情宛似桥头柳，岁岁春丝挂到秋"（《寄远》）等耐人寻味的句子。因为我手头只有部分诗稿，我想肯定有天籁之声。学峙峰兄，品峙峰兄诗，品出他有平静诗心，十分可贵。孟浩然当时若心境浮躁，也许发现不了"江清月近人"的。

我写诗，我读诗，经常有这样现象：明明发现了一首诗，意境推不上去，深为遗憾。峙峰兄则不然。《秋登贺兰山》一句"肥马白云秋"，把读者引向高远清幽境界。在《郊野寻故》诗中，尾句，"抬头一树紫桐花"让人心清气爽，神采飞扬。《绍兴咸亨酒店漫题》的"小桥寒雨橹摇声"让人心入如画江南，心旌摇荡……读峙峰兄诗，读出他功力深厚气韵丰富，读出他生命之树常青，让人欣喜不已！

我的话到此打住，再多说便多露诗词修养不足的"馅"了。

"南窗斟月色，北榻揽星辰。难得清高境，梦边生白云。"（《喜迁高层新居》真诗中仙也。祝新的诗集，早日问世。

## 新词叠作慕英才
——赏刘麒子先生"清丽双臻"二大作

### 许连进（香港）

近于香江之滨，重逢中华诗词学会顾问（原副会长），中国当代诗、书、画名家刘麒子先生。其因出任全球华文蔡丽双杯"清丽双臻·草原情"填词大奖赛之终评委，莅临香港，对即将公布之大赛获奖作品进行最后把关，终极审评。在三天终评审阅过程中，蒙其赠笔者《清丽双臻·内蒙风物此情长》大作。

捧此大作，不由想及与刘麒子先生在九龙维景酒店之另次文艺界盛会邂逅。2014年初，蔡丽双博士满怀时代激情，提出以个人之力斥资，拟以其自制词牌、词谱举办全球华人"清丽双臻·中国梦"填词大奖赛之设想，随即获刘先生之全力支持。于会上充分肯定该自度词牌之句式多变，承接历朝词谱、词牌之优秀传统，又褒扬大赛所选主题"中国梦"之与时俱进，符合主旋律。其不仅言语上之热情支持，且于行动中之真情实践，出任首次大赛终评委之一，遂有2015年之《清丽双臻·中国梦》力作：

不负平生态，英才一代展鸿猷。反腐倡廉除隐患，强军治党运良筹。友善睦诸邦，和平系五洲。　圆国梦，为民谋。法制颁行施德政，高科发展启人眸。百业兴隆歌盛世，千秋史册载风流。

上阕以"不负平生志"领起，概陈新一代国家领袖之治世韬略，强国宏猷。以"圆国梦"三字，过渡至下片。明里彰显主题，隐中承前启后。落笔至处"为民谋"，肯定计成功就。下列四句，有实有虚，照应上段。凭"载风流"三字在结尾宕出一笔。细赏上阕，颇有先哲之史笔遗风；品玩下阕，似有后贤之词韵逸才。

追读其前"清丽双臻"作品毕，且列具刘先生所赠之新作《清丽双臻·内蒙风物此情长》：

遥望阴山下，萋萋芳草水云乡。滚滚黄河南北绕，马儿奔跑逐牛羊。牧野接新城，最牵游子肠。　描画里，入诗行。胜景依依来笔底，如痴如醉亦如狂。佳作家园参盛展，内蒙风物此情长。

## 诗作解读

前些年，刘麒子先生曾应邀同蔡丽双博士远赴内蒙古首府呼和浩特等市，向当地驻守解放军赠书。该阕料为彼行之忆游作品。钦甚作者大手笔。词上阕，撷取内蒙古最具代表性之景物：阴山和大草原。回荡乎中国千百年艺文时空之北朝民歌："敕勒川，阴山下。天似穹庐，笼盖四野。天苍苍，野茫茫，风吹草低见牛羊。"此阴山，乃仗先民古史叠高增阔也。再言大草原之美，东起大兴安岭，西至延居海，绵亘二千公里之遥、八千万公顷之阔，故古今写内蒙古必有草原。词上阕已概括上述民歌内容，且以"滚滚黄河南北绕"，点明内蒙古自治区另一特景，黄河流经内蒙达八百公里之长。如无黄河母亲河，哪有内蒙古草原及山川之丰饶、秀美和历代人物之风流。笔墨不多，却如云霞拱日。此刘先生才思之异于常人者也。至此，笔者油然思及一副概括该区之名联"阴山为障，河套如环"，与此词颇有异曲同工之妙哉！

"牧野接新城"，更道出数千载沧桑变化、时代巨变，怀古爱今，催人触景联想，迸发种种激情。上阕末，以"游子肠"殿后，酷似歇后语，别无旁及引申出下阕二短对偶句。而下阕第一组双七言句，集合浓墨重彩，汇聚精描细刻。君看其画兴骤发，诗意横生，频频挥毫。"描画里，入诗行"，"来笔底"，殷殷点睛意；"如痴如醉亦如狂"。先生许以"佳作家园参盛展"，由见识内蒙风物到热爱内蒙风物，更感人的是宣传内蒙风物，深深希望家乡亲人亦见识、了解、热爱内蒙风物。感人之深，在蕴蕴文心之升华。词末一组双七字句，即承继前面之深情演绎，又概括全篇之豹尾结句。"此情长"，绾串前面十一句。作者缜若布局绵长，赏者沛然感铭幽长哉！

拙文开头介绍，刘麒子先生诗、书、画领域声名卓著。纵观此词，虽为倚声之作，更似一幅画图也。作者先绘远景，后描近物。痴渊醉态狂怀，顷刻潜化美构矣。浓情快意，汩汩然从笔端流出；诗肠词腑，耿耿然在词笺中铺排。

爱不避蛇足之嫌，姑以赓和之什，附为短文结尾：

画意诗情注，年华系梦碧原乡。美景无边奔笔下，云飞穹昊幻君羊。奇韵荐新篇，佳时催旅肠。　虚幅幅，实行行。敕勒川连千载久，古歌今唱引清狂。赓和蒙风追俊杰，天骄助我智舒长。

## ·针砭诗弊·

### 重庆热议"了体诗"

成 平

2016年7月17日,《重庆晚报》以三大版面报道"了体诗研讨会暨大奖赛启动仪式"和出席研讨会的6位著名作家的发言,包括中国作家协会主席团成员、重庆市作协会名誉主席黄济人,中国作协全委委员、重庆市作协原党组书记王明凯,中国诗歌学会副会长、重庆新诗学会会长傅天琳写的文章。"了体诗"即"了人"吴丹诗的命名。"晚报"同时刊发了《了体诗选》14首。黄济人认为:"我读到《山涧趣事》,'早早辞别热被窝,雨中登山趣事多,两条花狗林中配,一旁观战是鹦哥。'生活情趣和盘托出,雅俗共赏纯真直率"(《有一种诗,被人称作了体》,下同)。又说:"吴丹在用一种陌生填补一种空白,在用一种非常创造一种非凡。""吴丹的句子也许稍嫌粗糙,但它犹如粗粮,让我有食欲,吃得饱,耐咀嚼,能够分享诗人的幽默与快乐,能够汲取生活的营养与甘露。"文中还借一位专家之口说:"这个人不是写诗人,他是发明家!"又说:"吴丹越写越多,越写越好,个性特征也越发显现,越发鲜明了。""他写过一首《自画像》,其间佳句迭出,妙语连珠,例如'食不厌精多挑剔,大肉两片最称心','一身守候在家庭,遇见美人也花心','此君真是难理喻,好好坏坏皆一人'之类,让人忍俊不禁,却又回味悠长。""风格的形成,标志着吴丹已经成熟。……时至今日,他的光亮从街道照射过来,又从巷尾反射过去,有如一颗姗姗来迟的星晨,辉映着这座古老而年轻的城市。""吴丹虽无回天之力,但是凭借诗人的良心,他向沉沦开炮,他向堕落射击,发动了一场关于诗歌的革命。"王明凯认为,"了体诗具有浓郁地方特色和民族风格的融传统诗歌规律和现代述说方式于一体的全新的大众化诗歌体裁"(《了体诗的五个特征》,下同),"它有五大艺术特征:思相性、艺术性、可读性、大众性、根源性。"他说:"了诗有较强的思想性,符合社会主义核心价值观,符合我们的指导思想、共同思想、民族精神和时代精神,具有人文关怀、人性温暖和哲学思想。思想内涵丰富，精神饱满。具有强烈的艺术冲击力和感染力，""读起来有美感。有的风趣幽默，很机智，很巧妙，读起来妙趣横生，具有一定的口语化特征，通俗而不三俗（低俗、庸俗、媚俗）……雅俗共赏，老少皆宜。"傅天琳认为，吴丹《沐浴》"这首有味道的小诗也确实让我眼前一亮，感到与众不同"（《读了体诗点滴感受》，下同）。又说："他的诗写的是生活，表达的是感情，是有血有肉有体温的。""他的诗里，有着大俗大雅，大开大合，既继承了古典的东西，但同时也不会被这些规矩所束缚。"

7月20日，重庆市诗词学会召集了会长、副会长和主城区各诗词学会会长、各诗社社长等人，就《重庆晚报》的上述报道展开讨论。王端诚"不敢苟同""论者所谓渝州诗坛有'了体'产生。"他说："夫'体'者，须具有固定的体式特征和格律规范。考了氏之作，五七言固定模式是古已有之的句式，似乎不需要今人再去'长期探索'；而所谓'不拘泥平仄对仗'，也是乐府、古风之类早就存在的体式，古人早就'自成一体'了，哪里需要等到21世纪才来劳驾今人'创新'？"（《关于重庆'了诗'之我见》，下同）又说：了人先生"完全有选择此一古体的自由。只是愚意认为立意有欠高雅，意境失之低俗"。又说："《重庆晚报》以巨量篇幅推崇立意上艺术上均非高雅上乘的'了诗'，是对读者欣赏水平的极度低估和有失尊重，同时也是对作者极不负责的表现。……了人先生并非没有诗才，他很有写诗的灵气，如果因为这种溢美而遭损伤，是非常可惜的！至于妄称什么'体'而征诗评奖，那就更是匪夷所思、不敢与闻了。"山草认为，吴丹的《山涧趣事》"简直俗不可耐"（《也说'了体诗'》，下同）。"纵观他的全部作品，大体是仿五言、七言古诗的一种完全不拘平仄、可通押平仄韵的诗。其实也就是顺口溜或打油诗。吴丹不写格律诗，要写顺口溜、打油诗，这是他的自由，谁能说他不可，诗坛容得下这种'存在'"。龙光复认为："吴先生若能接受正确的引导，去粗取精、去伪存真，完全可能成长为一个成熟的诗人。"殊不知，一场空前抬轿把吴先生搞得'晕头转向的，自己姓啥子都不晓得了'。据说，已发表的了体诗已经具有思想性、艺术性、可读性、大众性、根源性等五大特征。既然已经达到了很高的高度，还能再高吗？吴先生本来应有的发展前途可能会到此为止。我真的要为吴先生鸣不平!"(《对了体诗诗体建设和推介热度的思考》)重庆市诗词学会会长凌泽欣在总结发言中说:"会议结果反映出了两点最集中的意见:一是对所谓的'了体诗'诗体持否定态度;二是对'吴诗'内容持批评态度。"(《关于'了诗'批评会及我对"了诗"的个人意见》,下同)他说:"《重庆晚报》在'吴诗'上做错文章而又做足了文章。这些文章所产生的负面影响不仅仅在于凭空臆造出一种诗体,更在于对低俗无趣的'吴诗'内容肆意肯定。"他认为:"吴兄活脱脱勾画出的《自画像》,其内容之恶劣,人皆心知肚明,照样被赞美为'佳句迭出,妙语连珠',真是令人堕入五里雾中。……说它是'裤裆文学',似乎觉得又过分'抬举'了它。将它与前些年辰坊间街头、茶余酒中的'黄段子'比较,不可说望尘莫及,或可说似曾相识。"

最后,他向《重庆晚报》涉及吴诗活动的好心的朋友们提一个紧急的慎重建议:"为了认真贯彻习近平总书记对当前文艺工作的重要讲话精神,……赶快终止你们不当的活动或调整你们的活动思维吧!"

## 也论今诗之失(外一则)

### 潘颂德

有位诗人指出,今诗之失,失在"不知道用韵,或知道却不愿",并进而由"无韵则无声"断言"诗而不韵,则无异于诗之自我取消也"。诗人勇于直面当今新诗边缘化的现状,并从拯救新诗的美好愿望出发,揭示当下新诗的弊病这种精神是值得肯定的。而且,诗人所指出的当今新诗不用韵的失误,对于提醒诗人们自觉利用汉语、汉字声韵美的资源,从而增强新诗的艺术魅力,无疑是有益的。

但是,我以为,当今新诗之失。主要不是失在无韵,主要的失误,一是缺乏人文精神,二是语言的极端散文化。

德国哲学家迪尔泰(Diehey.1833—1911)将世界分成两部分,一个是物理世界,一个是精神世界,在我看来,诗是人类精神的升华和结晶。它抒写诗人主体的情感、想象、意志以及人类活动的观念、价值。所以我国历代诗人论诗,强调立意,认为"意"是一首诗的统帅。清代诗论家沈德潜说过，有第一等襟抱，方有第一等真诗。诗人首先要树立正确的思想、崇高的理想、健康的感情，才能创作饱蕴崇高性、时代性感情的诗篇。这样的诗篇，才能陶冶人们的道德情操，抒发人类美好理想，丰富人们的艺术享受，促进和谐社会的建设。

粉碎了"四人帮"后历史进入新时期。经过拨乱反正，诗人们摆脱了"文艺为政治服务"的偏颇。但是，一度曾流行过"玩文学"、"文学是无意味的形式"等错误的观念。上世纪90年代以来．诗坛名目繁多，现代主义、后现代主义……不一而足。口水诗等亵渎诗的玩艺一度也曾堂而皇之地窜入神圣的诗歌殿堂，这就导致当下新诗价值观念混乱，回避社会生活矛盾、人文精神丧失，相当多的诗作内容平庸、怪诞。有的诗作暴露隐私，有的诗作粗话、脏话连篇，与我国古典诗歌一脉相传的民族精神命脉和"五四"以来的科学、民主、反帝、反封建的新文化精神背道而驰。这才是当今新诗的主要失误。如果诗作缺乏人文精神，即使押韵合辙、声调铿锵，不要说是好诗，甚至连诗的入门还远着呢。

当今新诗的另一失误是语言的极端散文化，拖沓、啰嗦、散漫、欧化，有的甚至晦涩到不堪卒读、难以索解的地步．诗歌语言是最凝练的语言。只有含蓄蕴藉的语言，才能使诗篇收含不尽之意于言外的艺术效应。当下相当多的极端散文化的篇什，虽然分行排列、披上了诗的外衣，实则连散文都不如。解决这一失误，既需要在提炼感情、锤炼语言上下功夫，也需要讲究韵脚、注重节奏。自觉利用这些艺术手段，从而使新诗有音乐美、节奏感，收朗朗上口、悦耳动听的艺术效果。

## 诗评既是艺术，又是科学

诗评属于文学评论范围。文学评论是评论的一种类型。但是，文学评论以及作为文学评论之一的诗评，与一般从概念、判断、推理出发，运用逻辑思维的评论不一样，它所评论的对象诗歌是形象思维的产物，因此诗评也要运用形象思维，体察与理解诗歌意象所蕴含的诗人的思想感情，进而把握诗篇的主旨，对诗篇的思想感情与艺术水准的高下优劣作出科学、准确的评判。这一从欣赏到鉴别的过程，是一个形象思维与逻辑思维交织在一起的过程。因此，诗评既是艺术，又是科学。

诗歌抒发内心情思，要能产生打动、震撼读者与听众心灵的艺术魅力。诗人必须要将内心情思意象化，同时要具有和谐的韵律。为此，诗人要借助节奏、押韵、声调，运用比喻、渲染、反复、象征、张力，创造意境等一系列抒情性艺术表现手法。此外，优秀诗篇必定从强烈的生活感受出发，展开大胆丰富的想象，创造含蓄丰富的意境。一个感觉不灵敏，不善于从强烈的生活出发展开丰富想象的人，是不能成为优秀诗人的。同样，一个头脑僵化，不善于与诗人一起展开丰富想象的人，一定难以欣赏意象丰富、意境深邃的诗篇，自然也就不可能在此基础上对诗篇作出艺术的评说，写出像诗一样的诗评。

但是，仅仅停留在欣赏诗篇所创造的意象与意境上面，还是不够的。诗评人必须在欣赏诗篇的语言、意象、意境以及为创造意象、意境而运用的一系列艺术方法的基础上对诗篇的思想内容、艺术特色、风格作出科学的评判。这样，诗评也就从艺术走向了科学。

当前，我国社会正处于转型时期，从计划经济走向市场经济。在诗评领域，出现了受托诗评与有偿诗评，出现了任意拔高，将品位卑下、不堪卒读的病句诗吹捧为佳作、经典的现象。这类诗评败坏了诗评与诗评人的形象。

要使诗评既是艺术，又是科学，对诗评人提出了很高的要求。它要求诗评人既要树立公心，克服私心和情面观点，不做金钱和友情的奴隶，又要深入钻研诗学与诗艺，掌握诗歌创作和诗歌评论的规律，从做称职的诗评人，逐步成为比较优秀的诗评人。

## ·新诗话·

### 诗的"本"与"源"

易 行

如果问诗的"本"与"源"是什么?一般的回答自然是"生活"或"心"。《诗大序》说:"诗者,志之所之也,在心为志,发言为诗。"即"诗言志"。而"志"并非单纯的"志向",而是情感与志向的综合,即孔颖达《五经正义》所说:"情志一也。"闻一多先生进一步考证说:"志与诗原来是一个字",其意有三:"一记忆,二记录,三怀抱。"既然诗是记忆、记录人之怀抱也就是情志的,那"情志"也就是"心",是诗之源似乎不错。但心之情志是从哪里来的呢?当然是从生活中来。正如《礼记·乐记》所说:"凡音之起,由人心生也,人心之动,物使之然也。"古人的情志从古代社会生活中来,今人的情志从当今社会生活中来,社会主义的情志,只能从争取和建设社会主义的生活实践中来。不同的生活产生不同的情志,便会产生不同的诗。这样说来,没有社会生活就没有反映社会生活、抒发个人情志的诗。古人说"读万卷书,行万里路",就是要深入社会生活。读书是为了间接进入社会生活,行路是为了直接进入社会生活。具体到诗的创作,宋代大诗人杨万里认为:"闭门觅句非诗法,只是征行自有诗。"陆游也持此观点,他说诗"正在山程水驿中",说诗的"功夫在诗外"、在诗外的生活中。也就是说,诗之本在人之情志,而人之情志则源于生活。

现在,诗作为社会主义文艺的组成部分,更加离不开生活,更准确地说,是离不开人民大众的社会生活。所以,习近平总书记在全国文艺工作座谈会上特别强调:"人民是文艺创作的源头活水,一旦离开了人民,文艺就会变成无根的浮萍,无病的呻吟,无魂的躯壳。"其一:"要虚心向人民学习,向生活学习,从人民的伟大实践和丰富多彩的生活中汲取营养,不断进行生活和艺术的积累,不断进行美的发现和美的创造。"这就是诗之源!其二:"要始终把人民的冷暖、人民的幸福放在心中。"这就是诗之本!而"把人民的喜怒哀乐倾注在自己的笔端,讴歌奋斗人生,刻画英雄人物，坚定人民对美好生活的憧憬和信心"，这就是当代文艺创作包括诗创作的根本任务！因为，只有爱民为民，艺术水平又较高的作品才会为人民所欢迎所热爱。作为时代歌者的诗人，只有走下去，走到人民丰富多彩的生活中去，广接地气，才有可能创作出无愧于时代的好作品。因此才要正本清源，才要不断地提醒自己：

"闭门觅句非诗法"，"汝果欲学诗，功夫在诗外"！

## 数词入诗

张其俊

可别小看干巴巴的数词，一旦被诗人们以不同的方式引入诗中，便会发生特殊的审美趣味，有着特殊的表现力。它不仅有一般的量化，功能表示事物数量的多与少；而且有对照功能，通过数量的多与少之间的鲜明对照，以造成巨大的反差；有关锁功能，不同事物之间在数量上的内在联系；乃至有体现不同风格之功能，诸如豪放词与婉约词在选用数词的大小方面就大不相同。数词一旦被诗人选用在诗词中，便犹如把珠宝相嵌在金银首饰中一般，熠熠闪光，光彩照人，别有一番风情意趣。

其一，以数词嵌入景物描写之中，创造出某种意境。例如元散曲中张养浩的《[双调]仙子·咏江南》："一江烟水照晴岚，两岸人家接画檐。芰荷丛一段秋光淡。看沙鸥舞再三，卷香风十里珠帘。画船儿天边至，酒旗儿风外，爱杀江南。"在这首曲子中，除了末尾三句，句句都嵌入了不同的数词，而且呈现出从一至十递增的趋势，从不同的角度具体而真切地描绘出江南的良辰美景，展现出一幅令人向往的江南水乡的风情画，创造出一番优美动人的意境。如果从曲子中抽掉这些数词，便索然寡味了。而嵌入这些数词，这首曲子便灵动鲜活、神彩飞扬了。

其二，以等量关锁的数词嵌入一组互相关联的物象事象之中作比照，以体现出某种品格风貌。即如清代著名学者王士禛的《题秋江独钓图》："一蓑一笠一扁舟，一丈丝纶一寸钩。一曲高歌一樽酒、一人独钓一江秋。"在这首诗中，以"一"作为等量关锁的关键词维系着每个诗句中前后相关联的事物。而这四句诗乍看似乎彼此孤立，实则也是通过"一"又互相关联扣锁起来而成为一幅完整的"秋江独钓图",并从中突显出一位不与世俗同流合污、清高自持、沽身自好的隐者的品格风貌来。诚使人如临其境,如见其人。

其三,以特定的数词嵌入诗中关锁、对照、量化,使之别具某种事理理趣。例如明代著名画家唐寅(伯虎)有一首《七十词》云:"人生七十古稀,我年七十为奇。前十年幼小,后十年衰老;中间只有五十年,一半又在夜里过了。算来只有二十五年在世,受尽多少奔波烦恼。"此词从数词的主要功能——量化功能出发,将"人生七十古来稀"算了一算总帐,颇能发人深省,引人深思,开人茅塞,激人励志!这是一幅坎坷人生的缩影,同时也流露出了苦恼人诙谐的笑。行文质朴明快,却又意在言外。

其四,以大小不一的数词交错织进特定的时空意象之中,创造出特有的风情韵味。即如唐代张祜的《宫词》二首之一:"故国三千里,深宫二十年。一声何满子,双泪落君前。"《何满子》曲名,相传开元中有一位歌手名叫何满子,获死罪。临刑前歌此曲,哀楚动人。这是一首宫怨词,以代言体的形式抒写出宫女的凄苦怨情。全词仅四句,20个字,就嵌入了大小不一的数量词4个,共6个字,几乎占去了一半的篇幅,不仅不觉得堆砌,反而会感到具有某种特殊的艺术魅力。前两句时空交错,一横一纵,表现出宫女远离故土,抛家舍亲,被选入禁宫,一去就是20余年,却一直未得恩遇,红颜易老,青春已逝,不胜悲凄。后两句抒叙托悲歌以传情,竟至于"一吟双泪流",声泪俱下,感人至深!

其五,一比万千,反差对照。诗人词家为了表达某种特别细腻或豪宕的情怀的需要,而故意将那些大小数量悬殊的数词嵌入诗词之中,以造成巨大的反差对照,给人以深刻而鲜明的印象,足以产生强烈的艺术感染力。诸如:"春宵一刻值千金"(苏轼:《春宵》),"柔肠一寸愁千缕"(李清照:《点绛唇》),"一片芳心千万缕,人间没个安排处"(李煜:《蝶恋花》)"一身转战三千里,一剑曾当百万师"(王维:《老将行》),"一点浩然气,千里快哉风"(苏轼:《水调歌头·黄州快哉亭赠张偓全》),"一失足成千古恨,再回头是百年身"(唐寅:《废弃诗》)等等。历代诗词中此类警策名句尽可信手拈来,皆能有力地突现篇中旨趣,诚足以扣人心弦。

总之,数词入诗,良多趣味,但

它却没有固定的模式可寻,故切忌简单地模仿,须得从中深受启发,而力求花样翻新,变化无穷。

## 古人自我安慰的名句

项目清

中国古代文人幽默,最有宽慰之心,也是懂得自我安慰能写出名句流传于世。李白、刘禹锡、杜牧等等,他们头脑清醒、洞察秋毫,高瞻远瞩,最有自知之明,在挫折时,学会自我安慰,以求自我心理平衡。他们留下许多自我安慰的名句,生动形象,脍炙人口。

一、如李白《将进酒》的名句:"人生得意须尽欢,莫使金樽空对月。天生我材必有用,千金散尽还复来。"此诗创作背景,是唐玄宗天宝初年,李白由道士吴筠推荐,由唐玄宗招进京,命李白为供奉翰林。不久,因权贵的忏悔,于天宝三年(744年),李白被排挤出京,唐玄宗给李白金子放他离开。此后,李白在江淮一带盘桓,思想极度烦闷,"又重新踏上祖国山河的漫漫旅途。"天生我材必有用"这句诗表明李白尽管政治上受到挫折,但仍对自己充满自我安慰的信心,对未来也持乐观态度,并不就此消沉。李白于是用乐观好强的口吻肯定人生、肯定自我:"天生我材必有用",这是一个令人击节赞叹的句子。"有用"而"必",非常自信,简直像是人的价值宣言。他认为自己的才能最终在云游山水中将得到发挥。下句"千金散尽还复来",这又是一个高度自我安慰的惊人之句,能驱使金钱而不为金钱所使,真足令一切凡夫俗子们乍舌高歌痛饮,即使散去千金,还会重新赚回来。这句声调高亢,意气豪爽,是对自己、对人生的有力肯定。同时,也表现出李白顽强的生命力量。这些诗句既是自我安慰,也曾经鼓舞过众多颓唐失意的人奋起前进!

二、再如刘禹锡《秋词》:"自古逢秋悲寂寥,我言秋日胜春朝。晴空一鹤排云上,便引诗情到碧霄。"这首诗,是刘禹锡第一次被贬郎州(今湖南常德)时写的。但他虽被贬谪,却不悲观消沉。"自古逢秋悲寂寥",首句即明确指出自古以来,人们每逢到了秋天就感叹秋天的寂寞萧索。"自古"和"逢",极言悲秋的传统看法的时代久远和思路模式的顽固。

"我言秋日胜春朝"、"我言",直抒胸臆,态度鲜明。"秋日胜春朝",用自我安慰手法,热情赞美秋天,说秋天比那万物萌生、欣欣向荣的春天更胜过一筹。这是对历代以来对那种悲秋的论调的有力否定。

三、杜牧《山行》:"远上寒山石径斜,白云生处有人家。停车坐爱枫林晚,霜叶红于二月花。"此诗,是杜牧一扫历代文人,在秋季到来的时候哀伤叹息的悲秋之感。而他在郁郁不得志之时,用自我安慰手法,赞美大自然的秋色,体现出乐观向上的精神,有一种英爽俊拔之气拂在笔端,表现出他的才气,也表现出他的见解。这是一首面对秋色而自我安慰的赞歌。"停车坐爱枫林晚,霜叶红于二月花",他把一片深秋枫林美景具体展现在读者面前。在夕晖晚照下,枫叶流丹,层林如染,满山云锦,如烁彩霞,比江南二月的春花还要火红,还要艳丽呢!难能可贵的是,他通过这一片红色,看到秋天像春天一样的生命力使秋天的山林呈现一种热烈的、生机勃勃的景象。

## 楼的山岭
——忆公木老师为我改诗

### 于丛杨

1959年秋我考入吉林大学,满腔豪情壮志,心中总涌动着一首大学生的赞歌。又从何下笔呢?忽然一天,下课的铃声催动了诗情。于是在1962年秋叶飘飘之际,飞快写出120多行长诗《大学的铃声》。兴奋之余,怀着忐忑的心情敲开公木老师的家门,将长诗呈上。老师正伏案疾书,热情地接待了不速之客。迅速翻过几页之后,他高兴地说:写得不错!先放这里,让我有空多看几遍再说。没过几天,老师叫我去他家取诗。从老师手中接过诗稿,见上面老师用铅笔修改的诗句,心中热血沸腾,崇敬之情油然升起,就差没拍案叫绝了。原诗的开头是:"丁零零,丁零零,/一曲曲,一声声,/穿过书的海洋,/越过高楼层层,/回响在长长的走廊,/爬向阶梯教室的台蹬……"老师把"越过高楼层层"一句划掉,改成:"越过楼的山岭"。其他还有几处修改,但年深月久,原稿也已丢失,统忘记了，唯独这一精彩的改写，深深地刻印在心里。看过改稿之后，静听老师娓娓讲述诗歌创作真谛。老师以启蒙的口吻说：写诗最重要的是，要用形象和图画歌唱，所谓散文直说，诗用图画。你这首写大学生活的诗，捕捉住"铃声"这一声音形象，这就迈入了艺术的门槛；这首诗就成功了一半，这就为寄寓诗情寻找到实体依托。既然捕捉"形象"是第一位的，那就要调动一切艺术手段营造意象。比喻、拟人、借代、象征等，甚至古典诗词中的对仗、排比、炼字等等，都可采用。你原诗中的"高楼层层"虽然合乎韵脚，但形象不美，我给改成"楼的山岭"，既合十三辙的"庚东"韵部，又与上句"书的海洋"产生对仗效应，提升了美感。听老师滔滔讲述，如醍醐灌顶，幸福地被领进了美妙的诗歌天地。那天老师的兴致很高，还谈到写诗不能太密，要懂得跳跃；语言要尽量采用诗化的口语，写出的诗才能更鲜活更生动；用典虽可以增加诗的文化感、历史感，但不能"掉书袋"，若太多太滥，就会僵化诗情，败坏诗意。

后来，老师从中国作家协会吉林分会了解到，次年元旦他们将与吉林广播电台联合举办新年诗歌朗诵会，便推荐了《大学的铃声》。校学生会组织20多人的诗歌朗诵队于1963年元旦在长春宾馆朗诵了此诗。今年是公木老师诞辰106周年，特以此深情回忆向老师谢恩！

## 公木的风骨

——回忆张松如先生二三事

**刘中本**

提到公木，许多人都会悟到是张松如先生自己对中间那个"松"字的拆解。现在又有许多人把"公木"二字合起来，以《公木如松》《公木为松》，写出这样那样的诗文。一分一合，都是一种别出心裁的奇思妙想。但我却更多地从文化功臣、林中大木想到先生"温不增华，寒不改叶"的风骨。不仅仅想到形象，更多想到的还是先生的精神。而精神才是文化中最为核心最为精髓的部分；从而成就先生的崇高和伟大。

"文革"初期，我因长期失眠住进校医院。病房的北窗对着解放大路一头儿的理化楼。一个普普通通的冬日，校医院的王岚透过有些霜花的玻璃指指点点，喊我看理化楼前正在拣拾干树枝的公木先生，并且喃喃自语："就连一个堂堂的大学教授现在居然也得自己拣柴烧了啊……"我一边想着："这可是我们中文系镇系的国宝级人物啊！"一边擦着多少已经有了一点朦胧的窗玻璃定睛望去，多么熟悉的身影、多么熟悉的形象，还是那身再熟悉不过的微微有些发淡的烟色西装，给人一种"倒虎不倒驾"的感觉。此时此刻虽是上午九时的样子，明显可以看到阳光，但却依然寒风呼啸，甚至还可以清晰听到几声凄厉的忽哨。稀稀落落的行人中，就只有先生一人拣拾大风刮落的树枝，频频弯腰，频频弯腰……我想不到我这居高临下的一眼，会在我的心屏上定格为永远不褪的影像：原来先生也可以这样落魄，这样隐忍。这是一件事。

第二件事，是在文科楼小会议室听先生讲解毛毛泽东诗词。除了先生说"从'小小寰球'可以让我们看到一个巨人特有的胸襟和眼光"，印象最深的是他对"芙蓉国里尽朝辉"一句的解释和郭沫若的看法截然不同。我是第一次听到还有一种叫"木芙蓉"的物钟。三尺讲台，咤叱风雷，引古论今，纵横捭阖，一一指点许多名家在毛泽东诗词研究上的诸多失误。我是第一次感受什么叫大师的风采。时间大约在1964年，先生头上还在压着一顶"摘帽右派"的帽子。讲座不仅只限于中文系，即使中文系也不能全体参加；一个班只能派出十几个代表，那一次我算是一个幸运者。是就是是，非就是非。不论名气多大、地位多高，在真理面前要敢于坚持人人平等。虽说是一派传统文人的风骨，但也显然凝聚着"向前，向前，向前"的战士的刚强倔强和坚贞不屈的性格！

第三件事，是"文革"初起中文系在理化楼一楼会议室召开批判《海瑞罢官》的群众大会。我做了一个《〈海瑞罢官〉的要害是除霸而不是罢官》的发言。作为系主任，先生做了压轴发言，讲了政治与学术的关系，似乎是说不能把学术观点的不同看作政治上的歧见。这样的发言在政治清明的今天当然不是什么问题，但在"山雨欲来"甚至已经是"黑云压城"、连空气都可以嗅出"阶级斗争"火药味的形势下，显然是不合时宜。不少人都为他捏一把汗。但先生就是先生，他要的是知识分子的的良知和学术勇气，以及"大雪压青松，青松挺且直"的风骨，就是不想做随风摇曳摆动的小草！

就是以上这一件件小事，甚至还仅仅是几个并不显眼的细节，让我进一步想到先生从1957年"反右"直到"文革"的遭际和不平。他是《中国人民解放军军歌》的歌词作者，是《东方红》歌词最早的改写人，是1938年入党的老党员，是毛泽东亲发请柬参加当年延安文艺座谈会连毛泽东都夸他"你写得好"的老作家，全国解放后又曾担任中国作家讲习所第三任所长。但他毫不自矜，从不自夸，即使在荣辱浮沉的岁月里，《军歌》和《东方红》作者几次更名，他都隐忍不发，沉默不语。哪怕身上背着二十多年的政治包袱（"右派分子"），他也依然忠心不改，不忘奉献。"扪心无疚悔。瞑目无怨尤，襟怀未尝论，信念未尝丢。"先生像他喜欢的屈原那样"九死而不悔"，不正是他对"风骨"二字最好的诠释吗？

# ·毕业季·诗歌季·

## "毕业季·诗歌季"文化活动征选作品辑录

  中华诗词是中华民族表达情感最优雅的方式。在全新互联网时代，中华诗词研究院联合网络媒体，隆重推出中华诗词网络平台活动之"毕业季·诗歌季"诗词文化活动。我们致力于为所有诗词爱好者在互联网上打造一个互动平台，供大家以诗为媒，交流情感，陶冶情操，分享艺术，感悟生活。

  活动自2016年5月开展以来，得到了不少诗词爱好者的热烈回应。截至9月10日活动结束日，共征集到原创传统诗词曲二百四十余首，原创新诗一百三十余首，原创新毕业歌数首。本着公平、公正的原则，我院邀请了包括著名诗人、诗歌翻译家屠岸先生，中央文史研究馆馆员、北京师范大学教授赵仁珪先生在内的7人组成专家组，按照匿名打分的原则，对应征作品进行严格评定。最后评出优秀诗词作品20首，优秀新诗作品20首，组织奖2名，新毕业歌创作奖2首。不少作品虽然质量不错，但由于不是毕业题材，没有列入评选范围；也有的作者有多首作品打分较高，我们只选择其中分数最高的一首作为优秀作品。

  本次活动，我们重在倡导让诗词这种我们中华民族的优秀文化样式，更多地进入我们的日常生活，让诗性藻雪人性，让诗魂凝聚国魂，以助力于我们优秀传统文化的传承、弘扬和我们中华民族的伟大复兴。

  我们刊列出本次活动的优秀诗词作品，供大家交流、评鉴。

中华诗词研究院<br>
2016年11月

## 临江仙·贺毕业十五周年再聚会

### 柳琰（枌榆诗社）

忆昔金陵正年少，窗前桃李春风。天高鸿鹄各西东，潺湲玄武水，相约紫金峰。　　把盏言欢折柳地，秋来雁阵当空。今朝扬子跨飞虹，巍峨看不住，枫火映苍穹。

## 五言排律·毕业留念

### 王文钊

春疑歇水岸，夏已满园间。
旧叶擎仍展，新荷怯未圆。
蝶燃花竞火，雨宿我同眠。
何日西风起，当时枫叶丹。
金风铺大道，玉树舞高轩。
碧海波涛涌，青林乳燕翩。
东篱栽我友，北岸对君山。
虽欲乘龙去，竟难跨凤前。
素梅飘一字，晴雪胜千言。
潮汐高还落，云霞散复旋。
流光忽匿迹，远雁莫盘桓。

已感情终褪，方知梦易迁。
别离不是泪，遇见却因缘。
柳絮随风起，沙鸥逐浪翻。
生涯多寂寞，美梦却缠绵。
万里群山阻，飞扬志更坚。

## 我们毕业的夏天

### 薛景（枌榆诗社）

映阶芳草神来笔，描得天涯眉目青。
曲岸无眠还寂静，圆荷有约正娉婷。
从前夜色凉如水，此后霓虹远似星。
醉里留云云且住，清风明月一叮咛。

## 大学毕业三年同学小聚有怀

### 侯兴黉（君岚）

梗断飘流随业身，三年别梦记犹新。
寒星料得光如昼，虚阁何堪座有尘。
曾子商歌倾一曲，杜陵尊酒斗千巡。
应怜吾是离乡客，岂向关山复问津。

## 毕业十八首之校道夜行

### 彭彪（渔火沉钟）

江城五月负花期，四载晨雷一梦移。
人过林荫当缓步，此园留我不多时。

## 遥见毕业生言别

### 程 皎

西城遥看送行车，自笑关情鬓已华。
二十余年灰尚热，三千里路梦犹赊。
春灯数尽窗前句，酒病逢多别后花。
始恨骊歌听未彻，等闲回首是天涯。

## 丙申仲夏毕业别京前夕北科重见初恋

### 胡江波

小园枯木已含姿，玉貌犹如初见时。
身至归期终有悔，心关来日只余痴。
独行风雨他年惯，相忘江湖此夕知。
去国情兼别卿泪，几多怀抱欲言迟。

## 南乡子·毕业题赠

### 魏锡文（白鹤）

岁月太匆匆，又看榴花似火红。燕子不知春事晚，从容。只道年年许再逢。　　跋涉万千重，着意归来趁好风。故国青山若问讯：英雄。可在平凡事业中？

## 清平乐·翻毕业纪念册

### 余 欢

红笺翻彻，心有千千结。往事回看多少页，栀子花开如雪。　　天南海北飘零，相逢只在曾经。点检书中余味，都言不负深情。

## 雨中别仙林赠王兄铎

### 任松林

仙林一望黯然收，风雨连天各自愁。
我欲图南伤羽翼，君行携剑对江流。
萧萧易水沉微语，杳杳钟山作远游。
他日相逢诗酒里，寒暄莫是稻粱谋。
注：王兄国防生也，而今毕业于南大仙林校区。

## 大学同窗二十年聚会感作

### 金也度（红土诗社）

廿年一梦说蹉跎，点滴关情入老歌。
别后天涯音讯渺，见时咫尺泪痕多。
芳醇陈酿激昂醉，凡俗吾曹平淡过。
浪止湾头直堪泊，人生何必足风波。

## 虞美人·高中毕业二十年再相聚

### 周爱霞（枌榆诗社）

廿年一次同窗聚，悉数儿时趣。沙包踢毽空中飞，玩到月圆时刻往家归。　井台课桌仍依旧，只是门窗漏。捧书佯坐展歌喉，却又无端撩起，旧春愁。

## 满庭芳·丙申六月四日送毕有感作

### 许冬阳

唤酒西楼，系舟南浦，倩君暂驻留欢。长亭极目，烟雨满群山。忍听琵琶细语，将愁绪、唱作《阳关》。吟哦处、世间离恨，一霎到腮边。

疏林风渐老，旧时桥畔，春色年年。独行久、客中羁旅流连。纵得新梅入酿，无人共、再醉琼筵。斜阳远、断鸿声外，灯火已阑珊。

## 导引·毕业歌

### 寇燕（嬿郅）

同窗数载，学海共晨昏。旦夕若耕耘。寒来暑往霜烹鬓，最难忘师恩。时光如水无踪影，偷走那青春。今朝揖别天涯去，来日聚黉门。

试飞鹰隼，振翅九霄巡。吾辈志凌云。唏嘘四季轮回近，携梦踏征尘。欢娱背后泪沾巾，将点滴留存。清词一阕觞离恨，素笔写纯真。

## 临江仙·中学毕业二十年有感

### 芮自能（枌榆诗社）

枕上秋风惊一梦，觉来仿佛前生。愁山恨水各飘零。怜谁丝半白，顾我少年情。　忆昔彩云无限好，相宜青涩窗声。廿年日夜耳边萦。重逢如有意，数泪到盈盈。

## 七律·中大入学卅五周年聚会感怀

### 吴成岱

中大同窗三十多人今天在广州聚会卅五周年，现场气氛热烈感人，回首人生颇多感慨，赋诗一首以为留念。

学友之情卅五年，如今况味正新鲜。
思谋早出象牙塔，记忆犹存伊甸园。
足下攀登途各异，心头憧憬梦难圆。
人生不过若干岁，进退随缘天地宽。

## 忆秦娥·毕业前夕话别

### 宋常之

凝泪别，长街默对中霄月。中霄月，流晖脉脉，几回圆缺？　　烟尘袅袅红炉咽，华灯照影情牵结。情牵结，寒窗留梦，夜临如铁。

## 结客少年行

### 沙逢源（燕子岭）

乙未十一月己丑，临当毕业，心绪泛然，若有所失。然尝读李长吉"少年心事当拿云，雄鸡一唱天下白"，又赞高常侍"莫愁前路无知己，天下谁人不识君"，叹其达人达观，意气干云。想吾辈少年，年未而立，虽当别离之时，亦不应效小儿女沾巾。天地四方，各奔前程，唯愿诸君得其所在，位尽其才。歌诗一曲，权作别念。

忆昔幽并侠少年，金鞍玉络控连钱。又有长安市井儿，斗鸡走狗狭邪间。须臾皆入评话谈，豪气顿作烟云散。常思进学初见日，欻然三年竟阑珊。抵掌共忆青春事，月移花影小窗前。也曾攀古城，也曾吊中山；也曾日暮黄昏眷野田，也曾春日青风游玉渊。归来各入室，案上纷纷堆文献；或奔至沙河，诸事忙忙待实验。一朝项目结，皱眉渐舒展。三年论文成，悬心亦且安。风云际会皆有散，星星灯火枯又燃。折不尽灞桥岸柳，唱不完三叠阳关。长亭具筵宴，今日且尽欢。若有他年幸，终能再相见。把酒控弦歌别绪，咳，悁悁！隙中白驹兴人叹，离离清泪终不洒别宴前。

## 虞美人·赠别春英大四毕业党

### 车彦佳

古来多少离人意，唱遍阳关矣。当时拼却醉卿怀，谁管明朝又是两天涯。　　垂杨一系横舟在，只恨时难再。江湖梦远剩浮槎，水阔山遥何以到君家。

## 忆别诸同窗

### 佚　名

执手书庭语渐痴，轻莺去路海云迤。共斟一盏秋晨月，且向巾车订后期。

## 毕业前与诸诗友游南山

### 陈修歌（枌榆诗社）

南山凛冽似严冬，拜爵老松千载封。
啖雪饮冰藏玉魄，参天拔地跃虬龙。
他年后辈谁相问，此际英雄我独逢。
脚下风光收眼底，人生处处尽从容。

## 伤别赋

### 陈先发

我多么渴望不规则的轮回
早点到来，我那些栖居在鹤鸟体内
蟾蜍体内、鱼的体内、松柏体内的兄
弟姐妹
重聚在一起
大家一言不发，都很疲倦
清瘦颧骨上，披挂着不息的雨水

## 合　欢

### 张醒（物哀）

我住的阳台下有几株合欢树
我喜欢站在窗台，吸一口烟
看一眼树上的花；烟香尽
扶着窗沿的手，将窗轻轻拉上
每年六月都会下特别大的雨
雨季，最适合别离
目送他们匆匆的离去
如合欢被雨打风吹去
我要送你一本植物学的书
告诉你一朵花开的时令
告诉你，最后那朵合欢花
死咬住枝桠不放

忍受着风雨阳光
违反自然规律内心的挣扎

## 凤凰花与榕树

### 张玉子

凤凰花开满了
羊城泛起红色云烟
榕树的须子纠缠
为六月写满留恋

凤凰花笑着
榕树向我点头
凤凰花说
你快走吧
别再不舍

凤凰花散落风中
榕树的须子摇曳
夜穹是熬红的眼
离人未眠

母校再见
岭南四年
朋友再见
在猴年马月告别

再见吧　我魂牵梦萦的凤凰花和榕树
再见吧　我挚爱的康乐园
再见吧　图书馆的灯火通明
再见吧　我曾经似是而非的热血

凤凰花还在开着
榕树的须子低垂
北回归线的六月
已是梦里的热烈

## 再见，长安

### 曲妍（清妍）

长安的秋天，梧桐枝上的玲珑点点
长安的冬天，修远明远的玉砌寒寒
长安的春天，路旁林间的飞花片片
长安的夏天，澄澈夜空的明星斑斑
长安，是西安，更是长大

转眼四年
一切又那么让人留恋

长安渭水，风景旧曾谙
渭水长安，人不似从前

明远长廊中，我们的青春在诗意中流漫
修远大路上，我们的青春在思索中向前

大礼堂舞台，我们的青春在梦想中绽放
逸夫图书馆，我们的青春在书香中沉淀

犹记得梦想就像蓝天
如今可记得曾经的心愿
犹记得四年的点点滴滴
如今可记得美好的誓言

长安渭水，曲终难不散
渭水长安，情依旧不变

说一声再见，从此各奔东南
道一声珍重，常盼尺素华笺
一份缘，让我们相遇渭水
一份缘，让我们相知长安

不知将来还能否相见
但心不怕山高水远
不知前方的道路如何
但记忆与风景同谱

长安渭水，风景旧曾谙
渭水长安，难以说再见

再看一眼，熟悉的道路上可否还有
相识的人面
再看一眼，这里的一切可否还能再见
再看一眼，热闹的大活里精彩还在上演
再看一眼，这里的一切都扣动心弦

谢谢你，给我的人生带来无法复制的
甘甜
谢谢你，给我的青春带来无法言说的
璀璨
谢谢你，我的大学
谢谢你，长安

再见，最后一个夏天，夜空的繁星依然
再见，明年的春天，飞红繁英依旧绚烂
再见，人生旅途上最美好的客栈
再见，我将带着记忆扬帆向前
再见，我的长安

## 我怕好时光

### 王雨倩

记忆里青涩的脸庞
在朦胧的岁月中不断彷徨
韶华老去
谁人遥叹着悲怆
踮起脚
静静听幸福一点一滴在流淌

又回到斑驳的围墙
夕阳留不住老去的时光
眉眼轻笑
彼岸埋葬了过往

低下头
眼泪各顾各的散落天方

那些年教室里的灯光
摇曳着模糊掉彼此的模样
扬帆远航
我们已天各一方
闭上眼
我知道年华消逝在你我的身旁

再好的时光　也会消亡
而那些人
已长长久久的缺席我的过往
我怕好时光
我怕不能遗忘
我怕只剩忧伤。

## 青　春

### 温金卿

我们隔着镜头相望
最终
回忆留下的
也只剩镜框里模糊的你

那天的你
笑得像个傻子

转身却哭得像个小丑

不知道再见面时
你是不是还像初见一般
有着温暖笑颜

杯盏相碰
我听到了分离的声音
我们恍惚着走向各自的路

经年之后
我的青春
不再重逢

## 六月的雨

### 秦　广

也许六月里早有一场雨
下入了三月桃花纷飞的春季
花谢人未绝

只一条残红铺成的幽道
冷冷的注视着人往如约

如约　如月　如雪
如那棵无悲无喜的桃树
只痴痴的抖落着花叶
仿佛它年年的重生

就只为无言的凋谢……

又像是一声叹息

## 夜

### 陈修政（原野）

深夜，回宿舍的路上
卖水果的阿姨正忙着收摊
我从一旁走过，习惯性保持沉默

那棵松树旁边
有一个女生，在用家乡话
小声地说着些什么

刚下了楼梯
拐角的地方有一对情侣
女生大声指责着对方
而那个男生
始终一言不发

宿舍楼下
七八个将近毕业的学长
还没靠近他们
先是浓浓的酒气
他们中，有人大喊着"啊——"

——余音很长
像是厉声控诉着什么

## 起　航

### 许秋霞（秋水长天）

终于我背起了行囊
告别那些曾经美好的遇见与错过
踏上未知的远方
背上的重量几乎将我压垮
我知道
我所背负的不只是离别的忧伤
还有对未来的彷徨
浸湿的衣衫
早已分辨不出是泪水还是汗水
尽管步履蹒跚
尽管满心惆怅
尽管我是那么眷恋你温暖的臂膀
我依旧要去
你知道的
我必须去
路边的野花开得正旺
一如它当年迎接我时的模样
我怨它不懂我的忧伤
却又羡慕它可以永远在大地的
怀抱里无忧无虑地生长
而我
我知道我

同你便如同流星之于太阳
我注定要走
而你必须坚守
所以保重
所以再见
耳畔
传来你期愿
一声声
汇聚成祝福的力量
照得我脚下的路豁然开朗
我抬起头挺直了脊梁
带着你的期许和我的理想
坚定地迈向前方
不管何时
即使前路漫漫
即使荆棘满途
我都会是你最出色的学生
时光荏苒
岁月更迭
我始终会如今日这般明媚张扬

## 毕业歌

### 孙佩瑾

收起行装
你便将向远方
这一次

我只能送你至此
前路漫漫　未卜且长
有朔风凛冽亦有花朵清芳
此去经年　莫回头
纵你百般思乡　梦断愁肠
往日时光　请相忘
人本过客　故里茫茫
莫流连　莫流连
来年相忆　云水苍泱
去吧
愿你希望不灭　一路顺畅

## 新毕业歌（歌词）

### 郭子栋

背起了行李，惜别了同窗。
我们迎着东升的太阳。
昔日的抱负，祖国的期望。
我们即将展示知识的力量。
曾记得大家在编织着甜梦，
从此留下的是思念和回想。
脉搏恰如涌动的春潮，
憧憬使我们心间敞亮！

再见啦母校，告别啦尊长。
我们将奔向四面八方。
做一颗螺钉，做一盏烛光。
我们胸中流动着热血一腔。

而今是祖国正在召唤我们，
继承先辈们永记奋发图强。
双肩从此担负起重任，
前途一定是灿烂辉煌！

## 小学毕业歌

### 唐姗姗

今天，我们就要告别，
告别老师，告别母校，
告别六年的时光。

此刻，我们是多么的难舍，
难舍友情，难舍回忆，
难舍亲爱的同窗。

请让我再次漫步校园，
在每一个角落里，
寻觅我们曾经的欢乐与梦想。

朝夕相处的百草堂里，
我们付出汗水，收获成长；
静谧安详的史家书苑中，
我们自由自在地在书海中徜徉；

神奇美妙的天文馆，
激发了多少对神秘太空的向往；

宽敞平坦的操场，
有我们阵阵笑声回荡；

难忘快乐有趣的厨艺课，
我们亲手烹出的那一道道美味浓香；
难忘内容丰富的国博课，
我们相遇凝固了千年的时光；

六年，我们一起度过，
多少岁月在我们心中流淌，
犹记得，困惑时，老师那一句句谆谆教诲，
犹记得，失败时，老师那一个个鼓励目光，
犹记得，摔倒时，同学那一双双援助之手，
犹记得，成功时，同学那一阵阵热烈鼓掌。

六年，我们收获的不仅是知识，
更是无尽的欢乐，和前行的力量，
爸爸运动会上父亲矫健的身影，
为我们树立永不言输的榜样；
妈妈读书会中母亲温柔的引领，
带我们深入思索，品味书香。

亲爱的母校，尊敬的老师
我怎能将你遗忘？
是你们给了我翅膀，
让我能如雄鹰在蓝天翱翔。

亲爱的朋友，亲爱的同学，
请不要继续感伤，

今天，我们在这里分别，
明天，我们将是祖国的栋梁！

## 新毕业歌

### 李文清

数载寒来暑往，几度月朗星稀。
莘莘学子情依依，难忘同窗伴侣。
遨游五湖四海，放眼南北东西。
青春正未有穷期，看我芬芳桃李。

## 青春不散场

### 冉春雷（痞子冉）

带着希望和梦想
怀着激情与渴望
我们相聚在湘水之旁
岳麓山下，千年学府就是那梦中的殿堂

我们来自四面八方
徜徉于知识的海洋
校园里的那条小路、那个操场
都写满了我们奋斗的诗行
四年的沉淀丰满了我们翅膀

转眼就要走向远方
心头笼罩着一层莫名的忧伤
还没来得及把这个地方好好欣赏
和告白暗恋已久的姑娘
如今就要扬帆起航

到火车站挨个送别同窗
望着那熟悉的身影逐渐消失在远方
说好的坚强，却化作眼泪打湿了眼眶
朋友，请你原谅

毕业了，青春不散场
老师的教诲铭记在我们心上
同学的情谊一辈子好好珍藏
不管前路有多长，未来在何方
让我们永葆初心和梦想
满怀激情和力量
朝着远方
尽情翱翔

## 毕业复仇

### 张海鑫（荒）

没有告别宴会
甚至没有道一声谢
我们，眼睛干涸
挺着脊背，我们

全无情绪

没有，没有写下什么故事
没有留言和照片
我们干脆地，走出去了

当时冷酷的投射，到如今
每一次感到孤独的时候
在林荫道，在空操场
在床铺的黑暗中
刺激神经，忧郁膨胀

这就是
审判，一年前
各奔东西的我们
一场，孤高的处刑
一场，迟来的复仇

## 珍惜时光——寄语大学生

### 卢懿生

小学生，是花朵，天真烂漫，含苞待放。
中学生，是希望，旭日东升，早晨的太阳。
大学生，是栋梁，插上翅膀，飞向四面八方。
栋梁材，是木还是钢，看你怎么奔腾怎么闯。
我也曾，坐在教室里，天天看黑板。
我也曾，背着书包，年复一年，走在校园弯弯的小路上。
下了课，托球、投篮，嘻嘻哈哈，活动在操场。
清晨练长跑，只有在马路，与汽车把道抢。
好在是，当年车不多，不怕尘土扬。
毕业后，留学校，拿起教鞭，再进课堂。
世事多变，地覆天翻。转眼间，烟消云散。
只落得，白发苍苍，两鬓成霜。
看今朝，与时俱进，学校大变样。
不再端着碗，站着吃食堂。
当年小平房，夜睡木板床。
而今高楼大厦，窗明椅亮；
大操场，铺青草，老中国，赛过西洋。
人类几千年，积累知识无限广。
学海无涯，通天河，浪急面宽，
长学问，门路无限，学校是最珍贵的桥梁。
老师多，设备全，领导坚强。
求学问，练身体，修养思想。
特长诚可贵，综合素质更闪光。
有个学生，考试比赛，得了金奖。
无人人夸，众口赞，成了尖子之王。
一日住宾馆，为了擦皮鞋，
竟然扯下了，雪白的床单。
如此才华横溢，叫人能不心酸。

人生道路漫长，学校时光短暂。
有志男儿，心里明亮，
两只眼，紧紧盯着，遥远的前方。
虚心好学，天天向上，如猛虎，添翅膀，
有朝一日，化茧为蝶，广阔天空，自在翱翔。
如果缺乏远志，只顾眼前舒坦。
整日里，东张西望，哪里惬意哪里钻。
社会似大海，学校小汪洋。
真本领，好素质，走到哪里哪里亮。
浪费青春，虚度年华，大浪淘沙，
好似西风扫落叶，还不知，飘向何方。
花朵芬芳，太阳明亮。
神州大地，千万双眼睛，
日日盼着，好铁出好钢。
知识一点一点增进，
英才一步一步成长。
金与沙，同在大浪里翻滚，
鲤鱼跳龙门，在于长年累月，
一分一秒的时光。
珍惜校园，珍惜青春，珍惜时光！
前路茫茫，还是前途无量，
只在闪念之间，要看你，
对待身边事物怎么办，
对待人生远景怎么想。
花儿谢了还再开，
韶华逝去永不返。
把握现在，切莫彷徨。
前进要果断，迈步要坚强。

衷心祝愿，
万民称羡的大学生，
继往开来的大学生，
个个都成为建设祖国的栋梁！

## 三行诗·毕业

车东雷

毕业多年
那时嘴角微扬
以后心角潮湿
——致再回母校

转身
45度仰头
没说再见
——致毕业的泪

稀里哗啦的醉了
醒来收拾行装
又是叮当乱响的下午
——记毕业宿醉

## 我与一班孩子

### 莫红妹（红土诗社）

我与一班孩子
大的，小的
走在乡间的小路上
山坡上　他们是我的教练
当老鹰来的时候
我的臂弯又是最好的战壕

我与一班孩子
呀呀哇呀
一路歌儿一路唱
惊翻了阴天

## 那一刻，我明白

### 张家媛

当高考成绩出来，我查到分数的那一刻
我明白
原来毕业是因为一场考试的结束
或许以后再也不会有这么重要的考试
要让我寒窗十二年来备战

当我看到你填的学校的那一刻
我明白
原来毕业意味着分离
意味着可能以后再也见不到你
曾经的讨厌，喜欢
在这一刻都化为不舍
浓浓地浸润在我的心头

如果时光可以倒流
倒流回我认识你的第一天
我会给你一个轻轻的微笑
然后就此别过
永不相识
如果时光可以倒流
我一定会在走廊上慢慢走过
再次与窗外的那颗大树对望
它一定知道我

此刻，微风吹拂我的长发
我明白
一切已经回不去了
一切都已经过去了
我，真的已经毕业了

## 来自体校的抒情
### 之赛场情侣

### 朱海湛

阳光里的身影

交谈在语言之外的心灵
道路于他们前方
张开又迅速合拢
站成一道甜蜜的风景
纤纤素手抚摸
贴着健康取暖
握紧温柔
斗志愈加刚强
带上暂别的叮咛
走向竞技场
掌声响起　或者泪水落地
都有相随的爱情

## 辞　别

### 佚　名

逝水汤汤
红泪浊浊
时光尽头，迎来一位须发苍苍的博士，引领我
他读着青年时我写在石碑的诗篇
他收起生命中我挂在脖颈的十字
他说，我离你很远
远到铁蹄断路
远到锈钟失鸣
日暮里是你翻飞的告别与英雄的剖腹自刎。

最后一班列车迷失在午夜
最后一抹红泪晕散了誓言，回家的道途很远
远到关山迢递，鞭裂
远到碧落黄泉，牙没
为何我还在深落千尺的回忆里摸寻你的眼眸、你的十指相扣与你的
永恒的转身
楚梦云雨，爱情终极要散场
指天誓日，青春终究要告别
亲爱的，在这个动乱的年代
除了祝福，我别无言语

也愿你把我的那些时岁为你牺牲、
为你破城的赤胆埋在天荒地老里
也愿你把我的那座天堂为你颂扬、
为你图志的诗篇撒进汪洋大海里
他带走了你的韶华，我取走了你的收成
只有悲伤的妈祖站在被血缘贯通的海岸
望着一无所有的东方
亲爱的，在这个美丽的年代
除了伤痛，我别无幸福

今生，我已决与你辞别
永恒。

## ·中国书籍出版社三十华诞志庆·

高　昌

### 贺中国书籍出版社成立三十周年

一路风尘一路歌，芳林独秀著花多。
千秋气象三春树，卅载衷情万里波。
金线生涯罗似绮，青灯故事掷如梭。
谁知甘苦此间味，大道青天永不磨。

（高昌　中华诗词学会副会长，《中华诗词》执行主编）

宋彩霞

### 中国书籍出版社建社三十周年致贺

生香翻不懈，阅读摇澎湃。
卅载走神州，今朝赢世界。
传媒电子书，史略蓝皮画。
菫色正当年，精诚开一派。

（宋彩霞　中华诗词学会常务理事，《中华诗词》编辑部主任）

林　峰

### 清平乐·中国书籍出版社三十周年庆

漫天花雨，遍洒丰台路。日照龙蛇双起舞，入眼青缃无数。　　风中蝌蚪如初，灯前剔尽虫鱼。更把狼毫作剑，闻鸡细理经书。

（林峰　中华诗词学会副会长，《中华诗词》副主编）

陈思明

### 贺中国书籍出版社三十年庆

一

银屏微信竞相娱，问有谁人在读书？
我有诗情凭借力，人间唯尔可医愚。

## 二

勤耕三十年，多少苦和甜。
天地留佳话，古今传美篇。

（陈思明　吴楚文化艺术研究会会长。江西省诗词学会理事）

## 徐骏伟

### 水龙吟·贺中国书籍出版社三十年庆

俯观人海尘寰，往来行色匆匆里。
吹箫屠狗，朝朝暮暮，稻粱为计。
三殿公卿，五陵年少，歌伶戏子。
尽金迷纸醉，繁声急管，腰肢乱，浑如鬼。

掩卷驰神无际，更谁知、此中情味。
举杯邀取，风流人物，古今同醉。
金屋其中，有人如玉，几人知此。
幸诸公着力，修经集子，正乾坤气。

（徐骏伟　南昌大学博士生）

## 张脉峰

### 中国书籍出版社成立三十周年志贺

**一**

一鉴方塘外，清芬万卷来。
书山多雅韵，学海壮情怀。
卅载文心聚，今朝妙境开。
天光青不改，云影共徘徊。

**二**

万卷芬芳细剪裁，同仁办社寄情怀。
方塘半亩清如许，书写中国好梦来。

（张脉峰　《诗词之友》主编，中华诗词学会常务理事，中国作家协会会员）

## 易　礼

### 贺中国书籍出版社成立三十周年

静水安澜润砚田，青郊紫陌踏管弦。
方屏尺素翻云影，翠墨金花待郑笺。

（易礼　中国毛泽东诗词研究会常务理事）

陈秀新

## 贺中国书籍出版社成立三十周年

将玉遣珠三十春，墨香经手即成珍。
书生漫道百无用，原是送青分绿人。

（《诗国》编委，中华诗词学会会员）

何云春

## 鹧鸪天·致编辑，为中国书籍出版社三十周年作

伏案书生四季忙，倾情愿作嫁衣裳。
千重画卷如花艳，万载留芳翰墨香。
揪病句，补残章，咬文嚼字付衷肠。
手持仙笔耕新月，满目星光耀日光。

（何云春　中华诗词学会图书编著中心副主任，中国作协会员）

李葆国

## 中国书籍出版社成立三十周年致贺

三更星月五更寒，几度殷勤凝笔端。
不向书山说辛苦，已教学海起波澜。
文章经国千秋重，知识传流四库繁。
卅载耕耘堪笑慰，高标还傍紫云看。

（李葆国　中华诗词学会学术部副主任，中华诗词学会常务理事）

叶宝林

## 七律·贺中国书籍出版社成立三十周年兼志《套住太阳》出版发行

纸上河山百万疆，秦皇也看好文章。
心帆海向天涯远，陋室书从墨上香。
字把珠玑磨月色，眉修柳叶嫁红妆。
太阳未老天行健，几缕诗思话故乡。

我的第三卷诗词《套住太阳》2015年由中国书籍出版社出版发行，传统文化编辑部冯继红博士为该书的责任编辑，为拙作编辑工作付出辛劳多多，谨致谢忱。

（叶宝林　诗刊子曰诗社副理事长，《诗词家》副主编）

## 党学谦

### 中国书籍出版社成立三十周年之际，忆拙著《诗词同韵》十年前在该社付梓二首

#### 其一

送走几轮月，翻黄千册书。
新雨识沈约，旧交邀五车。
天浆深品味，南亩细爬梳。
幸遇京华客，高楼醉老夫。

#### 其二

进步凭谦逊，做人夹尾巴。
梁鸿窜海曲，贾谊屈长沙。
莫厌伤多酒，且看欲尽花。
吾材必有用，诗酒送年华。

（党学谦　辽宁营口市人大常委会原副秘书长，中国毛泽东诗词研究会常务理事）

## 周加祥

### 贺中国书籍出版社成立三十周年

风雨兼程而立间，搭梯修路不知闲。
善将春水染春色，直把鲜花变果甜。

（周加祥　浙江丽水市诗词楹联学会副会长）

## 马骏祥

### 贺中国书籍出版社成立三十周年

三十春秋，推优荐秀；
万千典籍，济世兴邦。

（马骏祥　中国书法家协会会员，中国楹联学会理事）

## 向小文

### 贺中国书籍出版社成立三十周年

秋风一扇一张琴，书屋新晴剪古今。
三路居连云万里，高襟从此伴芳音。

（向小文　《诗词百家》主编）

江　岚

## 蝶恋花·次韵赵安民《编辑自许》词，贺中国书籍出版社三十华诞

三路居中闻语笑，雅室融融，宾客喜同造。香茗嘉言堪作料，翻成诗句多奇效。　硕果盈盈满怀抱，不负流年，一任双丸跳。而立豪情谁写照？书山是处风光妙。

（江岚　《诗刊》编辑部副主任，诗刊社子曰诗社秘书长，中华诗词学会常务理事）

赵安民

## 蝶恋花·编辑自许，兼贺中国书籍出版社三十华诞

风雨雕虫君莫笑。欲上层楼，须把阶梯造。五味调和加佐料，吸收营养期高效。　面壁点睛高襟抱。活水勤添，助尔龙门跳。云影天光相映照，方塘半亩风光妙。

（赵安民　中国书籍出版社副总编辑，中华诗词学会理事）

# 中华诗词研究院

## 贺 信

中国书籍出版社：

　　值此中国书籍出版社成立三十周年的喜庆时刻，谨向贵社表示最诚挚的祝贺！

　　中华诗词研究院自2011年9月成立以来，很多当代诗词的重要研究成果，包括《中华诗词普及丛书》《中华诗词探索丛书》《中华诗词研究丛刊》《中华诗词发展报告》等系列出版物，以及历次采风作品集等重要诗词图书，都由贵社编辑出版。并且双方联合举办了多次出版研讨会，取得较好的宣传与研究成果。为中国新闻出版研究院与中国书籍出版社领导和出版社全体同仁重视诗词编辑出版工作，对贵社坚持精品意识和竭诚服务的良好风范表示钦敬，对贵社给我院的大力支持表示忠诚感谢！

　　当前，党和国家特别重视传统文化的传承弘扬，中华诗词发展迎来复兴繁荣的可喜局面，贵社对当代诗词出版传播贡献卓著，可喜可贺！今后，我院希望与贵社继续携手，共同做好诗词图书出版工作，为诗词出版与传播，为繁荣我国诗词文化，为迎接中华民族伟大复兴中国梦的早日实现，并肩前行。

2016年11月28日

# 中华诗词学会

**中国书籍出版社：**

2016年是中国书籍出版社成立三十周年，值此三十而立的重要时刻，谨向贵社表示最诚挚的祝贺！

近五年来，中华诗词学会的很多重要图书，包括《中华诗词文库》《当代中华诗词丛书》的近几年图书编著成果，《华夏诗词奖获奖作品集》《〈中华诗词〉二十年选萃》《"诗词飞扬"作品精选》等重要诗词图书，都由贵社编辑出版。并且联合举办了多次出版研讨会，取得较好的宣传与研究效果。学会同志们在与贵社合作中，深感编辑工作的艰辛，对贵社从领导到编辑、发行各级人员的精益求精和竭诚服务的良好作风表示敬意，也表示感谢！

近几年来，贵社在院、社领导大力支持下，全社同仁为当代诗词出版付出艰辛，也收获成果，出版了大量诗词读物，尤其在当代诗词出版方面贡献较大。为中华诗词的复兴、繁荣，为传统文化的传承与弘扬，做出了较大的贡献。对此表示衷心的感谢和热烈的祝贺！

今后，希望与贵社合作一如既往、再接再厉，共同做好诗词图书出版工作，为诗词出版与传播贡献更大的力量。

中华诗词学会
2016年11月29日

# ·附录·

## 中国书籍出版社精品诗词图书

### 中华诗词研究院编 诗词丛书三种

#### 一、中华诗词研究丛刊

《革命烈士诗抄专辑》
《毛泽东诗词研究专辑》
《当代军旅诗词专辑》
《塞北论诗》
《中华诗词的现在与未来》

#### 二、中华诗词探索丛书

《西北望延安》
《汶川，汶川》
《唐山新咏》
《行走在青藏高原》
《写在天涯的诗》
《诗在山程水驿中——中华诗词研究院建院四周年采风诗选》
《筑成我们新的长城——纪念抗战胜利七十周年诗选》

《诗颂中华——当代爱国诗词九百首》

#### 三、中华诗词普及丛书

《诗人说诗》
《诗人论诗》
《诗人评诗》
《诗人解诗》
《诗人选诗》
《诗人荐诗》

### 著名诗人易行诗词专著五种

《论诗人与诗的崛起》
《中国诗学举要》
《古今诗范》
《古今词范》
《探寻集》

### 著名诗人赵京战编著诗词工具四书（布面精装带函套）

《中华韵典》
《中华词谱》
《中华诗律》
《中华曲谱》

## 中华诗词文库

《郑欣淼诗词稿》
《李文朝诗词诗论选》
《探寻集》
《鸟巢集》
《李树喜诗词选》

《古今百家散曲钞》
《诗国》丛刊（每年2～4卷）
《梦龙斋吟稿》
《新疆诗稿——丝路新貌与西域故事》
《叶圣陶诗词作品选注·父子笔谈》
《〈中华诗词〉二十年选萃》（作品卷、评论卷）
《八闽岳祖白岩山》（诗词集）
《套住太阳：叶宝林律诗选》
《四海诗汇》
《医余吟草》
《夕晖诗草》
《翰墨情怀》
《"诗词飞扬"作品精选》
《诗国特辑：华语诗词丛刊》（首卷）
《宋彩霞作品选》（诗词卷、评论卷）

## 其他诗词图书

《雷锋之歌》
《古韵新风——中国当代格律诗词创新作品选编》（全三册，16开精装）
《如果集》（刘如姬诗词集）
《苏辛暨古今百家词笺释》

---

《"诗词飞扬"作品精选》，中宣部《党建》杂志社、中华诗词学会编，李文朝、刘汉俊主编；中国书籍出版社2016年12月出版，定价68元。

《"诗词飞扬"作品精选》是由中宣部领导和部署，中宣部《党建》杂志社和中华诗词学会、中国网络电视台等有关部门密切配合，动员全国近百个诗词组织和数千名诗人，历时两年多，从数万首征稿中遴选约1500首诗词作品汇编而成。这些作品是诗人根据中宣部领导在各个不同时期，提出的一系列弘扬主旋律的不同主题而限期创作的。

这是一部汇聚全国诗人爱党爱国爱人民的心灵之作；是一部弘扬社会主义核心价值观的经典之作；是一部积极向上、催人奋进、给人力量和希望的正能量之作；是一部传承历史、缅怀英烈、崇尚楷模、立足当代、开创未来、寄托梦想的高端之作；是一部思想内容与艺术形式完美结合的典范之作。同时，还是各级党政机关、企事业单位、社会团体、军队武警、大专院校、社区村镇等各阶层人士在各个节日期间或团聚庆典场所作为吟诵歌咏的首选资料；是进行社会主义核心价值观教育和培训的生动教材。

诗国·附录

# 《诗国》敬告读者

原由《诗国》编辑组编，丁国成、朱先树主编的《诗国》，自2017年总第32卷起改由《诗国》编辑部编，易行主编，赵安民（常务）、沈华维副主编。丁国成、朱先树为名誉主编继续指导编辑工作。为加强《诗国》的影响力度，促进中华诗词的繁荣发展，从2016年开始每年另编辑出版一卷以选编为主的《诗国》特辑。现就相关情况敬告读者：

一、《诗国》的编辑宗旨为：坚持正确舆论导向、坚持"双百"方针和精品战略，坚持民族化、现代化、大众化，整合新诗、旧体两个诗坛，团结各路诗人，积极推进中华诗词的健康发展。

二、"清泉杯"《诗国》年度诗词奖已经连续举办两届，感谢诗人李清泉先生的大力支持！因李清泉先生患病，该奖从2016年开始暂停，请《诗国》广大作者和读者谅解，并共同祈愿清泉先生早日康复。

三、《诗国》特辑卷一已出版，卷二将于2017年初出版，欢迎诗家自选已发表的诗词作品10首以内供稿。

《诗国》（定价55元/册）、《诗国》特辑（定价50元/册），均可向中国书籍出版社发行部邮购。一年全三卷优惠价150元（免邮挂费）。

四、《诗国》收电子、纸本简体字稿各一份。发表作品署本名、笔名均可。来稿请注明真实姓名、通讯地址、邮政编码、联系电话。

来稿请寄：中国书籍出版社《诗国》编辑部
地址：北京市丰台区三路居路97号　邮编：100073
《诗国》投稿联系人：冯继红（《诗国》编辑部主任）
电子邮箱：1191306393@qq.com　　电话：（010）52257216
订购联系人：刘新芹（《诗国》发行负责人）
电子邮箱：1764841939@qq.com
电话：（010）52257140　　手机13683112459
《诗国》特辑投稿联系人：沈华维　　电子邮箱：shiguo01632@163.com
电话：（010）66763752　（010）66156739

中国书籍出版社《诗国》编辑部
2016年12月5日